Andreas Brandhorst

DÜRRE

Im Zeichen
der Feuerstraße

BASTEI
LÜBBE

BASTEI-LÜBBE-TASCHENBUCH
Science Fiction Bestseller
Band 22108

Erste Auflage: Januar 1988

© Copyright 1987 by Bastei-Verlag
Gustav H. Lübbe GmbH & Co., Bergisch Gladbach
All rights reserved
Lektorat: Hans Altmeyer/Dr. Helmut Pesch
Titelillustration: Kim Poor
Umschlaggestaltung: Quadro Grafik, Bensberg
Satz: Fotosatz Schell, Bad Iburg
Druck und Verarbeitung:
Brodard & Taupin, La Flèche, Frankreich
Printed in France
ISBN 3—404—22108—7

Inhaltsverzeichnis

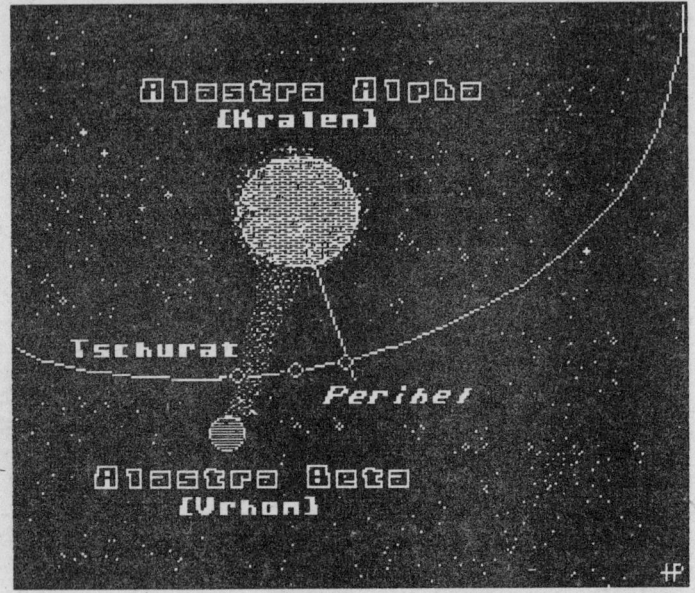

Einmal in fünfhundert Jahren nähert sich der Planet Tschurat der ›Feuerstraße‹, der Materiebrücke zwischen den beiden Sonnen, die er auf seiner elliptischen Bahn umkreist. Da das Massenverhältnis der beiden Sonnen – die eine, Alastra Alpha (Kralen), ein roter Riese, die andere, Alastra Beta (Vrhon), ein grüner Zwerg – extrem unterschiedlich ist, liegt ihr gemeinsamer Schwerpunkt im Innern des größeren Sterns. Um diesen Schwerpunkt rotieren wiederum die Einzelsterne, was in Sonnennähe Bahnabweichungen nach sich zieht. Darum liegt das Perihel, der sonnennächste Punkt, nicht in der direkten Flucht der beiden Sonnen. In der kurzen Zeit, etwa 12 Wochen, die der Planet braucht, um sich vom Eintritt in die Feuerstraße bis zum Perihel zu bewegen, spielt die vorliegende Romantrilogie.

Entfernungen und Größenverhältnisse sind hier nicht maßstabsgetreu wiedergegeben.

Runen Scenegato — Ankunft

»Ihr Vorhaben ist reinster Wahnsinn!«

»Immerhin hat es Ihnen fünfzigtausend Yx eingebracht.« Runen Scenegato überprüfte den Sicherheitskokon des Copilotensitzes.

»Was nützt mir das ganze Geld, wenn ich tot bin?« fragte Patric Vangrest mit weinerlicher Stimme. »Sehen Sie auf die Schirme, Scenegato: Wir kommen viel zu spät.«

Der kleine und drahtige Mann im Sitz des Copiloten drehte den Kopf ein wenig zur Seite. Der Bordcomputer des alten Galim-Aufklärers blendete lange, rhythmisch blinkende Zahlenkolonnen ein. Runen beachtete sie nicht. Er starrte nur auf das Zwillingsauge: ein Doppelsternsystem, das aus einem roten Riesen, Alastra Alpha, und einem grünen Zwerg, Alastra Beta, bestand. Ein gleißendes Band aus Plasma spann sich zwischen den beiden Gestirnen. Der Planet Tschurat, das Ziel ihrer Reise, hatte sich dieser Materiebrücke schon sehr genähert.

Warum, Carinne? dachte Runen. *Genügt es nicht, daß Rebecca tot ist?*

»Haben Sie solche Angst vor dem Tod?« fragte er spöttisch im selben Atemzug.

Patric Vangrest hustete. Mit der einen Hand fuhr er sich nervös durch das schüttere, wirre Haar. Runen bemerkte einen eigentümlichen Glanz in den wäßrigen Augen des Piloten. »Sie sollten einen Neutralisierer nehmen.«

»Ich habe alles getan, um keine Bekanntschaft mit dem Sensenmann zu schließen.« Vangrest kicherte leise. »Und mit Ihrem Geld, Scenegato …«

»Mit *meinem* Geld, ja«, sagte Runen scharf. *Der Kerl ist völlig unzuverlässig,* dachte er, *alt und verbraucht. Ich kann von Glück sagen, überhaupt so weit mit ihm gekommen zu sein.*

Vangest griff nach einem Injektor, setzte ihn an die Hüfte und betätigte den Auslöser. Es zischte leise.

»Hören Sie, Patric«, sagte Runen scharf. »Ich weiß, daß Ihre nächste Regeneration bald fällig wird. Sie müßten schon seit mindestens hundert Jahren in irgendeinem Grab liegen. Sie sind ein halber Androide« — er lächelte dünn, als der Pilot bei diesem Wort das Gesicht verzog —, »und eine zellulare Aufbereitung Ihrer degenerierten Organe ist teuer. Ich habe Ihnen fünfzigtausend Yx dafür gezahlt, mich auf Tschurat abzusetzen. Allerdings kommen Sie an diese Summe erst dann heran, wenn ich sie mit meinem persönlichen Schlüsselwort freigebe. Das Geld reicht aus, um zwei Verjüngungen zu bezahlen.«

Mehrere Sekunden lang rührte sich Patric Vangrest nicht. Dann holte er abrupt aus und schleuderte den Injektor in eine Ecke.

»Sie meinen wohl, mit Geld könnte man alles kaufen.«

Runen nickte. »Ja. Fast alles.« Wieder dachte er an Carinne.

Patric Vangrest preßte den Daumen in eine Vertiefung in der rechten Armlehne des Sessels, und die Energiebahnen des Sicherheitskokons lösten sich knisternd auf. Er stand auf und trat an eine Konsole heran. Runen beobachtete ihn. Der Pilot sah aus wie ein sechzig- oder siebzigjähriger Mann. Nur wenn man genauer hinsah und Bescheid wußte, entdeckte man die Anzeichen der Regenerationen: die ungleichen Farbtöne der Haut, die manchmal ungelenken Bewegungen, hier und dort das Zittern eines Muskels, Augen, die einen Teil ihres einstigen Glanzes eingebüßt hatten. Runen verabscheute diesen Mann. Er verkörperte all das, was er seit Jahren haßte: Schwäche, Unentschlossenheit, Unzuverlässigkeit.

Aber andererseits war Runen auf diesen Mann angewiesen.

Vangrest öffnete die Konsole und prüfte den Inhalt einiger Stasisbehälter. Schließlich öffnete er einen und kehrte damit an die zentrale Instrumentenbank zurück. Er warf einen nervösen Blick auf die Projektion und ließ sich seufzend in seinen Sessel sinken.

Zischend bauten sich die Schutzfelder des Kokons wieder auf.

»Tschurat ist ein Protektorat«, sagte er heiser. »Sie wissen, was das bedeutet, Scenegato.«

»Das interessiert mich nicht.«

»Das sollte es aber. Dieser Planet ist nämlich kein einfaches Protektorat, sondern eins der Kategorie Null – zumindest dann, wenn sich Tschurat der Feuerstraße nähert. Das heißt: Illegale Besucher können von jedem offiziellen Repräsentanten des Missionats vor ein provisorisches Gericht gestellt und abgeurteilt werden. Zudem wird Tschurat jetzt von Überwachungsschiffen abgeschirmt. Ich bin mir gar nicht so sicher, ob wir überhaupt auf dem Planeten landen können.«

»Genau dafür bezahle ich Sie, Vangrest.« Runen Scenegato zeigte sich völlig unbeeindruckt.

»Was *wollen* Sie denn da?« Die Nervosität des Piloten nahm zu.

Irgendwo dort unten ist sie, dachte Runen. Und laut sagte er: »Ich will jemanden suchen. Eine Frau.«

»Das ist nicht Ihr Ernst!«

»Ich habe es Ihnen schon einmal gesagt, und Sie wollten es mir damals ebenfalls nicht glauben.«

»Sie müssen total übergeschnappt sein!« Patric Vangrest starrte seinen Passagier an. »Haben Sie eine Ahnung, was Sie da unten erwartet?« Er schüttelte den Kopf, und sein wirres Haar wogte hin und her. »Nein, ganz bestimmt nicht.«

»Ich habe mich informiert.«

»Informiert, ha!« Vangrest kicherte schrill. »Tschurat ist ein Schmelztiegel von Völkern und Rassen, Scenegato. Haben Sie die Reise hierher gründlich vorbereitet? Ich glaube kaum. In der geringen Zeit, die Ihnen zur Verfügung stand, können Sie nur die Oberfläche dessen angekratzt haben, was Sie dort unten auf Tschurat erwartet.«

Runen wandte den Blick von dem unglaublich dürren Mann im Sessel neben ihm ab und blickte ins Projektionsfeld. Alastra Alpha und Beta waren scheinbar größer geworden. Der grüne Zwerg schimmerte wie Jade, und der rote Riese sah aus wie das Auge eines Dämonen: ein glühender Rubin. Runen schauderte unwillkürlich.

»Wir kommen gleich in den Ortungsbereich der Wachschiffe«, sagte Vangrest. Unschlüssig starrte er auf den geöffneten Stasisbehälter in der rechten Hand, dann wandte er sich nach links.

»Als ich Ihren Auftrag annahm, wußte ich nicht, daß die Langflut auf Tschurat zu Ende geht. Ich wußte nicht, wie weit sich der Planet bereits der Feuerstraße genähert hat. Ich bitte Sie inständig, Scenegato: Lassen Sie uns umkehren. Die Feuerstraße ist viel zu nahe, und die von ihr ausgehenden Strahlungsanomalien haben Auswirkungen, die man nicht vorhersehen kann. Gedulden Sie sich einige Jahre. Es dauert nicht allzu lange, bis der Planet die Materiebrücke gequert und sich wieder so weit von der Doppelsonne entfernt hat, daß eine Landung auf Tschurat keine Risiken mehr in sich birgt. Der klimatische Zusammenbruch, der nun dort unten beginnt …«

»Ich weiß«, stieß Runen zornig hervor. »Dürre, Flut und Eis. Und genau deshalb müssen wir *jetzt* landen.«

Patric Vangrest sah seinen Passagier lange an. »Ich bin über zweihundert Jahre alt«, sagte er leise. »Ich habe eine Menge gesehen und erlebt. Genug, um zu erkennen, daß Sie besessen sind.«

»Ja, Sie sind alt und verkalkt und völlig verbraucht«, erwiderte Runen kalt. »Ich bezahle Sie, damit Sie mich auf Tschurat absetzen, und nicht für tiefenpsychologische Analysen.«

Der Pilot überlegte eine ganze Weile und wich dabei dem durchdringenden Blick Scenegatos aus. »Ich könnte einfach umkehren, ohne Ihre Erlaubnis dazu einzuholen.«

»Ja.« Runen nickte und kniff die Augen zusammen. »Das könnten Sie versuchen. Aber ich würde es Ihnen nicht raten.«

»Verdammt, Scenegato!« Vangrest suchte nach den passenden Worten. »Wollen Sie denn nicht verstehen? Es grenzt an Selbstmord, jetzt eine Landung auf Tschurat zu versuchen.«

»Mag sein.« Ich habe zu lange gewartet, dachte Runen. Und: keine Angst, Carinne. Ich hole dich da da raus. Ganz bestimmt.

Patric Vangrest verzog das Gesicht, kippte den Stasisbehälter und holte einen kleinen, grauschwarzen Gewebeklumpen hervor.

»Ich habe einmal zwei Terrjahre als Missionatsbeamter auf Tschurat gearbeitet«, sagte er nachdenklich. »Als ich diesen Galim-Aufklärer erstand, da fand ich an Bord mehr als ein Dutzend Memorianten. Die meisten waren längst eingegangen und ließen sich nicht mehr verwenden. Einige aber konnten zumindest teilweise regeneriert werden. Seltsam: Es ist mir nie in den Sinn gekommen, sie zu verkaufen. Tja, vielleicht wäre ich in der Lage gewesen, meine fünfte Regeneration mit den Memorianten zu bezahlen.«

Runen gab keine Antwort. Er blickte ins Projektionsfeld. Nach wie vor blendete der Bordcomputer lange Zahlenreihen ins Bild, und dann und wann veränderte sich das Summen der Instrumentenkonsole.

»Wie dem auch sei: Wenn man älter als zweihundert Jahre ist, dann hat sich eine ganze Menge Wissen angesammelt, und manchmal ist es ganz angenehm, einen Teil davon auf einen solchen Memorianten zu übertragen. Dadurch wird das eigene Hirn entlastet, wissen Sie.

In diesem Gewebeklumpen hier sind nicht nur die Erfahrungen gespeichert, die ich selbst während meiner zweijährigen Tätigkeit auf Tschurat machte. Der Memoriant enthält darüber hinaus auch alle dem Missionat vorliegenden Informationen über den Planeten. Schade, daß Sie ihn nicht tragen können. Sonst würden Sie nämlich sofort wissen, was uns dort unten erwartet.«

Runen sah zu, wie der Pilot den Kopf auf die Seite legte und eine bestimmte Stelle an seinem Hals berührte. Ein Hautlappen von der Größe eines Daumens löste sich. Vangrest schob ihn vorsichtig beiseite und setzte den Memorianten an. Feine Hohldorne wuchsen aus dem grauschwarzen Gewebeklumpen heraus und bohrten sich ins Fleisch des Wirtskörpers. Der Pilot gab ein leises Seufzen von sich und rollte mit den Augen. Die Brust unter seiner ausgefransten Uniformjacke hob und senkte sich in einem raschen Rhythmus. Fasziniert beobachtete Runen einen winzigen Blutstropfen, der über den Hals des Piloten rann.

Für den Hauch eines Augenblicks füllte das Rot sein ganzes Blickfeld aus, und er sah Rebecca vor sich: ein junges Mädchen, das noch nicht ganz zwölf Jahre alt war — das Gesicht eine erstarrte Maske des Schmerzes, Arme und Beine zerrissen, Lippen, die nie wieder lachen konnten.

Runen Scenegato wandte sich ab und würgte.

»Ist irgend etwas nicht in Ordnung mit Ihnen?«

»Es geht mir gut«, erwiderte Runen knapp. »Und wir landen. Das ist meine feste Absicht.«

Drei blaue Lichter glühten in dem Projektionsfeld auf, und irgendwo piepte etwas. Vangrest beugte sich nach vorn.

»Das sind drei der Wachschiffe.« Er fluchte. »Ich habe es gewußt.«

»Sind wir auf Ortungsreichweite heran?«

»Ja, verdammt. Und die Jungs da drüben müßten schon auf beiden Augen blind sein, wenn sie uns nicht kommen sehen.«

Die noch immer schmierigen Finger Patric Vangrests huschten über das Instrumentenpult. Sensorpunkte leuchteten auf, und das dumpfe Dröhnen der Triebwerke wurde lauter. Der Galim-Aufklärer beschleunigte.

Tschurat schien ihnen entgegenzufallen. Bald füllte der Planet das ganze Projektionsfeld aus: Wolken wie Wattetupfer, Meere und Ozeane wie kleine Wasserlachen, Gebirgsgipfel wie Stecknadelköpfe. In der Atmosphäre der Welt unter ihnen bildeten sich bereits erste Leuchterscheinungen. Es konnte nicht mehr lange dauern, bis die Langflut endgültig zu Ende war und auf Tschurat die Zeit der

Dürre begann. Vangrest hatte recht: Runen Scenegato war nur in der Lage gewesen, sich oberflächlich mit den Besonderheiten dieses Planeten zu befassen. Aber seine Kenntnisse reichten aus, um die Gefahr zu begreifen, der Carinne ausgesetzt war. In seinem Innern verkrampfte sich etwas, als er daran dachte.

Die drei Wachschiffe des Missionats, das Tschurat vor Kontakten mit der Außenwelt schützte, schwebten jetzt als silbrig glänzende Punkte an den Bahnen des eingeblendeten Koordinatennetzes entlang. Der Kurs des Galim-Aufklärers führte genau zwischen den in Dreiecksformation fliegenden Missionatskreuzern hindurch.

Auf der Kontrollkonsole des Kommunikators pulsierte ein grünes Licht.

»Sie versuchen, Verbindung mit uns aufzunehmen.« Der dürre Pilot schüttelte den Kopf, und der Memoriant an seinem Hals tanzte dabei auf und nieder. »Scenegato, noch können wir ...«

»Nein.« Es war die einzige Chance, die Carinne noch hatte. Er *durfte* nicht warten, bis auf Tschurat die nächste stabile Langflut begann. »Wir fliegen weiter. Ich habe Sie bezahlt. Also bringen Sie mich wie vereinbart nach Tschurat.«

Vangrest sah ihn einige Sekunden lang groß an, und wieder bemerkte Runen das sonderbare Funkeln in den grauen, wäßrigen Augen. »Es ist keine Frau. Das paßt gar nicht zu Ihnen, Scenegato. Nein, es muß um etwas anderes gehen. Die Telquel? Ja, vielleicht. Jetzt erinnere ich mich wieder. Sind Sie nach Tralicc aus — nach Telquel-Tränen?«

»Nein.« Und das war die Wahrheit. »Ich suche jemanden. Das ist alles.«

»Das glaube ich Ihnen nicht.« Vangrest fuhr sich mit der Zunge über die dünnen Lippen. »Wenn auf Tschurat die Zeit der Dürre anbricht ... jetzt verstehe ich! Er zwinkerte. »Wissen Sie, wo die Tralicc zu finden sind? Damals habe ich gehört, es solle alte Karten geben, und ...«

Das grüne Licht des Kommunikators flackerte heller und in einem schnelleren Rhythmus.

»Wir können nicht mehr ausweichen.« Vangrest deutete auf das Projektionsfeld. »Abfangkurs. Müssen sehr geschickte Piloten sein. Es könnte etwas ungemütlich werden, Scenegato.«

»Verlieren Sie nicht noch mehr Zeit.«

Der Pilot nickte, lehnte sich zurück und schloß die rechte Hand um einen aus der Armlehne herausragenden Knauf. Von einem Augenblick zum anderen verklang das Dröhnen der Triebwerke. Im Projektionsfeld über dem Instrumentenpult verblaßte das Abbild des Doppelsternsystems.

Es dauerte nur drei oder vier Sekunden.

Ein heftiger Ruck durchlief den Galim-Aufklärer. Für einige Augenblicke verlor Runen die Orientierung, und als er wieder zu sich gefunden hatte, befanden sie sich nun in den äußersten Ausläufern der Atmosphäre Tschurats.

»Der Satellit ....«, krächzte er. »Schleusen Sie ihn aus, Vangrest!«

Der Pilot nickte. Dicht neben dem kirschfarbenen Punkt, der die Position des Schiffes kennzeichnete, glühte ein zweiter, wesentlich kleinerer Lichtfleck auf. »Ausschleusung durchgeführt und bestätigt«, sagte Vangrest.

Er blickte kurz auf einen Monitor. »Die Flugbahn Ihres Satelliten ist stabil für ... gut zwei Terrjahre. Danach wird er in der Atmosphäre verglühen.« Er räusperte sich nervös. »Sie wissen, daß Sie sich damit eines illegalen Akts schuldig gemacht haben?«

»Zerbrechen Sie sich nicht über Dinge den Kopf, die Sie nichts angehen.«

»Schon gut, schon gut. Ich hätte ihn ja gern in eine stabilere Umlaufbahn gebracht, aber solche Sprungmanöver lassen sich nicht genau berechnen, wenn das Schwerefeld eines Planeten zu nahe ist.« Er kicherte. »Von den drei Wachschiffen haben wir nichts mehr zu befürchten.«

Erste Wolkenfetzen flogen vorbei. Vangrest ging auf Gegenschub, und der alte Galim-Aufklärer erzitterte wie ein widerspenstiges Tier. Der Bug des Schiffes senkte sich dem Zentrum eines gewaltigen Wirbelsturms entgegen.

14

Als der Aufklärer in den schwarzen Wolkenberg des Sturms eintauchte, war eine ganze Weile überhaupt nichts mehr zu sehen. Runen bemerkte, daß der grüne Sensor des Kommunikators nicht mehr leuchtete.

»Wir haben mehrere Fehlfunktionen an Bord«, krächzte Vangrest. Seine Hände vollführten fahrige Bewegungen. »Das Bugschild ist instabil. Himmel und Hölle: Wir sind der Materiebrücke viel zu nahe.«

»Bringen Sie uns runter«, sagte Runen nur.

»Sie haben die Karte, nicht wahr, Scenegato? Eine Karte, in der die Stellen eingezeichnet sind, wo man während der Zeit der Dürre Telquel-Tränen finden kann ...«

»Sie sollen *landen*.«

»Himmel, ja. Das Ortungsfeuer ... einen Augenblick, ah, da haben wir es ja.« Er streckte einen Arm aus. »Dort unten ist die zentrale Missionatsstation.«

Der Galim-Aufklärer hatte die Zone des Wirbelsturms inzwischen hinter sich gelassen. Zwischen den faserigen Wolkenschlieren erkannte Runen die Küste eines Kontinents, und irgendwo inmitten der Fläche aus braunen, gelben und roten Farbtönen sah er einen matten Lichtschimmer. Direkt daneben blendete der Bordcomputer eine bestimmte Kennummer ein.

»Eins sage ich Ihnen gleich, Scenegato: Wenn wir dort unten Schwierigkeiten bekommen sollten, behaupte ich, Sie hätten mich dazu gezwungen, den Planeten anzufliegen.«

»Sie können sagen, was Sie wollen.«

Runen wußte schon jetzt, daß er Tschurat verabscheute. Er haßte alle Entwicklungswelten und Protektorate. Und er glaubte, auch allen Grund dazu zu haben. Wie lange mochte sich Carinne hier schon aufhalten?

»Man wird Sie verhaften«, prophezeite der dürre Pilot. »Und mich dazu. Wir haben keine Genehmigung.«

»Ich habe entsprechende Vorbereitungen getroffen. Dazu reichte meine Zeit noch aus.«

Vangrest starrte ihn groß an. »Bestechung von Missionats-Repräsentanten?«

»Nein«, antwortete Runen glatt. Er hatte zuvor einige Nachforschungen anstellen und den persönlichen Hintergrund einiger hier tätiger Beamte erhellen lassen. Viele derjenigen, die im Namen des Missionats Entwicklungshilfe auf Protektoratswelten betrieben, achteten darauf, daß sie selbst nicht leer ausgingen. In der Regel gab es auf geschützten Planeten eine Menge, für das sich Außenweltler interessierten, und auf Tschurat traf das in einem besonderen Maße zu. Wenn man darüber Bescheid wußte und auf die entsprechenden Leute ein wenig Druck ausübte ...

»Glauben Sie mir, von den Missionatsrepräsentanten der zentralen Station haben wir ganz sicher nichts zu befürchten.«

Runen blickte auf das Projektionsfeld, und dort, wo er nur graue und braune Flächen sah, standen vor seinem inneren Auge Szenen von stinkenden Dörfern und Städten. Er hatte damals mit Carinne zusammen verschiedene Entwicklungsplaneten besucht, und für ihn waren sie alle gleich. Ein archaisches Milieu, barbarische Riten und Traditionen, keine ausgebaute Technik, ein soziales Umfeld, in dem der Starke über den Schwachen herrschte. Geld bedeutete Macht, und Macht wiederum ...

Aber was war Macht angesichts eines verlorenen Lebens? Was bedeutete Einfluß, wenn er nur dazu diente, eine Macht zu erhalten, an der einem nichts mehr lag? Selbst mit noch soviel Geld konnte man eine Vergangenheit nicht ungeschehen machen, und ein Irrtum war ein Irrtum, selbst dann, wenn man ihn zu verdrängen versuchte.

»Ich bekomme keine Verbindung mit der Station«, krächzte Vangrest. Ein Ruck durchlief den Galim-Kreuzer, und das Dröhnen der auf Gegenschub geschalteten Triebwerke war nun nicht mehr gleichmäßig, sondern stockte in unregelmäßigen Abständen. Das Schiff verlor weiter an Höhe. Der Bugschild löst sich auf.« Mit sichtlicher Nervosität bediente der Pilot die Kontrollen des Schiffes. Runen sah ihm dabei zu und versuchte zu verstehen, warum Vangrest so unruhig war. Er hatte das Gefühl, in einer Zeitnische zu hocken, sich an irgendeinem Ort zu befinden, wo nur das eine Rolle spielte, was sich direkt hinter seiner Stirn zutrug.

Die Teleerfassung holte nun die ersten Einzelheiten Tschurats heran. Runen sah riesige, fadenähnliche Gebilde, die vom Wind getragen dahinschwebten. Jeder einzelne Faden wies mehrere Verdickungen auf: Transportraum für Waren und Güter, die ein Stamm gegen Erzeugnisse eines anderen tauschte. Vielleicht aber lebten dort auch Mumenschen – die mutierten Nachkommen von Siedlern. Runen hatte während der gemeinsamen Zeit mit Carinne viel gesehen. Seit dem Großen Zusammenbruch waren fast tausend Jahre vergangen – Zeit genug für umfassende genetische Anpassungen an eine für den Ursprungsorganismus fremdartige Umwelt. Er erinnerte sich daran, zusammen mit Carinne einmal einer Welt einen Besuch abgestattet zu haben, die einen besonders bizarren und exotischen Eindruck auf ihn gemacht hatte: Die Nachfahren der Kolonisten lebten dort nicht etwa auf der Oberfläche des Planeten, sondern auf und in riesenhaften, quallenartigen Organismen, die durch die Wolkenozeane der Welt schwebten. Auf Cacham kam es zu einer zyklischen Ökologiekrise, die die Mumenschen als »Mondsturmzeit« bezeichneten.

Das Bild der fadenartigen Gebilde verschwand plötzlich und machte dem Gleißen und Funkeln einer ausgedehnten Leuchterscheinung Platz.

»Bei allen Galim-Generälen«, stieß der dürre Pilot hervor. »Das hat uns gerade noch gefehlt.« Runen sah zu ihm hin und hatte nach wie vor das Gefühl, überhaupt nicht an dem aktuellen Geschehen beteiligt zu sein. Ein glänzender Blitz – wenn man dieses Phänomen überhaupt als einen Blitz bezeichnen konnte – raste heran. Einige Kontrollanzeigen auf dem Instrumentenpult erloschen, als der Bugschild ausfiel. Irgendwo im Heckbereich des Aufklärers krachte etwas, und das Dröhnen der Triebwerke verstummte endgültig.

»Ich habe es gewußt«, jammerte Vangrest und hieb mit beiden Fäusten auf die Kontrollen vor sich ein. »Ich habe es von Anfang an gewußt. Ich hätte mich nie mit Ihnen einlassen sollen. *Nienienie!*«

»Können wir die Missionatsstation noch erreichen?«

»Die Station?« Der Pilot kicherte. »Mann, die liegt bereits zweitausend Kilometer hinter uns. Wir sind manövrierunfähig. Wir stürzen ab. Ich hab' es geahnt. Ich hab' es von Anfang an geahnt.«

Runen vernahm das Heulen verdrängter Luft. In dem Projektionsfeld vor ihnen war nun kaum noch etwas zu erkennen: Der Computer füllte den ganzen Bereich mit Warnmeldungen aus. Irgendwo schrillte ein überlasteter Servomechanismus.

Patric Vangrest begann am ganzen Leib zu zittern und kauerte sich in seinem Sessel zusammen.

»Wo befindet sich die nächste Nebenstation?« Runen blickte den Piloten groß an. »Ich habe Sie etwas gefragt, Vangrest! Können wir eine der anderen Basen erreichen?«

Runen schaltete seinen Sicherheitskokon ab, stand auf und trat an Vangrests Sessel heran. Er war nicht nervös. Er empfand nicht einmal eine Spur von Beunruhigung. In seinem Innern war nur kalte Leere, aus der ihn die mandelförmigen Augen einer Frau ansahen.

Vangrest wimmerte wie ein kleines Kind.

»Ich habe Ihnen fünfzigtausend Yx bezahlt«, sagte Runen scharf. »Und Sie haben noch nicht einmal zehn Prozent davon abgearbeitet. Reißen Sie sich zusammen, Mann.« Er wischte sich den Schweiß von der Stirn. Die Innentemperatur war trotz der noch funktionierenden Umwälzanlage schon beträchtlich angestiegen. Es gab keine Möglichkeit, von der Kanzel aus den Bug des Aufklärers direkt zu beobachten, aber Runen konnte sich vorstellen, wie er in einem hellen Rot glühte.

Vangrest schaltete das Schutzfeld ab. Runen packte die Hand des Piloten und riß ihn hoch. Er umfaßte beide Schultern des Mannes und drückte fest zu. »Bringen Sie das

18

Schiff runter. Und zwar möglichst heil. Gibt es hier in der Nähe eine andere Missionatsbasis?«

»Ich ...ich weiß nicht.« Die Augen des Piloten waren gerötet.

»Dann finden Sie es heraus.«

Er ließ sich wieder in seinen Sitz sinken und aktivierte den Sicherheitskokon. Vangrest zitterte noch immer, richtete seine Aufmerksamkeit aber wieder auf die Kontrollen. Nach einer Weile brachte er mit vibrierender Stimme hervor:

»Ja, eine kleine Station ... das Ortungsfeuer ist nur schwach, und die Peilung ...«

»Landen Sie den Aufklärer in der Nähe der Basis«, sagte Runen und blickte wieder auf das Projektionsfeld. Ihre Höhe betrug nun nicht mehr ganz zweitausend Meter, und der Boden kam rasch näher. Kurz darauf erlosch die flimmernde Umgrenzung des Projektionsfeldes.

»Nur noch wenige Sekunden bis zum Aufschlag«, krächzte Vangrest. Runen nickte nur und wartete.

Der Aufprall war weniger heftig als erwartet. Die Netzbahnen des Kokons legten sich wie eine zweite Haut um Runen, und so trug er nicht einmal eine Prellung davon. Der Sitz löste sich teilweise aus der Verankerung, aber auch das bedeutete keine Gefahr, weil sich das Schutzfeld daraufhin sofort ausdehnte, und Energie kennt keine Trägheit. Rauchschwaden durchzogen die Pilotenkanzel, und als das Schiff zur Ruhe gekommen war, griff Runen aus einem Reflex heraus nach der Atemmaske, die aus einer der Sessellehnen herausklappte. Er holte tief Luft, schaltete den Kokon ab und stand auf. Er hatte Mühe, das Gleichgewicht zu wahren, denn der Boden des Kontrollraums wies nun eine starke Neigung auf.

»Wir sind gelandet«, sagte er knapp.

Runen Scenegato – Die erste Überraschung

»Es war eine Bombe.«

Runen Scenegato starrte auf die zerfetzten Trümmer, die von der einen Triebwerkseinheit übriggeblieben waren. Die Spulen des Sprunggenerators hatten sich in der Hitze zum Teil verflüssigt und waren anschließend zu einer bizarren Formation erstarrt. Die Decke des Maschinenraums hatte sich verformt, und einige Stahlträger waren wie dünne Holzspanten geknickt. Runen schob sich durch das Schott, das sie nur einen Spaltbreit hatten aufhebeln können. In der Triebwerkskammer herrschte nach wie vor große Hitze. Der Pilot vollführte einige fahrige Gesten.

»Haben Sie gehört, Scenegato? Eine Bombe.«

»Das ist doch Unsinn.«

»Ach, meinen Sie?« Vangrest bückte sich und nahm ein verformtes Kunststoffstück zur Hand. Von irgendwoher drang das leise Heulen eines herannahenden Sturms an Runens Ohren.

»Und was ist das hier?«

Vangrest hielt ihm seinen Fund entgegen. Er nahm ihn zur Hand und betrachtete ihn eine Weile. In dem schwachen Licht konnte er kaum irgendwelche Einzelheiten ausmachen.

»Plastik«, sagte er. »Vielleicht von einer Isolierung. Ich weiß nicht. Ich habe mich nie eingehend mit der altmodischen Galim-Triebwerkstechnik beschäftigt.«

Vangrest nickte. Der Memoriant an seinem Hals war nun nicht mehr grauschwarz, sondern hatte die Tönung seiner Haut angenommen. Er schimmerte blaß und farblos, an einigen Stellen kalkweiß. »Dafür hatten Sie immer Ihre Leute, nicht wahr, Scenegato? Ich weiß genau, wer Sie sind.«

»Wie schön für Sie«, gab Scenegato spöttisch zurück. »Verraten Sie mir doch mal, was das mit diesem Kunststofffetzen zu tun hat.«

»Sie sind einer der reichsten Männer des Missionats«, zischte der Pilot. Seine Augen waren irgendwo im Halbdunkel verborgen, aber Scenegato sah dann und wann ein mattes Aufblitzen. »Und wie man hört, stammt Ihr Reichtum nicht nur aus legalen Quellen.«

»Ach …«

»O nein, Anklage wurde natürlich nie gegen Sie erhoben. Aktenmäßig sind Sie ein unbescholtener und recht geschäftstüchtiger Bürger.« Der Pilot gab einen undefinierbaren Laut von sich. »Ich habe viele Leute wie Sie kennengelernt − und sie immer verabscheut. Sie meinen, die Welt gehört Ihnen. Leute wie Sie bauen ihr Leben auf dem Elend anderer auf.«

Carinne, dachte Runen. Und laut sagte er: »Ein netter Vortrag, Vangrest. Bitte sehen Sie davon ab, mich nach meiner Meinung über Sie zu fragen.« Er gab den Plastikfetzen zurück.

Das dumpfe Heulen wurde lauter, und Runen hatte den Eindruck, als erzittere der Boden zu seinen Füßen.

»Sie haben alles zerstört, was ich hatte«, flüsterte Vangrest und senkte den Kopf. Die Finger seiner rechten Hand umkrampften das deformierte Plastik. »Der Absturz hat meine Memorianten verenden lassen. Das Schiff ist hin. Und ich habe zehn Jahre gebraucht, um es instand zu setzen und wieder betriebsbereit zu machen. Womit soll ich jetzt meinen Lebensunterhalt verdienen? Wie soll ich das Geld zusammenbringen, um die nächsten Regenerationen zu bezahlen?«

»Ich bin nicht schuld am Absturz Ihres Schiffes«, erwiderte Runen kalt. »Wenn Sie den Planeten geradewegs angeflogen hätten, wären wir vermutlich nicht in die energetische Entladung hineingeraten.«

»Ich sagte es Ihnen schon: Nicht der Blitz war es, der den Triebwerksblock hier zerstörte, sondern diese Bombe. Ich weiß nicht, wann und wo und von wem sie in meinem Maschinenraum angebracht worden ist.«

»Sie leiden an einer zu stark ausgeprägten Phantasie.«

Runen machte Anstalten, sich umzudrehen und den Raum zu verlassen.

»Eine Thermobombe«, krächzte Vangrest. »Und sie war nicht auf einen bestimmten Zeitpunkt programmiert, sondern wurde ferngezündet. Derjenige, der das Codesignal abstrahlte, kann nicht weiter als einige tausend Kilometer entfernt gewesen sein.« Der Pilot trat einen Schritt auf ihn zu. »Irgend jemand hat Sie hier erwartet, Scenegato. Und dieser Jemand mag Sie ganz offensichtlich nicht.«

Runen gab keine Antwort.

Vangrest streckte plötzlich einen Arm aus, und die langen Finger seiner schmalen und knochigen Hand umfaßten Runens Schulter.

»Sagen Sie mir endlich die Wahrheit, Scenegato«, stieß der dürre Mann hervor. »Sie sind nicht hierher gekommen, weil Sie eine Frau suchen.« Er kicherte schrill. »Das ist ja lachhaft. Ein Mann wie Sie … ein Mann wie Sie könnte jede Frau haben. Jede, die er sich wünscht. Nein, Scenegato. Sie sind aus einem ganz anderen Grund hier.« Er senkte unwillkürlich die Stimme. »Haben Sie eine Karte? Sagen Sie es mir! Wissen Sie, wo man während der Zeit der Dürre Telquel-Tränen finden kann?«

Runen schüttelte die Hand des Piloten mit einem Ruck ab.

»Sie sind berauscht, Vangrest. Sie leben in einer Traumwelt. Sie machen sich etwas vor. Telquel-Tränen! O ja, ich habe davon gehört. Aber ich suche wirklich nur eine Frau.«

Das hörte sich fast wie eine Rechtfertigung an, dachte Runen. Sollte mich der Vorwurf dieses überalterten Greises tatsächlich treffen?

»Sie können mir vertrauen«, hauchte Vangrest. »Lassen Sie uns Partner werden. Mein Wissen über Tschurat und Ihre Karte … ist das nichts?«

Der Boden zitterte stärker, und Runen verlor fast das Gleichgewicht. Er hielt sich an einer verbogenen Strebe fest. Einige der noch glühenden Facetten der Notbeleuchtung erloschen. Das dumpfe Heulen des Windes war eine leise zischende Stimme, die von einer anderen fremdartigen Welt erzählte. Irgendwo knisterte etwas verhalten, und Runen hatte den Eindruck, als würde es rasch kühler in der zerstörten Triebwerkskammer.

»Ihnen vertrauen?« lachte Runen.

»Sie haben mein Schiff zerstört«, jammerte Vangrest.

»Schluß damit. Ich gebe nicht nur die fünfzigtausend Yx, sondern überweise Ihnen auch noch eine Summe, mit der Sie ein neues Schiff erstehen können, wenn Sie mich auf dem schnellsten Wege in die Außenstation des Missionats bringen. Sie haben uns doch in der Nähe der Basis runtergebracht?«

Vangrest nickte müde.

Während Runen in seiner Kabine damit beschäftigt war, seine Sachen zusammenzupacken, dachte er an die Thermobombe. Nur seine engsten Mitarbeiter konnten ahnen, daß er nach Tschurat fliegen würde. Und doch ... es war eine Thermobombe in der Triebwerkskammer angebracht worden. Runen zweifelte keine Sekunde daran, daß sich dieser Anschlag gegen ihn richtete und nicht etwa gegen den Piloten. Aber wer konnte ein Interesse an seinem Tod haben? Wem mochte etwas daran liegen, daß er Tschurat nicht erreichte?

»Wenn ich erst in der Station bin«, murmelte er seinem Abbild im 3-D-Spiegel zu, »kann ich Verbindung mit meinem Satelliten aufnehmen. Dann sollte es relativ rasch gelingen, diese ganze Angelegenheit aufzuklären.«

Aber ein dumpfes Unbehagen blieb dennoch.

Und er wußte, es blieb ihm nur noch wenig Zeit. Mehr als neun Jahre lang hatte er nicht an Carinne gedacht und sich noch weniger um ihren Verbleib gekümmert. Er wußte nur, daß sich Carinne auf Tschurat aufhielt, nicht aber, wie lange schon. Offenbar war sie noch immer als Entwicklungshelferin tätig — hatte sie denn nicht aus den damaligen Geschehnissen gelernt? — und arbeitete für das sogenannte Konziliat.

Nach dem Zusammenbruch wurde das »Missionat«

gegründet, eine Vereinigung relativ hochentwickelter Welten. Das Missionat umfaßte rund zehn Prozent der einstigen Einflußsphäre des Galaktischen Imperiums, und zu dem Zusamenschluß gehörten von Menschen und von anderen Rassen bewohnte Welten. Die Prinzipien des Missionats waren Nichteinmischung, friedliche Koexistenz und Eigenverwaltung auf niedriger Ebene. Es räumt allen religiösen, philosophischen und anderen gemeinnützigen Organisationen das Recht ein, Entwicklungshelfer auf geschützte Planeten zu schicken. Die sogenannten »Bescherer« unterlagen der Aufsichtspflicht einer zentralen Missionatsstation, hatten aber im Rahmen ihres Auftrages weitgehende Handlungsfreiheit. Das »Konziliat« war eine der anerkannten Bescherungsvereinigungen auf Tschurat.

Was die Konzilianten anging, verfügte Runen Scenegato nur über geringe Kenntnisse. Offenbar waren es Leute, denen es um eine philosophisch verklärte »Versöhnung« zwischen allen Völkern ging, Es war ihm nur wenig Zeit geblieben, mehr über das Konziliat in Erfahrung zu bringen, denn die Informationen über den bevorstehenden klimatischen Zusammenhang auf Tschurat waren erschrekkend. Seiner Meinung nach grenzte es an Selbstmord, wenn sich Außenweltler dafür entschieden, auf Tschurat zu bleiben und das Chaos von Dürre, Flut und Eis mitzuerleben. Und wenn er Carinne nicht rasch fand und in Sicherheit brachte …

Warum war sie damals nicht mit ihm gekommen?

Runen gab sich einen inneren Ruck, sah sich noch einmal um und vergewisserte sich, nichts vergessen zu haben. Dann verließ er die Kabine und machte sich auf den Weg zur Schleuse.

»Hier, ziehen Sie das an«, krächzte Patric Vangrest und reichte ihm einen fleckigen Mantel. Er schien mindestens ebenso alt zu sein wie der Pilot und stank nach Schmieröl und Moder. »Draußen ist es kalt. Wirklich *kalt*. Wir sind im nördlichen Hochland Arantalens abgestürzt, und selbst während der stabilen Langflut herrschen in dieser Region äußerst unerfreuliche Temperaturverhältnisse.«

Runen zuckte kurz mit den Achseln und streifte sich den Mantel über.

Patric Vangrest trat auf das Schott zu. »Das Ortungsfeuer war nur schwach, und daher konnte ich keine genaue Peilung durchführen.« Er hustete und schielte nach der am Boden liegenden prall gefüllten Packtasche. »Einige Kilometer. Vielleicht auch etwas weniger.«

Ein heftiger Ruck durchlief das Wrack, und Runen wäre fast gestürzt. Vangrest hielt sich an dem großen Handrad des Schleusentors fest.

»Was war das?«

»Ich habe keine Ahnung. Der Sturm. Denke ich wenigstens.« Der Pilot murmelte etwas Unverständliches und versuchte das Rad zu drehen. Nach einigen erfolglosen Versuchen trat Runen an seine Seite und half ihm.

Es knirschte verhalten, und das Schott vor ihnen kam in Bewegung. Ein Spalt bildete sich und wurde allmählich breiter. Das Heulen des Windes verstärkte sich schlagartig; Sand wehte herein. Vangrest schob sich zur Seite und blickte hinaus.

»Scheiße«, sagte er.

»Was ist denn los?«

»Qi«, meinte der Pilot nur, als sei das Erklärung genug.

Runens Blick fiel auf eine graubraune Landschaft aus langsam dahinwandernden Sanddünen. Der Sturm wirbelte Tonnen von Sand empor, und dieser dichte Schleier aus Milliarden winziger Partikel verbarg das Licht des Doppelgestirns und das Gleißen der Feuerstraße. In unmittelbarer Nähe des Schiffes ragten seltsame Gebilde empor. Sie schienen aus hartem Granit zu bestehen, und in dem Gestein erkannte er hier und dort glitzernde Stränge. Runen beugte sich ein wenig vor. Es lagen einige verstreute Trümmer in der Nähe, und sonderbarerweise konzentrierten sich die aus dem Sand wachsenden Stein- und Kristallfinger vorwiegend dort.

Er wich wieder zurück und lehnte sich an die Schleusenwand. »Wir könnten warten, bis der Sturm abflaut.«

»Ich meine nicht den Sturm.«

Runen runzelte die Stirn. »Ich wäre Ihnen sehr dankbar, wenn Sie sich etwas klarer ausdrücken würden.«

»Die Qi. Sie haben sie doch auch gesehen.«

»Die steinernen Gebilde dort draußen?«

Patric Vangrest nickte hastig und fuhr sich mit der Zunge über die Lippen. »Ja. Haben Sie noch nie etwas von geophysischem Leben gehört? Ich wußte nicht, daß es die Qi inzwischen auch hier im Hochland gibt. Damals, als ich als Missionatsbeamter hier tätig war, beschränkte sich diese Lebensform noch auf einen Bereich weiter im Norden.«

»Wollen Sie etwa behaupten, die Steine da draußen *leben*?« fragte Runen ungläubig.

»Nicht nur das. Sie fressen und wachsen.« Er schluckte. »O, bei allen Himmeln, warum habe ich mich jemals dazu überreden lassen, Sie nach Tschurat zu bringen! Ja, die Qi fressen und wachsen. Sie ernähren sich von allen Energieformen. Darum ist es in der Kammer so rasch kühl geworden. Sie beschleunigen ebenfalls den natürlichen Korrosionsprozeß von Metall und nutzen diesen Vorgang, um weiter zu wachsen.«

Wie als Bestätigung seiner Worte wurde das Wrack von einem zweiten, noch stärkeren Ruck erschüttert. Es schien, als seien einige der säulenartigen Gebilde bereits größer geworden. »Und?«

»Und *was*?« krächzte Vangrest. »Der menschliche Körper gibt Wärme ab, Scenegato. Wir können nicht raus.«

»Wir müssen. Wenn Sie recht haben, vertilgen diese ... diese Steine da draußen nach und nach die Überreste Ihres Schiffes. Reißen Sie sich gefälligst zusammen, Vangrest!«

In der Ferne ertönte ein fanfarenartiges Geräusch. Vangrest erstarrte. Für einige Sekunden war nur das Fauchen des Sturms zu hören. Dann erklang das Geräusch erneut, und diesmal war die Entfernung offenbar schon nicht mehr ganz so groß.

»Raus hier«, stieß der Pilot hervor. Er zwängte sich in den Spalt zwischen Schleusenwand und Schott. Windböen zerrten an seinem Schutzmantel, und die Kapuze hüpfte auf und nieder. »Sofort raus hier. Kommen Sie, Scenegato.«

Der Pilot stieß sich ab und landete auf allen vieren im Sand. Er rollte sich sofort herum, um einer der Säulen aus Granit und Kristall auszuweichen. Runen folgte ihm.

Der Fanfarenstoß ertönte zum dritten Mal, und noch bevor er ganz verklungen war, vernahm Runen ein knisterndes Prasseln aus der gleichen Richtung. Vangrest packte seinen Arm und zerrte ihn mit sich. Vorsichtig passierten sie die in unmittelbarer Nähe des Wracks aus dem Sand wachsenden Qi. Es war kalt. Aber die von den Säulen ausgehende Kälte erinnerte an Regionen ewigen Eises, an große, jahrtausendealte Gletscher. Vangrest hatte es immer eiliger. Die Trümmer des alten Aufklärers verschwanden hinter ihnen im Sand. Das Zwielicht des Sturms verschluckte sie, und die Stimme des Orkans toste in ihren Ohren und betäubte ihre Trommelfelle. Trotz der Atemmaske des Schutzmantels fiel es Runen immer schwerer, seine Lungen mit Luft zu füllen.

»Stehenbleiben«, keuchte er. »Sie sollen stehenbleiben.«

»Halten Sie um Himmels willen den Mund«, zischte Vangrest.

Der Pilot zog Runen noch einige weitere Meter mit sich und stieß ihn dann zu Boden. Scenegato blieb schwer atmend liegen. Die Fanfarenstöße erklangen nun in immer kürzeren Abständen, und jedesmal folgte ihnen das knisternde Prasseln. Vangrest schob sich dicht an seine Seite und tastete mit der einen Hand nach dem Memorianten an seinem Hals.

»Es müssen Varae sein«, murmelte er Runen zu. »Ich bin ziemlich sicher.« Er kicherte schrill. »Die Tschuraner hassen Außenweltler. Und wenn sie das Glück haben, welche zu erwischen ...« Er sprach nicht weiter, aber Runen verstand auch so.

»*Dji, dji!*« ertönte es aus der Ferne. Ein weiterer, schallender Fanfarenstoß schloß sich an, und Runen sah, wie ein Qi, den er im Sturm nur als einen konturlosen Schemen erkennen konnte, zerplatzte und in tausend Splitter zerfiel.

Andere Schatten schoben sich aus den vom Sturm gebeutelten Sandschlieren heraus: die gedrungenen Leiber von Reittieren, die mit nichts Ähnlichkeit hatten, was Runen bisher zu Gesicht gekommen war — sechs kurze und besonders muskulöse und vier lange, stelzenartigen Beine, die sich in unregelmäßigen Abständen versteiften, wodurch der vordere Körper des jeweiligen Tiers einige Meter in die Höhe kam. Die Schädel waren massig und völlig unbehaart. Eine metallen glitzernde Haut überzog die kantigen Knochen, und aus der Sirn wuchsen zwei lange, wuchtige Krummhörner.

»Das sind Prekha-Büffel«, flüsterte Vangrest. »Lassen Sie sich von ihrem Aussehen nicht täuschen. Sie sind schneller als die besten Rennpferde, die Sie vielleicht von anderen Protektoraten her kennen.«

Auf den Prekhae hockten große, stämmige Gestalten. Runen sah pechschwarze Felle. Über dem Pelz trugen die Varae lederne Langjacken. Die Köpfe wurden von beinernen Helmgeschirren geschützt. Darunter funkelten silbrige Augen. Runen machte auch mehrere köcherartige Gebilde mit Geschoßbolzen für Armbrüste aus.

Zwei der Fremden — insgesamt mochten es etwa zwanzig sein — hoben aus Knochen geformte Trompeten an die Lippen, und unmittelbar darauf vernahm Runen erneut einen Fanfarenstoß. Einige der Qi, die den Varae im Weg standen, zerplatzten.

»Sie müssen das abstürzende Schiff gesehen haben«, murmelte Vangrest so leise, daß Runen ihn kaum verstehen konnte. »Und jetzt sind sie da, um einmal nachzusehen. Wahrscheinlich sind diese Varae dort von ihrem Stamm zu Vendicatoren ernannt worden. Für die Betreffenden ist das eine große Ehre — und für uns ein Anlaß zu besonderer Vorsicht. Vermutlich haben sie es zudem auch noch auf das Metall des Wracks abgesehen.« Er hustete und grub dazu den Kopf in den Sand, um das Geräusch zu dämpfen. »Metall ist knapp auf Tschurat.«

Von einem Augenblick zum anderen ließ der Sturm nach. Die wütende Stimme des Orkans verklang, und die aufgewirbelten Sandwolken begannen sich zu legen. Allmählich wurde es heller. Und als die bleigraue Wolkendecke aufbrach, starrte das rote Dämonenauge von Alastra Alpha auf sie herab. Die Riesensonne bedeckte etwa ein Viertel des sichtbaren Himmels, aber das gleißende Band der Feuerstraße erregte weitaus mehr Aufmerksamkeit. Es zog sich übers ganze Firmament, von Westen nach Osten, und dann und wann wuchsen Flammenzungen daraus hervor.

Acht Wochen, dachte Runen. Vielleicht auch zehn oder zwölf. Mehr Zeit bleibt mir bestimmt nicht, um Carinne zu finden und in Sicherheit zu bringen.

Stille senkte sich über sie, nur unterbrochen von den immer wieder ertönenden Fanfarenstößen. Der sich setzende Sand enthüllte das aufragende Wrack des alten Galim-Aufklärers. Eine Säule aus Granit und Kristall nach der anderen zerplatzte und gab den anrückenden Varae den Weg frei. Kehlige Stimmen wechselten Worte miteinander.

»Was sagen sie?«

Vangrest horchte eine Weile. »Sie sprechen von einem Tiru. Das ist so ziemlich das schlimmste Schimpfwort, das die Einwohner von Tschurat kennen. Übersetzt man es genau, bedeutet es soviel wie ›stinkender Abschaum, der aus dem Himmel kommt, um die Heimat zu vergiften.‹« Er kicherte kurz. »Sie nennen alle Außenweltler so.«

Die ersten Varae hatten inzwischen das Wrack erreicht. Die Prekhae grunzten und schnaubten und duckten sich, um ihren Reitern das Absteigen zu erleichtern. Einige Varae wanderten um die Trümmer herum und verschwanden aus dem Blickfeld.

Ein muskulöser Vara sonderte sich von den anderen ab

und dirigierte seinen Prekha auf die verbliebenen Qi zu. Er setzte die beinerne Trompete an seine hornigen Lippen und blies. Der schrille Klang zerfetzte die Säulen aus Granit und Kristall. Die einzelnen Splitter sirrten davon, und einer fiel nur einen knappen Meter von Runen entfernt in den Sand. Er spürte die davon ausgehende Kälte und schickte sich an, ein wenig zurückzukriechen.

»Bleiben Sie liegen«, hauchte Vangrest entsetzt. »Und versuchen Sie, an nichts zu denken.«

»Was ...«

»Keinen Laut. Das dort vorn ist ein Kwai. Zum Teufel auch, ich kann die Telquel-Träne sehen. Er trägt sie am Hals.« Er duckte sich und starrte Runen groß an. »Versuchen Sie in Zahlen zu denken, Scenegato. Beschäftigen Sie sich mit einer komplizierten Gleichung. Konzentrieren Sie sich ganz darauf. Wenn Ihnen das nicht gelingt, sind wir erledigt.« Er preßte den Kopf in den Sand und umfaßte mit der einen Hand den Memorianten an seinem Hals.

Runen dachte rasch nach und erinnerte sich an eine komplexe mathematische Beschreibung aus seiner Studienzeit. Vor seinem inneren Auge baute er die einzelnen Segmente der Formel auf, verknüpfte sie miteinander und entwickelte Lösungen. Während er sich auf diese Weise beschäftigte, beobachtete ein anderer Teil seines Geistes weiterhin den Vara, der noch einige Male das beinerne Horn an die Lippen führte und andere Qi-Säulen zerspringen ließ. Die von dem Splitter vor Runen ausgehende Kälte intensivierte sich. Leises Knistern ertönte. Der Qi-Splitter begann zu wachsen. Die dünnen und im Granit eingebetteten Kristalladern veränderten die Farbe von einem transparenten Weiß hin zu Jadegrün und dann zu einem glänzenden Kobaltblau. Die Kälte verlangsamte den Rhythmus seines Herzschlages, und sie bedeckte die Lippen mit einer dünnen Schicht Rauhreif. Runen beendete das erste Auflösungsstadium der mathematischen Formel für die Erfassung von Raumkrümmung und temporaler Deformation und wandte sich dem nächsten Variablenkomplex zu. Doch irgend etwas beeinträchtigte seine Konzentration, und seine Gedanken drohten zu dem Geschehen vor ihnen zurückzukehren. Der Perkha-Büffel, auf dem der Vara hockte, versteifte seine vier Stelzenbeine und richtete die Schulterpartie auf. Der Kwai auf seinem Rücken tastete nach der Telquel-Träne an seinem Hals und sah sich immer wieder um. Offenbar spürte er die Nähe von etwas Fremdem, aber er schien sich nicht sicher zu sein, wo er das Unbekannte lokalisieren sollte.

Vor Runen Scenegato wuchs der Qi. Aus dem Splitter war inzwischen ein Stein von beträchtlicher Größe geworden.

»Wir müssen verschwinden«, zischte er dem Piloten an seiner Seite zu. Es fiel ihm schwer, diese Laute zu artikulieren. Die Kälte in ihm betäubte Muskeln und Nerven und machte seinen Leib gefühllos.

»Noch nicht. Sie würden uns sehen.« Vangrest berührte noch immer den Memorianten an seinem Hals. Und Runen Scenegato beschäftigte sich mit dem dritten Lösungskomplex der Formel.

Der ehemalige Qi-Splitter war jetzt schon zwanzig Zentimeter groß.

Kehlige Stimmen brüllten und schrien. Runen hob ein wenig den Kopf. Einige Varae wälzten sich am Boden und schlugen mit Knochenkeulen aufeinander ein. Schmerzensschreie wurden laut. Der Kwai zog die Zügel des Prekha-Büffels an und ritt zurück. Er holte mit der Geißel aus und ließ den mit winzigen Stacheln besetzten Riemen auf die Streitenden niedersausen. Die Varae ließen voneinander ab und duckten sich vor den Hieben. Der Kwai rief einige gutturale Befehle, und daraufhin sprangen die anderen Varae auf und kletterten auf ihre Reittiere.

Runen Scenegato spürte seinen Oberkörper nicht mehr. Seine Finger waren blau angelaufen. Und die Kristalladern in der dünnen Steinsäule vor ihm funkelten kirschfarben.

Der Kwai sah sich noch einmal argwöhnisch um und ritt dann mit den anderen Varae in die Richtung zurück, aus der er gekommen war. Nur ein Vara verblieb beim Wrack des Galim-Aufklärers.

»Ich halte das nicht mehr lange aus«, brachte Runen hervor.

»Kann ich mir vorstellen«, kicherte der Pilot. »Gedulden Sie sich noch ein wenig. Wir haben ungeheures Glück gehabt. Wenn der Varae-Kwai Ihre mentale Aura als die eines Außenweltlers erkannt hätte, wäre es uns mit Sicherheit auf ziemlich abscheuliche Weise an den Kragen gegangen.« Er deutete nach vorn.

Der eine Vara veranlaßte seinen Prekha dazu, alle zehn Beine zu knicken und sich in dem sandigen Boden niederzulassen. Anschließend trat er auf das Wrack zu und schritt langsam daran entlang. Als er hinter einem breiten Trümmerstück verschwand, sprang Vangrest mit einem Satz auf die Beine und zog Runen von dem Qi fort.

»Schnell«, keuchte er. »Den Hang hinunter.«

Runen stützte sich auf den Piloten und ließ sich von ihm mitziehen. Sie kamen vier oder fünf Schritte weit, dann verlor er den Halt und stürzte. Er überschlug sich mehrmals und blieb erst wieder ruhig liegen, als er den Fuß der Düne erreicht hatte. Von hier aus war von dem Wrack des Schiffes nur mehr der obere Teil zu sehen.

»Es wird Ihnen bald wieder besser gehen«, sagte Vangrest, als er bei Runen angelangt war.

»Ist es ... noch weit bis zur ... Station?«

Vangrest schüttelte den Kopf und deutete nach Osten. Der grüne Zwerg des Doppelgestirns war bereits hinter dem Horizont versunken, und die Feuerstraße folgte ihm. Kralen, das rote Dämonenauge, überflutete die Hochlandwüste mit einem düsteren Schein.

»Rund zwei Kilometer, schätze ich.« Der dürre Pilot holte ein kleines Gerät aus einer Tasche seines Schutzmantels und schwenkte es mehrmals hin und her. Auf der Vorderseite glomm ein grünes Licht. »Kommen Sie, Scenegato.«

Als die Dunkelheit der Nacht herankroch, erreichten sie die Station.

32

Carinne Ramelia — Hoffnung und Beginn

Leise weinte das Kind. Es lag auf einem Polster aus schmutzigem Stroh, und die nackten Arme waren hilfesuchend nach oben gereckt. Seine Haare waren naß vom Schweiß.

»Kannst du ihr helfen, Trantelac-Kwai?« fragte die Mutter leise. »Kannst du meine Tochter heilen?«

Der Dielenboden hob und senkte sich in einem ständig gleichbleibenden Rhythmus. In den Deckenstreben und Stützpfeilern knarrte und knisterte es. Talglampen neigten sich von rechts nach links und ließen veränderliche Schatten über die Wände tanzen. Aus den großen Gemeinschaftsräumen, die eine Treppe tiefer lagen, flüsterten Stimmen heran, und Carinne Ramelia roch auch den Duft von Aromagewürzen und kleinen Lavendelkerzen — ein Duft, der den Gestank des Unterdecks nicht vertreiben konnte. Zwar waren die Luken weit geöffnet, aber es kam dennoch nur wenig frische Luft herein, und hier gab es einfach zu viele Lungen, die sich in kurzen Abständen vollsogen und dann wieder entleerten.

»Ich weiß es nicht«, sagte Carinne und strich ihr langes, silbrig glänzendes Haar beiseite. »Ich bin nicht allmächtig.« Nein, das war sie ganz bestimmt nicht, alles andere als das.

Carinne beugte sich vor, und mit den Fingerkuppen strich sie dem Kind über die Wangen. Das Wimmern des kleinen Mädchens verklang, und es öffnete die Augen und sah Carinne groß an.

»Es ist aussichtslos«, flüsterte Oleander ihr zu. »Man muß kein Kwai zu sein, um das zu sehen. Die Mutter hätte schon vor Monaten zu einem Äskulap gehen sollen.«

Die Mutter musterte den neben Carinne sitzenden Novizen zweifelnd. Sie hatte die einzelnen Worte nicht verstanden, glaubte aber, daß sie sich über eine geeignete Behandlungsmethode berieten. Wenn sich Carinne auf die Telquel-Träne ihres Amuletts konzentrierte, konnte sie das Muster von Trauer und Verzweiflung sehen, dessen einzelne

Facetten sich hinter der Stirn der Chirian zu einem Bild formten. Manchmal haßte Carinne diese Fähigkeit, die ihr das Konziliat gegeben hatte. Manchmal wünschte sie, ebenso mental blind zu sein wie die meisten anderen.

»Ich wollte mit ihr das Orakel von Dorlean aufsuchen«, murmelte die Mutter und senkte den Kopf. »Ein Mechaniker prophezeite Mreja eine große Zukunft, und ich hatte die Absicht, das Orakel nach Einzelheiten zu fragen. Es ist nicht mehr weit bis zur Felseninsel. Aber jetzt ...« Sie schlug beide Hände vors Gesicht, und ihre Schultern hoben und senkten sich.

Carinne strich ihr mit der einen Hand über den Kopf.

»Ich weiß, was nun in dir vorgeht, Chirian«, sagte sie und sah sich kurz um. In kleinen Nischen hockten andere Passagiere des Unterdecks auf ihren schmutzigen Strohlagern. Einige drängten sich an den offenen Luken zusammen und versuchten, frische Luft zu atmen.

Carinne griff nach dem Amulett, das sie am Hals trug. Es bestand aus Perlen, Knochensplittern und einigen jadenen Figuren. Das Zentrum des Schmuckstücks jedoch bildete der Tralicc — die Telquel-Träne, die Carinne nicht etwa von einem alten Kwai-Meister erhalten hatte, sondern vom Konziliat. Sie war alt, sehr alt. Sie stammte noch aus der vergangenen Dürreperiode, und die lag mindestens fünfhundert Jahre zurück.

»Es hat doch keinen Sinn«, flüsterte Oleander und schnurrte. »Das Mädchen stirbt.«

Carinne schüttelte nur stumm den Kopf, nahm das Amulett ab und strich mit der Telquel-Träne behutsam über die heiße Stirn des Kindes. Der Kristall glitzerte in allen Farben des Spektrums. Carinne spürte, daß sich das Potential des Traliccs durch die wiederholte Anwendung schon weitgehend erschöpft hatte. Sie mußte vorsichtig damit umgehen, und sicher wäre es ratsam gewesen, auf Oleander zu hören und die Mutter über den wahren Sachverhalt aufzuklären. Doch vor dem inneren Auge Carinnes entstand das Abbild Rebeccas, und angesichts dieser Erinnerung konnte sie

34

nicht anders, als zumindest zu versuchen, Mreja zu retten. Sie murmelte einige Tras-Formeln, die ihre Konzentration intensivierten.

Carinne stöhnte leise, als ihre Gedanken den Nervenbahnen im Innern des zarten Körpers folgten. Sie sah die Infektionsherde in den Organen des Mädchens als dunkle Schatten vor einem helleren Hintergrund, und sie versuchte, Licht in diese Finsternis zu bringen und die Schemen aufzulösen. Mreja drehte langsam den Kopf zur Seite und blickte ihre Mutter an. Der Hauch eines Lächelns umspielte die spröden Lippen des Kindes, und zwei große Tränen lösten sich aus seinen Augen und rollten langsam an den Wangen herab. Dann zitterten die Lider und schlossen sich. Für immer.

»Sie ist tot«, sagte Carinne leise. Die Mutter starrte sie ungläubig an und schüttelte den Kopf. »Ich konnte ihr nicht mehr helfen. Es tut mir leid.«

Oleander sprang mit einem Satz auf die Beine. »Wir können hier nichts mehr tun, Kwai-Herrin«, schnurrte er.

Die Chirian-Mutter wandte den Blick langsam von Carinne ab und sah den Novizen an. »Es war diese Katze«, zischte sie. »Katzen haben hier nichts zu suchen. Sie bringen nur Unglück.«

»Oleander ist mein Schüler«, erinnerte Carinne mit sanfter Stimme und stand ebenfalls auf. »Er ist ganz gewiß kein Bote des Unheils und Verderbens. Ich unterweise ihn in den Künsten, mit einer Telquel-Träne umzugehen. Und ich halte ihn für sehr begabt.« Sie legte der verzweifelten Mutter noch einmal die Hand auf den Kopf. »Ich wünsche dir den Segen der Götter«, sagte sie. »Möge dich die Trauer bald verlassen.« Bei diesen Worten dämpfte sie den hinter der Stirn der Chirian wogenden Kummer ein wenig ab. Die Frau sank langsam aufs Stroh, blieb dort reglos liegen und war in wenigen Augenblicken eingeschlafen.

»Komm, laß uns gehen«, meinte Oleander.

Sie traten durch den Mittelgang des Unterdecks, wanderten vorbei an Würfelspielern und anderen Chirian, die um

Räucherschalen versammelt saßen und den berauschenden Qualm tief einsogen. Fleckige Leinenvorhänge bewegten sich im Rhythmus des schwankenden Decks. Weiter vorn boten Schmuggler ihre Waren an — schon hier an Bord der *Wellenbrecher*, weit entfernt noch von den Inseln, die das Ziel der Reise darstellten. Viele der im Unterdeck reisenden Chirian, Ktalit, Garanwi, Tschaleen und Ziripoth waren zum dem Orakel von Dorlean unterwegs. Weiter oben lagen die besser ausgestatteten Unterkünfte der Händler, Edelsteinschleifer, professionellen Barden, Edelhuren, Handwerksmeister und Soldaten.

»Du darfst dich nicht von solchen Zwischenfällen beeindrucken lassen«, sagte Oleander, als sie eine schmale Treppe emporstiegen und über einige Betrunkene hinwegkletterten. In dem Aufgang roch es nach billigem Wein und ranzigem Aromaöl. »Spar deine Kräfte für das, was uns noch bevorsteht.«

»Ich weiß«, murmelte Carinne. »Du hast recht.«

Aber das machte die ganze Sache nicht einfacher.

Wind strich über das Oberdeck hinweg, und Carinne atmete tief durch und genoß den salzigen Meeresduft. Weit über ihnen wölbten sich die zinnoberroten Segel der *Wellenbrecher*, und an den Spitzen der vier Masten wehten die Banner Arantalens und Pyrywangas. In den Mastkörben hielten einige kleine Ktalit Ausschau nach Wandernden Riffen oder den verräterischen Gischtwogen, die dicht unter der Wasseroberfläche schwimmende Telquel erzeugten.

Sie trat an die Reling heran, und der Wind spielte mit dem langen, seidenen Schleier ihres silbrig glänzenden Haars. Seine imaginären Finger tasteten über ihr Gewand, dessen Fasern von den Webern im Tal der Stille, tief im Zentrum Arantalens, gesponnen worden waren. Der blaue Stoff glänzte sonderbar im Licht der roten Riesensonne, das durch einige Risse in der schiefergrauen Wolkendecke herabtropfte. Carinnes golden glänzende Haut — nur wenn man genau hinsah, konnte man erkennen, daß sie aus

36

Hunderttausenden winziger Schuppen bestand — stellte einen eigentümlichen Kontrast dazu dar.

Natürlich war es nicht ihre eigene Haut. Damals, als sie sich dazu entschieden hatte, in die Dienste des Konziliats zu treten, hatte sie das Aussehen einer Trantelac als Maske gewählt. Manchmal vergaß sie, daß sie einen Ganzkörpersymbionten trug. Er schirmte ihre Gedankensphäre vor der Neugier anderer Kwai ab, und er machte es unmöglich, sie als Außenweltlerin zu identifizieren.

Carinne stützte sich mit den Ellenbogen auf dem Holz der Reling ab und sah in die Tiefe. Fünf oder sechs Meter unter ihr zog die Gischt des Ozeans dahin. Sie legte kurz den Kopf in den Nacken. Kralens düsterer Schein war wie eine glühende Ankündigung nahen Unheils. Das Gleißen der Feuerstraße war jenseits der bleigrauen Wolken verborgen, aber manchmal leuchtete es in dem faserigen Dunst auf. Kein Donner wurde laut. Ja, die Zeit der Dürre stand unmittelbar bevor. Nur noch wenige Tage, bestenfalls Wochen.

Ich habe zuviel Zeit gebraucht, um hierher zu kommen, dachte Carinne. Zuviel Zeit ...

Sie blickte wieder in die Tiefe, als sie ein kratzendes und schabendes Geräusch vernahm. Mehrere Kryptophyten krochen über die Schiffsaußenwand. Es waren schwammige, polypenartige Geschöpfe, und sie hielten sich mit Hilfe großer Saugnäpfe fest. Ihre Farbe unterschied sich kaum von der des Holzes, und wenn sie sich nicht bewegten, konnte man sie leicht für Ausbuchtungen im Rumpf oder für offenstehende Luken halten. Ihre breiten Freßkiefer schabten über die Planken und rieben den Algenbelag ab. Schon manches Schiff war von einer langen Reise nicht zurückgekehrt, weil unterwegs aus irgendeinem Grund der Großteil der mitgenommenen Kryptophyten verendet und der Holzrumpf infolge des Algenbesatzes auseinandergebrochen war.

»Du bist müde«, sagte Oleander an ihrer Seite.

»Ja.« Sie nickte langsam, und ihr silbriges Haar wogte

wie ein lebender Schleier. »Ich bin müde. Es geht alles viel zu langsam. Die Dürre steht unmittelbar bevor, Oleander. Wenn wir das Muaezyn nicht bald finden — oder zumindest einen deutlichen Hinweis darauf bekommen, wo wir es suchen müssen —, haben die Kulturen dieser Welt keine Überlebenschance.« Unzählige Male hatte sie diesen Gedanken verfolgt. Er stellte eine ganze persönliche Besessenheit dar, von der sie nicht wieder loskam. »Wenn es das Muaezyn überhaupt gibt.« Sie hob die linke Hand und betrachtete den Ring an ihrem kleinen Finger. Im Lichte Kralens überzog sich der kantige Jadestein mit einem fliederroten Schimmer. Bei den Zeichen in der Jade handelte es sich um die Schrift einer Sprache, die viel älter war als Tras. Das Konziliat hatte mehrere Jahrzehnte an einer Entschlüsselung gearbeitet, und die Botschaft — wenn sie stimmte — war eindeutig: *Suche die Karte in der Region der Stürme.*

»Das Muaezyn existiert«, beharrte Oleander mit großem Nachdruck. Carinne sah ihn an. Der Mru sah aus wie eine überdimensionierte Katze: Oleander war einen guten Meter groß und am ganzen Körper mit einem grauschwarz gescheckten Fell bedeckt. Die geschlitzten Pupillen blitzten auf, wenn das Tageslicht in einem bestimmten Winkel einfiel. Die beiden spitz nach oben ragenden Ohren bewegten sich zitternd und schienen niemals ganz zur Ruhe zu kommen. Kein Tschuraner durfte ahnen, daß auch das nur eine Ganzkörpermaske war, denn der Haß gegenüber Außenweltlern war so ausgeprägt wie eh und je. »Das Konziliat hat alle zur Verfügung stehenden Informationen geprüft. Das Resultat ist eindeutig: Es gibt das Muaezyn, die Karte, auf der all die Orte verzeichnet sind, wo sich während der Dürre Tralicc finden lassen. Außerdem sollen auch noch die Stellen angegeben sein, wo sich während des Verdampfens der Ozeane die Telquel-Ri zum Sterben niederlassen. Es sind während eines jeden Zyklus immer nur sieben, und nur sie weinen ...«

»Die Tränen der Macht«, murmelte Carinne und starrte

auf das Wogen des Meeres. In den Wolkenbergen am Horizont glühte und flackerte es. Tschurat war der Feuerstraße schon recht nahe. Inzwischen hatte das Missionat den Planeten sicher völlig abgeschirmt, aber sie wußte, daß dennoch Hunderte von Außenweltlern die Abschirmung durchdringen und sich unter die Bevölkerung dieser Welt mischen würden, um während der Zeit der Dürre nach den Tralicc zu suchen. Eine Telquel-Träne stellte nicht nur einen sehr wertvollen Kristall dar. Wer die entsprechende Begabung aufwies, vermochte mit einem Tralicc seine eigene mentale Sphäre auszudehnen, Einfluß auf andere auszuüben und seinen eigenen Willen durchzusetzen. Er konnte zum Heiler oder Seher werden.

»Sieben Tränen der Macht«, wiederholte Carinne nachdenklich, während unter ihr die Kryptophyten am Schiffsrumpf entlangkrochen und nagten und fraßen. »Tralicc gibt es genug. Aber während jeder Dürre immer nur sieben Tränen der Macht.« Sie lachte leise. »Vielleicht ist alles nur eine Legende.«

»Glaubst du das wirklich?« schnurrte Oleander.

Sie schüttelte den Kopf. »Nein. Ich bin schon seit zwei Jahren auf Tschurat. Ich weiß, daß das Konziliat von einer richtigen Annahme ausgeht. Das Muaezyn gibt nicht nur die Orte an, wo die Tränen der sieben Telquel-Ri zu finden sind, sondern auch den Ort des Eisgrals. Und nur derjenige, der alle sieben Tränen der Macht besitzt, kann den Gral öffnen und zum Nemereih werden, zum Shariin-Kwai: *der den Gral öffnet und Tschurat den Frieden bringt.*«

»Es ist eine große Aufgabe.«

»Du hast recht. Es geht nicht darum, in Zukunft den klimatischen Zusammenbruch zu verhindern. Das ist unmöglich. Die Völker und Kulturen Tschurats müssen mit Kralen und Vhron und der Feuerstraße leben. Es gibt keine Sonneningenieure im Missionat. Vielleicht wären die Quilri in der Lage gewesen, die beiden Sonnen des Alastra-Doppelgestirns so weit auseinanderzudirigieren, daß sich das Problem der Materiebrücke zwischen ihnen von selbst löst.

Nein, es geht darum, zu verhindern, daß die Zivilisation nicht mehr durch Dürre, Flut und Eis zugrunde geht. Es geht darum, die Macht der Telquel-Tränen im vollen Ausmaße zu erhalten. Die Barbarei auf diesem Planeten muß endlich ein Ende finden.«

Oleander schob sich ein wenig näher an die Kwai heran. »Wir haben dich lange auf diese Aufgabe vorbereitet, Carinne. Ich bin sicher, das Orakel von Dorlean wird dir sagen, wo du das Muaezyn finden kannst.«

Carinne gab sich einen inneren Ruck und trat von der Reling fort. Sie kannte die Ursache für ihr manchmal recht labiles seelisches Gleichgewicht. Im Zuge der Vorbereitung auf diese schwierige Missionsaufgabe waren einige Sektoren ihres Hirns verändert worden, um sie gegenüber der Aura von Telquel-Tränen zu sensibilisieren. Erst dadurch war sie zu einer Kwai geworden. Sie hatte gewußt, daß eine derartige Manipulation nicht ohne Folgen bleiben würde, aber trotz dieses Wissens waren die Anflüge von Depressionen nicht leicht zu ertragen.

Es ist das Kind, dem ich nicht helfen konnte, sagte sie sich. *Es hat mich zu sehr an Rebecca erinnert.*

»Fragen wir einmal nach, wie lange es noch dauert, bis wir Dorlean erreichen«, sagte sie. Oleander nickte, und sie wanderten übers Deck, dem Bugbereich entgegen.

Sie kamen an einigen Händlern vorbei, die sich mit Freunden und Kollegen über die auf der Insel Dorlean zu erwartenden Geschäftsabschlüsse unterhielten. Handwerksmeister nutzten das gute Wetter, um im Auftrage des Kapitäns kleinere Reparaturarbeiten an Kajüten und Aufbauten auszuführen. Barden spielten auf Harfen und Violinen, und manch einer von ihnen konnte sich schon hier an Bord der *Wellenbrecher* über ziemlich hohe Einkünfte freuen. Carinne Ramelia dachte daran, wie es im Unterdeck aussah, in der Zone des Drecks und Gestanks, und sie schauderte. An den unteren Masthälften klebten einige Tschalen und ruhten in beschaulicher Meditation. Ihre gedrungenen Leiber waren nackt und haarlos, und sie hatten ihre Fuß- und Handklauen tief in das feste Holz der Masten gebohrt, um während ihres rituellen Besinnungsschlafes nicht den Halt zu verlieren.

Die Passagiere des Oberdecks machten der Kwai und ihrem Novizen bereitwillig Platz und bekundeten mit Gesten und gemurmelten Worten ihre Ehrerbietung. Der blaue Weber-Mantel, den Carinne trug, verstärkte den ihr entgegenschlagenden Respekt noch.

Sie schritten an dem großen, prachtvoll verzierten Aufbau der Kapitänsunterkunft vorbei und gelangten ans Ruder. Davor stand der in eine pechschwarze, fast bis zum Boden reichende Kutte gekleidete Steuermann. Die Kapuze war tief in die Stirn gezogen, so daß Carinne die Züge des sich darunter verbergenden Gesichts nicht sehen konnte. Äskulaps hatten die Füße des Steuermanns amputiert, und seine Beine ragten nun aus einer organischen Nährmasse auf, die ihn für den Rest seines Lebens an das Deck der *Wellenbrecher* fesselte. Das war bei den Schiffen aus Pyrywanga Tradition. Der Steuerman galt zum einen als ein Bote des Unheils, weil man ihm die Schuld gab, wenn das Schiff die Tauchroute eines Telquel kreuzte und dadurch große Gefahr drohte. Zum anderen aber hielt man ihn für noch wichtiger als den Kapitän, und je mehr Reisen ohne Zwischenfälle verliefen, desto größer wurde die Hochachtung, die Besatzung und Passagiere ihm entgegenbrachten.

Der Kapitän stand mit auf den Rücken gelegten Händen am Bug und wippte auf den Zehenspitzen. Carinne und Oleander traten auf ihn zu, und die Kwai neigte andeutungsweise den Kopf.

»Gruß dir, Kapitän.«

Der Mann drehte sich um. »Gruß auch euch, Kwai und Novize.« Er war ein kleiner und dicklicher Chirian, und der größte Teil seines Gesichts versteckte sich hinter einem schlohweißen Bart.

»Wie lange dauert es noch, bis wir Dorlean erreichen?« fragte Carinne.

Der Kapitän schürzte die Lippen. »Oh, ein oder zwei Tage noch. Wenn die Winde weiterhin günstig sind und der Steuermann nicht vom rechten Kurs abweicht.« Er maß Oleander mit einem abschätzigen Blick. Mru waren bei den Küstenvölkern Arantalens nicht sonderlich beliebt. »Seid auch ihr zum Orakel unterwegs?«

Carinne nickte.

»Dann wünsche ich euch eine befriedigende Auskunft.«

Sie wechselten noch einige Höflichkeitsfloskeln und wandten sich dann ab. Eine zwischen zwei großen Planen hockende Gestalt hatte Carinnes Aufmerksamkeit erregt. Die anderen Passagiere mieden ihre Nähe. Es mußte ein Hybride sein: Die Augen bestanden aus Hunderten von kleinen mehrfarbigen Facetten, und die Haut war hier und da zu einer hornigen Konsistenz verhärtet. Die Gestalt war unglaublich dürr und konnte nicht mehr als sechzig oder siebzig Pfund wiegen.

Als Carinne näher herankam, sah sie, daß es sich um einen völlig nackten Mann handelte. Der obere Teil des Glieds steckte in einem köcherartigen Aufsatz, der etwa vierzig Zentimeter lang war, schräg nach oben zielte und mit einer ledernen Sehne an den schmalen Hüften festgebunden war. Die Hoden des Hybriden waren stark geschwollen, deutliches Anzeichen für seine sexuelle Bereitschaft. Die dünnen und knochenlosen Finger tanzten ruhelos über ein komplexes Flechtwerk aus Tausenden von miteinander verbundenen Dornen hinweg, die zwar kurz, dafür aber sehr elastisch waren. Sein einziges Schmuckstück — abgesehen von dem Penisköcher — war ein Tralicc, den der Hybride an einem ledernen Band um das eine Handgelenk geschlungen hatte.

»Gruß dir, Mechaniker, Kwai-Bruder«, sagte Carinne.

Der Mann hob den Kopf, und sein Köcher zitterte leicht. Die Facetten seiner insektoiden Augen glitzerten rötlich im Lichte Kralens.

»Ist das dort ein Unendlichkeitsmodell?« fragte Carinne. Sie ging in die Hocke und deutete auf das Netzwerk aus Dornen.

»Ja«, sagte der Kwai-Mechaniker. »Ich arbeite schon lange daran. Sehr, sehr lange. Seit ich den Fehler beging, mein Elternhaus zu verlassen und in der Welt nach Erklärungen für das Sein zu suchen.«

»Nun«, meinte Carinne anerkennend, »dein Wissensstand reicht immerhin aus, um dieses Modell zu konstruieren.«

»Ich weiß nur, daß ich nichts weiß«, erwiderte der Hybride.

Carinne schüttelte langsam den Kopf. »Ich habe noch nie ein so komplexes Modell gesehen.« Sie blickte ihn an. »Du sagst, du hast ein Leben lang daran gearbeitet. Wie alt bist du?«

Der Mann zögerte, bevor er darauf Antwort gab: »Ich erinnere mich noch an die letzte Dürre.«

Carinne sah ihn eine ganze Weile groß und schweigend an. Als sie sich wieder gefaßt hatte, blickte sie sich kurz unauffällig um. Es achtete niemand mehr auf sie. Offenbar waren die anderen Passagiere zu dem Schluß gekommen, man müsse es tolerieren, wenn sich eine respektable Trantelac mit einem Kwai-Bruder unterhielt.

»Du hast die letzte Dürre miterlebt? Dann weißt du also, was in einigen Tagen beginnt?«

Der Mechaniker nickte. »Ja. Darum bin ich an Bord dieses Schiffes. Eine wichtige Erkenntnis fehlt mir noch. Ich möchte das Große Sterben der Telquel beobachten.«

Mit der linken Hand tastete Carinne unwillkürlich nach dem Amulett, das sie am Hals trug. Der Blick des Mechanikers folgte ihrer Bewegung, und das Leuchten der insektoiden Augen veränderte sich plötzlich, als er den Ring an ihrem kleinen Finger sah. Er griff nach ihrer Hand und zog sie zu sich herab. Carinne spürte, wie irgend etwas tief in ihrem Innern zu vibrieren begann.

»Das ... das ist ein Teil der heiligen Platte«, flüsterte der Hybride ergriffen.

Carinne und Oleander wechselten einen raschen Blick.

»Du kennst das Muaezyn?«

»Ich habe es sogar mit eigenen Augen gesehen. Vor langer, langer Zeit. Ich habe mich eine Zeitlang mit der heiligen Platte beschäftigt, aber die darin eingeritzten Zeichen waren mir fremd. Ich spürte nur einen Hauch von Bedeutung ... ja, einen Hauch von Ewigkeit vielleicht. Ich habe diesen Eindruck in meinem Unendlichkeitsmodell verarbeitet, hier unten, siehst du?«

Carinne Ramelia betrachtete den entsprechenden Bereich des Netzwerks, konnte jedoch nichts als miteinander verknotete Dornen erkennen.

»Frag ihn«, flüsterte Oleander so leise, daß der Mechaniker ihn nicht verstehen konnte. Seine spitzen Ohren zitterten unruhig.

»Wo befindet sich die heilige Platte?«

Der Hybride ließ die linke Hand Carinnes los und vollführte eine weit ausholende Geste. »Im Reich der ewigen Stürme, dort, wo die wildesten Clans der Siren herrschen. Auf einer Insel, die man Karebi nennt.«

»Ist sie weit entfernt?«

»Nicht allzu weit, Kwai-Schwester. Einige Tagesreisen mit diesem Segler. Aber die *Wellenbrecher* könnte Karebi nicht ansteuern. Die dort tobenden Orkane würden die Segel dieses Schiffes zerfetzen und die Masten brechen. Und ich bezweifle, ob die dort ansässigen Siren es zulassen würden, daß ein Schiff Arantalens in ihren Herrschaftsbereich eindringt.« Er sah Carinne groß an, und sie vermochte das Glitzern in seinen Augen nicht zu deuten. Einmal mehr war sie dankbar für den Symbionten, der ihre mentale Sphäre vor der Neugier anderer Kwai abschirmte. »Warst du schon einmal bei den Sturmleuten?«

Sie schüttelte stumm den Kopf.

»Für Geschöpfe wie dich und mich ist der Aufenthalt dort nicht sonderlich angenehm.«

Carinne entschloß sich dazu, einen Teil der Wahrheit preiszugeben. »Ich bin schon lange auf der Suche nach dem Muaezyn, der heiligen Platte.«

Der Mechaniker nickte langsam und wandte den Blick

nicht von ihr ab. »Ich kann dir nicht raten, ins Reich der Stürme zu reisen, Trantelac-Kwai. Du würdest dort den Tod finden. Kehr zurück nach Arantalen.« Und so leise, daß Carinne Mühe hatte, seine Worte zu verstehen, fügte er hinzu: »Und bereite die Chirian, Ktalit, Garanwi und all die anderen auf das vor, was bald beginnen wird.«

In diesem Augenblick ertönte von den Mastkörben her das Geläut von Alarmglocken, und schrille Ktalit-Stimmen riefen: »Siren! Kaperschiffe der Siren ...!«

Carinne Ramelia — Der Sturmfürst

Überall wurden aufgeregte Stimmen laut. Einige der Tschaleen an den Masten erwachten aus ihrem meditativen Besinnungsschlaf und blickten nach Osten. Die Ktalit weiter oben schwangen noch immer ihre Alarmglocken von einer Seite zur anderen. Einige dicke Chirian-Frauen schrien entsetzt und klammerten sich ängstlich aneinander, während ihre Augen den Blicken der Ktalit folgten. Der Kapitän rief seinen Matrosen Anweisungen zu. Taue wurden hin und her gereicht und ein Teil der Takelage neu angezurrt. Das Deck der *Wellenbrecher* neigte sich langsam nach Steuerbord, und Carinne hielt sich an der hölzernen Reling fest, um nicht das Gleichgewicht zu verlieren.

»Da drüben«, flüsterte Oleander. Sie kniff die kirschfarbenen Augen des Ganzkörpersymbionten zusammen und erkannte am Horizont drei undeutliche Schemen.

Eine alte fette Matrone stolperte auf den Kapitän zu und stieß andere Passagiere einfach aus dem Weg. Das Gesicht der Chirian war gerötet, und in ihren fleischigen Händen hielt sie eine perlmuttene Schatulle. »Die Ktalit irren sich, nicht wahr, ehrenwerter Kapitän?« kreischte sie schrill, damit ihre Stimme nicht von dem allgemeinen Durcheinander übertönt wurde. »Sag es mir, Kapitän!« Ihr linker Fuß verhakte sich zwischen einigen Seilen, und sie suchte an der breiten Schulter des Mannes mit dem schlohweißen Bart nach Halt. »Sicher ist es alles nur ein Scherz. Ein Test vielleicht, mit dem du deine Mannschaft auf die Probe stellen willst.« Sie wurde immer zorniger und aufgebrachter. »Wie kannst du es nur wagen, Kapitän? Ich bin eine hochrespektable Frau, die dritte Gattin des Kaufmanns Tschengalen aus Bei Den Drei Flüssen. Du wirst es noch bitter bereuen, mir solche Angst eingejagt zu haben. Schließlich wissen wir alle, was die Sturmleute mit Beute-Gefangenen machen. Und außerdem ...«

Der Kapitän knurrte etwas Unverständliches, schüttelte die fette Hand der Matrone ab und brüllte seinen Matrosen Befehle zu. Unter der schwarzen Kutte des Steuermanns bewegte sich etwas. Die Gestalt hob langsam den Kopf, und Carinne sah zugenähte Augenlider und einen Mund, dessen Lippen schon vor langer Zeit zusammengewachsen sein mußten. Am Hals des Steuermanns funkelte der Kristall einer großen Telquel-Träne. *Damit* also orientiert er sich, dachte Carinne. Damit erfährt er, aus welcher Richtung die Winde wehen und wie er das Schiff lenken muß.

»Macht das Oberdeck frei!« rief der Kapitän. »Alle Passagiere haben sofort ihre Kajüten aufzusuchen. Macht das Oberdeck frei ...«

»Das Sturmreich der Siren ist noch mehrere Tagesreisen entfernt«, sagte Carinne leise. »Es ist noch nie vorgekommen, daß sich Sturmleute während der stabilen Langflut bis hierher vorgewagt haben.«

»Vielleicht spüren auch sie die nahende Dürre«, zischte Oleander. »Es sieht ziemlich düster für uns aus ...«

»Können wir es schaffen?«

»Die Kaperschiffe sind wesentlich schneller und wendiger als die *Wellenbrecher*.« Oleanders Schwanz zuckte hin und her. »Nein, Carinne. Die Siren werden uns aufbringen.«

Carinne Ramelia stieß sich von der Reling ab und eilte

über die Deckplanken. Das Gesicht des Kapitäns — zumindest das, was davon zu sehen war — schimmerte purpurn vor Aufregung und Zorn. Er hatte eine Geißel hervorgeholt und schlug damit auf die Matrosen ein, die seiner Meinung nach nicht schnell genug waren. Carinne lief dorthin zurück, wo sie vor einigen Minuten mit dem Mechaniker gesprochen hatte. Aber der Platz war leer. Weder von dem Hybriden noch von seinem komplizierten Unendlichkeitsmodell war irgendwo etwas zu sehen.

Oben in den Masten krachte es, und Carinne legte den Kopf in den Nacken. Ein mittelgroßer, von einer Schleuder geworfener Steinbrocken hatte eins der Hauptsegel zerfetzt.

Aus der Ferne ertönte kehliges Triumphgeheul.

Die drei Kaperschiffe der Siren waren jetzt nur noch einen knappen Kilometer entfernt. Schwarze Rauchsäulen stiegen von den Decksaufbauten auf, und unmittelbar darauf erklang ein knallendes Geräusch, und Carinne sah, wie ein weiteres Geschoß brennend und flammend in den Himmel stieg, irgendwann seine höchste Flugbahn erreichte und dann auf die *Wellenbrecher* herabstürzte. Der Aufschlag ließ den Boden unter ihren Füßen erzittern.

»Das Feuer löschen!« Der Kapitän war eine Furie. »Das Feuer löschen! Die Soldaten an Deck! Alles bereitmachen zum Gegenangriff ...«

Rauchschwaden trieben heran, und Carinne nahm den Geruch von Teer und Talg und ranzigem Öl wahr. Inmitten der vom Wind zerfaserten Wolken trafen die Soldaten ihre Vorbereitungen. Sie arbeiteten rasch, aber ohne Hektik. Es waren größtenteils Chirian, aber sie sah auch einige Garanwi und Ziripoth unter ihnen. Sie trugen Panzeruniformen, die aus vielen einzelnen harten Hornschuppen bestanden, und ihre Köpfe wurden von beinernen Helmen geschützt.

Es dauerte nur wenige Minuten, bis die Soldaten ihre Vorbereitungen abgeschlossen hatten. Überall auf dem Oberdeck der *Wellenbrecher* standen nun Katapulte aus

Holz und Keramik. Einige der gefaßteren Passagiere hatten dabei geholfen, Fässer mit Pech heranzurollen, und die zähe Masse wurden nun über offenen Feuern für den Einsatz gegen den Angreifer erhitzt. Zusätzliche Dolche und Geißeln und Fangnetze lagen bereit. Gerüste mit Dutzenden von Speeren und Lanzen wurden herangeschoben, und einige der Soldaten verzogen skeptisch die Gesichter und wogen die Waffen abschätzend in den Händen. Diese Männer kannten das Risiko des Berufes, für den sie sich entschieden oder den ihre Eltern ihnen nahegelegt hatten. Sie lebten in dem Bewußtsein, möglicherweise schon am nächsten Tag im Kampf zu sterben.

»Sie werden es nicht schaffen«, fauchte Oleander. »Sie können es gar nicht. Die Übermacht der Siren ist viel zu groß ...«

Stille senkte sich plötzlich über das Schiff. Oben knatterten die Segel, und die Fetzen der einen zerrissenen Leinenplane zitterten wie blutrote Zungen im Wind. Die Böen flüsterten über das Oberdeck und verschluckten die Rauchschwaden. Vom Heckbereich her ertönte das Prasseln von Flammen, und es zischte, als beherzte Händler und Kaufleute und Edelhuren Eimer herbeischleppten und das Feuer zu löschen versuchten. Weit oben am Himmel brach die Wolkendecke auseinander, und zwischen den beiden Sonnen des Doppelgestirns spannte sich das gleißende Band der Feuerstraße. Nah war sie, so schreckliche nahe. Energetische Protuberanzen wuchsen daraus hervor, und wenn das geschah, dauerte es nicht lange, bis farbenprächtige Entladungen in den oberen Schichten der Atmosphäre aufglühten. Angesichts des düsteren Glanzes Kralens überzog sich der Ozean mit einem fliederroten Schimmer.

Es sah fast so aus wie Blut.

Der Kapitän hob die Hand und wartete noch einige Augenblicke. Als er glaubte, die Entfernung zu den drei Kaperschiffen der Siren sei gering genug, ließ er den Arm wieder sinken.

Die Soldaten brüllten und betätigten die Auslöser für die

Katapulte. Loderndes Pech sauste davon. Die Segel des mittleren Siren-Schiffes gingen in Flammen auf.

Der Gegenschlag der Sturmleute erfolgte sofort. Das Deck des Schiffes neigte sich ruckartig von der einen Seite zur anderen, als ein großer Felsbrocken den Aufbau der Kapitänskajüte zerfetzte und die Planken wie dünne Zweige zerriß. Einige der Schleudern lösten sich aus ihren Verankerungen und stürzten ins Meer. Bei anderen sprangen die noch nicht gesicherten Ladekammern auf, und das brennende Pech ergoß sich aufs Deck und ließ das Holz sofort aufflammen. Carinne wandte sich von den Soldaten ab und blickte nach Osten. Die Katapulte der Sturmleute ließen nun keine weiteren Geschosse davonjagen. Carinne sah dunkle Punkte, die in die Höhe emporsausten, weit über den Wogen des Meeres ledrige Schwingen entfalteten und auf die *Wellenbrecher* zusegelten.

»Der Kommunikator«, sagte sie plötzlich und starrte Oleander groß an. »Der Kommunikator in unserer Kabine. Wenn die Siren das Schiff aufbringen und ihn dort finden …«

Das Fell des Mru sträubte sich bei der Vorstellung, ausgerechnet von den Sturmleuten als Außenweltler identifiziert zu werden.

»Wir müssen ihn verschwinden lassen.«

Carinne wagte nicht daran zu denken, was mit ihnen geschah, wenn sie in die Hände der Siren fielen. Aber ganz gleich, welches Schicksal sie bei den Sturmleuten im Reich der Orkane erwartete – es konnte nicht so schlimm sein wie das, was ihnen drohte, wenn sie als Fremde auf Tschurat erkannt wurden.

Carinne Ramelia sprang über einige brennende Decksplanken hinweg. Rußschwaden wehten ihr entgegen. Soldaten brüllten und schrien und versuchten, umgestürzte Katapulte wieder einsatzbereit zu machen. Helfer holten Wasser herbei.

»Sie kommen!« rief ein Ktalit schrill. »Die Sturmleute sind da …« Ein aus dem Himmel herabsausender Speer erstickte seine Stimme. Carinne sprang über die Leiche hinweg, und als sie unmittelbar über sich das Knistern ledriger Flügel vernahm, sprang sie in eine offene Luke.

Hinter ihr fauchte und zischte Oleander, und sie vernahm kratzende und knackende Laute. Als sie sich umdrehte, sprang der Mru ihr nach; auf seinem grauschwarz gescheckten Fell zeichneten sich rote Striemen ab.

»Nicht schlimm«, stieß Oleander hervor. »Weiter.«

Carinne hastete die schmale Treppe hinunter. Aus dem Halbdunkel des Zwischendecks blickten ihr ängstliche Gesichter entgegen.

»Die Kwai«, flüsterte eine alte Garanwi. »Es ist die Kwai.« Die Chirian, Garanwi und Ziripoth wußten, was ihnen bevorstand.

Carinne wandte sich ruckartig ab und eilte durch den Mittelgang auf den Frachtraum zu. Hände streckten sich ihr aus Ruhenischen entgegen.

»Hilf uns, Kwai«, flüsterte und raunte es aus allen Richtungen. »Bitte, Trantelac-Kwai ... du mußt uns helfen.«

Und oben auf dem Deck heulten die kehligen Stimmen der Sturmleute. Die Katapulte ihrer Schiffe hatten sie gen Himmel geschleudert, und auf dem Wind reitend sausten sie heran. Nein, die Soldaten hatte keine Chance, nicht die geringste.

»Trantelac-Kwai ... die Kinder ... die Siren werden sie quälen, bevor sie ihnen die Gnade des Todes gewähren ...«

Die Kinder, dachte Carinne, während sie die Hände von sich abschüttelte und weiterhastete. Ja, die Kinder. Wie damals Rebecca. All dies muß endlich ein Ende haben.

Aber sie wußte auch, es war erst der Anfang. Wenn die Ozeane zu kochen begannen, die Atmosphäre Tschurats die gewaltigen Wassermassen schluckte und damit den Meeresboden freilegte ... *das* war der Beginn. Es ging nicht um das Leben einzelner Personen. Es ging um die Zukunft ganz Tschurats.

Carinne preßte die Lippen aufeinander und eilte weiter, gefolgt von Oleander. Ein weiterer Gang schloß sich an, und im hölzernen Boden waren die Umrisse von Luken zu erkennen. Sie führten in die eigentlichen Laderäume hinab. Am Ende des Ganges blieb Carinne vor einer schmalen Tür stehen, auf die vor Tagen ein Chirian das farbenprächtige Bild einer Träne gemalt hatte. Weiter oben polterte und krachte es, und die Spanten bogen sich. Staub rieselte herab, und über die Stufen der Treppe krochen Rauchfinger.

Sie öffnete die Tür und trat ins Zimmer. Es war völlig finster, und mit ausgetreckten Armen ging sie in die Richtung, in der sie die Wandluke vermutete. Nach einigen vergeblichen Versuchen ertastete sie den hölzernen Riegel und schob ihn beseite. Ein viereckiger Ausschnitt des Himmels und des Meeres wurde sichtbar.

Oleander fluchte. »Es war jemand hier. Unsere Kabine ist durchsucht worden.«

Carinne drehte sich um: Die Türen von Schränken und Kommoden standen offen; Kleidungsstücke lagen am Boden verstreut; eine Kiste war umgekippt, und ein Teil der Dokumente und Schriftstücke, die sie von einem Gelehrten in Pyrywanga erhalten hatte und die sich fast ausnahmslos auf das Muaezyn bezogen, war zerrissen.

Carinne trat mit einigen raschen Schritten an die Kommode heran, schob Kleider und Jacken beseite und suchte die Fugen des Geheimfaches. Nach einigen Sekunden hatte sie sie gefunden. Im trüben, durch die offene Wandluke hereinsickernden Licht waren einige Kratzer auf der glattpolierten Holzverschalung zu erkennen. Mit dem Zeigefinger übte sie an einer bestimmten Stelle Druck aus, und der Deckel des Faches klappte nach oben.

»Leer«, stellte sie fest und schüttelte verwirrt den Kopf. »Das Fach ist leer, Oleander.«

Das Katzenwesen schob sich an ihre Seite und schnurrte.

»Ohne den Kommunikator ...«

»Ich weiß.« Carinne richtete sich wieder auf und sah sich um. »Das Konziliat wird uns nicht gleich abschreiben, wenn wir uns nicht zu vereinbarten Zeit melden. Etwas anderes erscheint mir im Augenblick viel wichtiger: Der Kommunikator könnte als Beweis dafür erachtet werden, daß wir Außenweltler sind. Und derjenige, der hier eindrang, muß nach einem Geheimfach gesucht haben. Ein einfacher und ahnungsloser Dieb hätte es bestimmt nicht gefunden, da bin ich mir sicher.«

»Du meinst ...« Oleander spitzte die Katzenohren.

»Ja. Ein anderer Außenwelter, getarnt wie wir. Hier an Bord. Das Konziliat hat uns gewarnt, Oleander. Zwar dürfte Tschurat inzwischen von Schiffen des Missionats abgeschirmt sein, aber das kann einige bestimmte Leute sicher nicht daran hindern, irgendwo auf dem Protektorat zu landen und sich auf die Suche nach Telquel-Tränen zu machen. Und wenn derartiger Abschaum Konkurrenz wittert ...« Sie sprach nicht weiter und ballte die Fäuste.

»Aber wer soll uns denn erkannt haben?«

»Verdammt, ich weiß es nicht. Ich habe unsere Mitreisenden bisher nicht unter diesem Blickwinkel gesehen.«

Oben krachte es, und kurz darauf waren durch die offene Wandluke die herabhängenden Fetzen eines brennenden Segels zu sehen.

Vom Gang her erklang das Geräusch schwerer Schritte. Horngeschirre rasselten, und das zugespitzte Hartholz von Schwertern prallte aufeinander. Carinne und Oleander horchten.

»Wir haben keine Waffe«, flüsterte der Mru, und Carinne tastete nach der Telquel-Träne ihres Amuletts. Sie war eine Kwai. Vielleicht verschonten die Siren eine Trantelac, die über die Macht eines Traliccs zu gebieten verstand.

Sie vernahmen ein dumpfes Gurgeln, dann das Poltern eines zu Boden stürzenden Körpers. Etwas schabte über die Tür, und einen Sekundenbruchteil später sprang sie ruckartig aus der Fassung. Das Licht der Flammen fiel durch die Wandluke und spiegelte sich auf dem Körperpanzer eines hochgewachsenen Siren. Der Sturmmann hatte die ledrigen Schwingen auf dem Rücken zusammengefaltet. Auf dem Kopf trug er den von Perlen geschmückten Totenschädel eines von ihm erschlagenen Feindes. An seinen muskulösen Leib schmiegte sich eine Jacke, die aus Telquel-Schuppen gefertigt war — eine Kostbarkeit und Rarität. In der linken Klauenhand hielt der Sire einen steinernen Morgenstern, in der Rechten ein Schwert aus Hartholz, dessen Heft mit Jadeverzierungen geschmückt war.

Der Sturmmann lachte grölend und kam mit federnden Schritten herein. »Eine Kwai, und eine hübsche noch dazu«, ertönte seine kehlige Stimme. »Ist das dort dein Novize?«

»Ja, Herr.« Carinne neigte den Kopf.

Der Sire schnaubte verächtlich. »Ein Mru, eine *Katze*. Sorg besser dafür, daß dieses ... Ding ruhig bleibt. Sonst zerschmettere ich deinem Schüler den Schädel.«

Oleander fauchte leise und schmiegte sich an Carinne. »Er liebt das Leben«, gab sie zur Antwort. »So wie auch ich.«

Im ledrigen Gesicht des Siren mahlten die Muskeln. Die Schwertspitze kam in die Höhe und deutete auf ihren Halsansatz. Sie wich nicht zurück. Angst galt im Reich der Stürme als ein Zeichen für Schwäche, und die Schwachen hatten nicht das Recht zu leben.

»Du bist meine Beute, Kwai«, sagte der Sire, und so, wie er das letzte Wort betonte, klang es wie eine Beleidigung. »Ich kann mit dir machen, was ich will.«

»Ja, Herr.«

»Vielleicht töte ich dich«, lachte der Sire guttural. Seine schwarzen Augen funkelten. »Aber ich habe noch nie eine Trantelac gehabt ...« Die Schwertspitze sank einige Zentimeter in die Tiefe und zerschnitt den obersten Halteriemen des Weber-Gewandes.

Oleander fauchte und sprang. Er hatte die Hand- und Fußkrallen ausgefahren, und mit dem ersten Schlag zielte er nach dem Hals des Sturmmannes. Der Sire reagierte unglaublich schnell. Er neigte den Kopf zur Seite, und die Krallen des Mru schabten nur knirschend über den Schuppenpanzer hinweg. Oleander klammerte sich an dem Siren fest und holte zu einem zweiten Hieb aus. Sein Gegner schnaubte und schlug ihm mit dem Schwertknauf auf den Kopf. Der Mru — offenbar ließ sich Oleander jetzt ganz von den Reflexen des Symbionten steuern — fauchte irritiert und lockerte seinen Griff ein wenig. Der Sire schüttelte ihn wie ein lästiges Gewicht ab, und das Katzenwesen blieb benommen in einer Ecke der Kabine liegen.

Carinne wich einen Schritt zurück, als der Sire sie wütend ansah. Sie griff nach der Telquel-Träne ihres Amuletts.

»Das wird dir auch nichts nützen, *Hexe*«, grunzte der Sturmmann. Er hob den steinernen Morgenstern und holte zum tödlichen Schlag aus.

In der Tür hinter ihm erschien ein zweiter Sire. Er war noch größer als derjenige, der sich im Zimmer befand, und sein Körperpanzer bestand aus einzelnen dünnen Metallplatten. Er sprang mit einem weiten Satz auf den Sturmmann zu, der den Morgenstern erhoben hatte, und seine Klauenhand zwang den Waffenarm des kleineren Siren wieder in die Tiefe. Er warf Carinne einen kurzen Blick zu, und das Prickeln auf ihrer Haut verstärkte sich. Sie hatte das Gefühl, als dringe der Blick aus den schwarzen Augen bis in ihr tiefstes Inneres vor, als existiere die mentale Abschirmung des Symbionten gar nicht mehr.

Der vordere Sturmmann wirbelte wütend um seine eigene Achse. »Beim Eikla und dem Gnädigen Orkan«, grollte er. »Sie gehört mir. Ich habe sie vor dir gefunden, Fürst. Du kennst unsere Gesetze ebensogut wie ich. Du hast nicht das Recht, mir ein Beutegut streitig zu machen, das allein mir zusteht.«

Der größere Sire ließ nicht von ihm ab. Er drückte so lange zu, bis sich das ledrige Gesicht des kleineren Sturmmannes vor Schmerz verzerrte und er den Morgenstern fallenließ.

In der Ecke stöhnte Oleander.

»Du vergißt, wen du vor dir hast, Cral«, drohte der Sturmfürst.

»Ich habe sie vor dir gefunden.«

Der metallene Kettenpanzer des Sturmfürsten klirrte leise, als sich der Mann bewegte. Seine rechte Hand ruckte vor und umfaßte Crals Kehle.

»Du vergehst dich … an den Gesetzen … unserer Bastion«, krächzte Cral. »Sie gehört … mir.«

Er breitete die Schwingen aus und schlug damit nach dem Fürsten. Der zog den Kopf ein, und mit dem Dolch in der linken Hand stach er zu. Die ledrige und pergamentartige Haut zwischen den Hohlknochen der Flügel riß ein. Cral begann am ganzen Leib zu zittern.

»Zwar ist mein Vater noch am Leben, aber deswegen hast du mir trotzdem zu gehorchen«, zischte der Fürst. Er ließ die Kehle des anderen Sturmmannes los. Cral duckte sich und verschwand im Gang. Der Fürst sah ihm einige Sekunden lang nach und drehte sich dann zu Carinne um. Er trat auf sie, und die scharfen Klauen seiner Hände strichen behutsam über ihre Wangen.

Carinne hatte das Gefühl, als kröchen Tausende von Käfern über ihre echte Haut unter dem Symbionten.

»Endlich habe ich dich gefunden«, sagte der Sturmfürst.

Carinne hob langsam den Kopf und sah ihn an. Die hellen Streifen Dutzender Narben bildeten ein engmaschiges Geflecht auf den Wangen des Siren, und in den schwarzen Augen glitzerte etwas, das sie zu kennen glaubte.

»Du hast mich gesucht?« fragte sie leise. »Wie ist das möglich? Du kannst mich überhaupt nicht kennen. Ich komme von weit her …« Und das entsprach mehr der Wahrheit, als sich der Sire vorstellen konnte.

»Als ich noch klein war und meine Schwingen feucht und ungeübt, da brachte mich mein Vater, der Re der Bastion Argan-al-Mrei, zum Orakel von Dorlean. Und es prophezeite mir etwas, das ich lange Zeit nicht verstand: die Bekanntschaft einer Kwai aus dem Kontinentenlande, aus dem Reich der lauen Winde und hohen Berge. Das Orakel sagte voraus, es sei eine Frau mit silbrigem Haar und goldener Haut.« Die kehlige Stimme des Siren klang plötzlich ganz weich und sanft. »Es prophezeite, diese Frau würde die Lage im Reich der Stürme verändern.«

Der Sturmfürst straffte seine Gestalt, und Carinne spürte, wie sich der Hauch von Wärme dicht hinter ihrer Stirn langsam aufzulösen begann.

»Du kommst mit mir, Trantelac-Kwai. Und wenn du dich fügst, hast du nichts zu befürchten.«

»Natürlich, Herr«, erwiderte sie ergeben. »Aber ich bitte dich nur um eins.«

»Und das wäre?« fragte der Sturmfürst mißtrauisch.

»Darf mein Novize mich begleiten?«

Der Sire warf dem stöhnenden Mru in der Kabinenecke einen geringschätzigen Blick zu und vollführte mit dem einen Flügel eine zustimmende Geste.

»Komm jetzt mit!« befahl er. »Ich lasse die *Katze* später abholen.«

Carinne Ramelia — Dürre

Das Oberdeck der *Wellenbrecher* glich einem Trümmerfeld. Von den Masten waren nur noch splittrige Stümpfe übrig, und der größte Teil der Aufbauten glich einem verkohlten Holzgerippe. Von den drei Kaperschiffen der Siren waren zwei an der Steuerbord- und Backbordseite der *Wellenbrecher* längsseits gegangen.

Carinne sah Leichen zwischen den Trümmern liegen — zum Teil verkohlte Überreste, denen die Siren nicht die geringste Aufmerksamkeit schenkten. Die Sturmleute lachten und grölten und stießen Tote beiseite, die ihnen im Weg waren, wenn es galt, größere Tuchballen hervorzuholen und an Bord eines Kaperschiffes zu bringen.

Der Sturmfürst hatte die eine Klauenhand fest um den Arm Carinne Ramelias geschlossen und zerrte sie mit sich. Er rief seinen Leuten Befehle zu, und die Siren machten ihm bereitwillig Platz. Einige Sturmfrauen rümpften die Nase, als sie Carinne sahen.

»Vielleicht«, sagte Carinne vorsichtig, »bin ich deiner tatsächlich nicht würdig. Vielleicht wäre es besser, wenn du von mir abließest.«

Der Sturmfürst starrte sie groß an, und einen Augenblick lang befürchtete Carinne, ebenfalls von ihm geschlagen zu werden. Dann aber lachte der Sire schallend. »Nein.« Es war war nur ein rauhes und heiseres Flüstern, mehr nicht. Und der Blick der schwarzen Augen ... Carinnes Bewußtsein klebte daran fest, und sie empfand etwas, das sie lange vergessen glaubte. »Das Orakel von Dorlean hat dich mir prophezeit. Meine Schiffe haben lange in diesen Gewässern gekreuzt, und ich hatte große Mühe, mich gegen meinen Vater durchzusetzen. Hier tosen nur selten Stürme. Dies ist nicht unsere Welt.« Er blieb stehen und beugte sich so nah an Carinne heran, daß sie seinen Atem riechen konnte. »Ich habe dich die ganze Zeit über gesucht, Trantelac-Kwai.«

»Aber ...«

Er schnitt ihr mit einer abrupten Bewegung der einen Klauenhand das Wort ab. »Genug damit. Du kommst mit mir. Ich habe große Pläne, und du wirst mir dabei helfen, sie zu verwirklichen.«

Die Sturmleute hatten die wenigen Überlebenden in den Bugbereich der *Wellenbrecher* getrieben und dort in einem hölzernen Käfig zusammengepfercht.

»Dort ist sie«, flüsterte eine Chirian, deren Gesicht von einer Sirengeißel zu einer blutigen Masse entstellt worden war. »Die Kwai ...«

Und andere Stimmen wiederholten: »Die Kwai, die Kwai ... bitte, Trantelac, hilf uns ...«

Direkt neben dem Käfig hockte ein verletzter Sire auf den rußgeschwärzten Decksplanken. Carinne sah, daß eine der beiden ledrigen Rückenschwingen einen breiten Riß aufwies, und aus einem zerbrochenen Hohlknochen sickerte eine trübe Flüssigkeit. Als sich der Sire umdrehte, erkannte sie die kleinen Tätowierungen auf den hervorstehenden Jochbeinen. Crals Gesicht verzerrte sich haßerfüllt.

Der Sturmfürst blieb stehen, ließ Carinne los und warf beide Arme in die Höhe. »Ich bin Pashgren!« donnerte seine Stimme. »Der Sohn des Res der Bastion Argan-al-Mrei, Fürst im Reich der Stürme. Der Kampf ist unser Leben, ihr Siren. Wir haben gesiegt. Und nun können wir heimkehren, mit reicher Beute für unsere Familien, für Frauen und Konkubinen, für Freunde und Bekannte und Verwandte. Wir haben viel Ehre gesammelt.«

Die Siren heulten begeistert, und die Sturmleute, die sich gerade in der Luft befanden, krächzten und vollführten komplizierte Flugmanöver: Sie stürzten herab und fingen sich manchmal so knapp über den Wogen des Meeres ab, daß ihre ausgestreckten Klauenfüße in die grauweiße Gischt tauchten.

Der verletzte Cral erhob sich und trat auf den Sturmfürsten zu. »Ich bin Cral!« rief er. »Lehnsherr der Bastion Argan-al-Ashram. Die Siren meines Konfisziats haben für deinen Kampf die größten Opfer dargebracht.« Er breitete die Schwingen aus, um zu zeigen, daß er selbst sich in dieser Beziehung nicht ausschloß. »Die Sturmleute Ashrams gelten als besonders tapfer«, behauptete Cral, »und sicher werden sie dereinst wichtige Positionen im Eiklat einnehmen. Doch müssen auch die Lebenden für vergossenes Blut belohnt werden. Sturmfürst, ich bitte dich darum, die Gefangenen und sieben Zehntel der Ladung mir zu überlassen.«

Plötzlich herrschte Stille. Es war eine unverschämte Forderung, und das wußten alle.

Cral trat noch einen Schritt auf den Fürsten zu, streifte Carinne mit einem durchdringenden Blick und flüsterte so leise, daß nur Pashgren und die Frau an seiner Seite ihn verstehen konnten:

»Du hast die Clangesetze gebrochen, Fürst. Ich habe die Trantelac-Kwai vor dir gefunden. Sie steht mir zu. Aber ich überlasse sie dir, wenn du mir gnädigerweise meine Bitte erfüllst.«

Pashgren breitete die Arme aus. »Ich bin in der Tat sehr

dankbar für die tapfere und mutige Hilfe, die die Siren des Lehnsgutes Ashram mir geleistet haben. Und sicher wird den Toten nun durch den Gnädigen Orkan besondere Ehre widerfahren. Es freut mich, daß auf diese Weise die Bande zwischen unseren beiden Bastionen stärker geworden sind.« Einige der Siren krächzten in einem Dialekt, den Carinne nicht verstand. Sie glaubte aber, den Zynimus in der Erklärung Pashgrens richtig interpretiert zu haben: Wenn die Verbindung zwischen einer Bastion und einem Lehnsgut enger wurde, so bedeutete das nur, daß die Macht des einen über den anderen wuchs.

»Aus diesem Grund werde ich dir nicht nur deine Bitte erfüllen, Cral«, fuhr der Sturmfürst fort. »Obendrein gebe ich dir auf noch zwei weitere Zehntel der Ladung. Vielleicht versetzt dich das bald in die Lage, dir ebenfalls einen Brustpanzer aus kostbarem Metall fertigen zu lassen.«

Crals Schwingen zitterten zornig, aber trotz der Beleidigung beherrschte er sich und neigte den Kopf.

»Ich stehe tief in deiner Schuld, Fürst«, erwiderte er.

Pashgren lachte grölend, und die Siren Ashrams jubelten: Ihnen stand jeweils ein Hundertstel der Beute zu. Und als sich das Heulen und Grölen und Krächzen wieder legte, rief eine im Käfig gefangene Hure:

»Sie hat uns verraten! Die verdammte Kwai hat uns verraten!«

Pashgren umfaßte Carinnes Arm und zog sie mit sich. Eine Zeitlang begutachtete der Sturmfürst noch die Entladearbeiten, dann trat er auf ein großes Katapult zu. Pashgren kletterte in die Ladekammer und hob die Rückenschwingen ein wenig an. »Steig auf meinen Rücken«, sagte der Sturmmann. »Und halt dich gut fest.«

Sie folgte seiner Aufforderung. Pashgrens Leib fühlte sich so hart an wie der Panzer einer Landschildkröte. Die Flügel kratzten wie rauhes Leder, und die biegsamen Hohlknochen paßten sich ihr an. Es wurde dunkel, als Pashgren die Schwingen wieder anlegte, und er krächzte dumpf: »Es wird gleich einen Ruck geben. Bereite dich darauf vor.«

»Ja, Herr.«

Er lachte und gab den Siren an dem Katapult den Befehl, den Auslöseriegel zu betätigen. Carinne schlang die Arme um den Brustkasten des Sturmmannes, und einen Augenblick später hatte sie das Gefühl, bei lebendigem Leibe auseinandergerissen zu werden. Der Druck der Schwingen auf ihrem Rücken ließ nach, und gleich darauf verspürte sie Kühle, die an den Fasern des Weber-Gewandes entlangflüsterte. Sie schlug die Augen auf.

Weit unter ihr wogten die Wellen des Ozeans, und die dümpelnde *Wellenbrecher* war nur noch ein dünner Strich auf einem graugrünen Hintergrund.

Pashgren winkelte die Schwingen an und segelte dahin. Carinne schmiegte sich eng an ihn.

»Das ist das Leben eines Sturmmannes!« rief der Fürst, und der Wind riß ihm die Silben von den hornigen Lippen und wehte sie davon. »Es gibt nichts Herrlicheres, als sich von den Böen dahinjagen zu lassen und aufzusteigen bis an den Rand der Welt, dorthin, wo es kaum noch genug Luft gibt, um die Lungen eines Siren zu füllen.«

Carinne kniff die Augen zusammen, als sie inmitten des Wogens unter ihr eine besondere Gischtformation erkannte. Das daran angrenzende Wasser wies eine dunklere Farbtönung auf.

»Ein Telquel!« rief sie. »Dort unten schwimmt ein Telquel!«

Pashgren blickte ebenfalls in die Tiefe. Nach dem riesenhaften Schatten unter der Gischtkrone zu urteilen mußte es sich um ein ausgewachsenes Exemplar handeln. Und ganz offensichtlich hielt der Telquel genau auf die *Wellenbrecher* und die beiden Begleitschiffe zu.

»Ja«, krächzte Pashgren. »Ich kann ihn sehen.«

Kurz darauf stürzten sie dem Deck des dritten Kaperschiffes entgegen. Einige Dutzend Meter über den Planken breitete der Sturmfürst die Schwingen wieder ganz aus, und trotz des zusätzlichen Gewichts, das er auf dem Rücken trug, gelang es ihm mühelos, die Fallgeschwindigkeit abzubremsen und ganz sanft auf dem Deck des Schiffes niederzugehen.

»Alle Segel setzen!« befahl Pashgren mit donnernder Stimme. Mit weit ausholenden Schritten eilte er aufs Vorderdeck, und Carinne folgte ihm zögernd. Einige Sturmfrauen zischten sich etwas zu. »Es nähert sich ein Telquel.«

Diese Nachricht brachte sofort Bewegung in die Mannschaft. Binnen weniger Augenblicke entrollten sich die nachtschwarzen Segel des Kaperschiffes. Andere Siren öffneten die Ladekammern der Katapulte und wechselten Lanzen und brennendes Öl gegen knollenförmige Gebilde aus. Während der vorbereitenden Schulungen durch das Konziliat hatte Carinne erfahren, um was es sich handelte: Die Blähknollen waren Früchte einer bestimmten Pflanzenart. Die Samen in ihrem Innern produzierten Wasserstoffgas. Wenn man geschickt mit ihnen umzugehen verstand, konnte man sie mit Hilfe von Katapulten als Geschosse verwenden, die beim Aufprall auf das Deck eines feindlichen Schiffes durch das explosionsartige Aufplatzen Verwüstungen anrichteten oder Brände verursachten, wenn das Wasserstoffgas entzündet wurde.

Pashgren ergriff einen beinernen Trichter und setzte ihn an die Lippen. Seine Stimme hallte weit übers Meer, als er rief: »Ein Telquel nähert sich. Brecht die Verladearbeiten ab, und setzt die Segel! Trefft alle nötigen Vorbereitungen!«

Er stieß Carinne barsch beiseite. Sie hielt sich an der Reling fest und versuchte, möglichst geringe Aufmerksamkeit bei den Sturmleuten an Deck zu erwecken. Noch immer glitten ihre Gedanken nur träge dahin. Sie fühlte sich wie eine unbeteiligte Beobachterin, und es gelang ihr nicht, sich von diesem rätselhaften Bann zu befreien.

Kuriere stiegen von den Planken auf und segelten auf die anderen Schiffe zu. Andere Sturmleute kehrten zurück, und manche von ihnen beförderten Beutegut. Carinne sah einen, der ein grauschwarz geschecktes Fellbündel bei sich trug, und sie begriff, daß Pashgren damit sein Versprechen, auch Oleander abholen zu lassen, einlöste. Sie seufzte erleichtert. Ohne ihn war der Erfolg ihrer Mission in Frage gestellt. Sie machte Anstalten, ihren Platz zu verlassen. Eine Sira starrte sie finster an und griff drohend nach dem beinernen Dolch in ihrem Gürtel. Daraufhin hob Carinne abwehrend die Hände und rührte sich nicht von der Stelle.

Das Schiff Pashgrens hatte bereits Fahrt aufgenommen. Offenbar hielt der Telquel noch immer auf die *Wellenbrecher* zu. Die beiden anderen Kaperschiffe entfernten sich von dem manövrierunfähigen Wrack. Immer schneller glitt das Schiff über die gischtenden Wogen, und die beiden anderen folgten in einem Abstand von einem knappen Kilometer. Das überfallene Schiff von Arantalen blieb weit hinter ihnen zurück.

Pashgren trat an Carinnes Seite und deutete nach Westen. »Es wird gleich geschehen«, grollte der Sturmfürst. »Hast du jemals einen Telquel gesehen, Trantelac-Kwai?«

Sie schüttelte den Kopf. *Nein, nicht mit eigenen Augen. Aber in den Berichtsholografien des Konziliats.*

Das Wrack der *Wellenbrecher* hob sich aus dem Wasser. Direkt unterhalb des Schiffes schien ein Berg aus purpurnen Schuppen zu wachsen.

Es ging alles so schnell, daß sich Carinne später nicht mehr an alle Einzelheiten erinnern konnte. Der auftauchende Telquel mußte mehrere tausend Tonnen schwer sein. Aber trotz dieses Gewichts bewegte er sich mit der Schnelligkeit eines Sandwiesels. Tentakelartige Auswüchse zuckten aus den Fluten, peitschten durch die gischtgeschwängerte Luft und zerschmetterten das, was noch von der *Wellenbrecher* übriggeblieben war. Die Trümmerstücke tanzten mehrere Sekunden lang auf dem Rücken des Telquel, und Carinne glaubte, irgendwo ein riesenhaftes, jadegrünes Auge erblickt zu haben. Dann versank der lebende Berg wieder im Meer, und von dem Kaufmannsschiff war nichts mehr zu sehen.

»Jetzt wollen wir hoffen, daß er sich damit zufriedengibt«, krächzte Pashgren. Er wandte den Blick nicht von der Stelle ab, wo die *Wellenbrecher* zertrümmert worden war.

Irgendwo in der Ferne grollte und rumorte es dumpf.

»Seht nur!« riefen einige Siren an den Katapulten. »Seht nur! Der Himmel brennt …«

Die Luft knisterte. Funken stoben über das Metall des Kettenpanzers, den Pashgren trug. Er riß die Augen auf und starrte an sich herab. Und während er versuchte, die seltsamen Lichter mit hektischen Bewegungen seiner Klauenhände zu vertreiben, schien das ganze Firmament zu entflammen. Wind kam auf. Die Wellen bedeckten sich mit brodelnden Schaumkronen und wuchsen höher und höher. Mit donnernder Wucht prallten sie gegen die hölzerne Außenwand des Schiffes. Am Himmel gleißten Millionen von Diamanten. Wenn einer von ihnen zerplatzte, leuchteten zwei neue auf, noch heller und strahlender.

Feuer regnete herab.

Und das Meer begann immer wilder zu wüten.

Die Kühle war nur mehr eine blasse Erinnerung. Es wurde warm, so warm, daß Carinne schon nach kurzer Zeit zu schwitzen begann. Die von den Luftstrudeln in die Höhe gerissenen und vom fauchenden Sturm zerstäubten Wassermassen ballten sich zu Wolken zusammen, die das Gleißen der Feuerstraße verhüllten, kurz darauf aber selbst zu leuchten begannen. Es war so hell, daß das Licht in den Augen schmerzte.

»Was ist das?« hauchte der Sturmfürst. »Bei allen Orkanbastionen — *was ist das?*«

Er starrte Carinne und ihr Amulett mit der Telquel-Träne an.

Sie tastete nach dem Tralicc. »Die Himmel leuchten, und das Feuer am Firmament des Tages wird Regen sein, der sich über die Welt ergießt. Die Flammen verbrennen die Meere. Es ist der Beginn der Dürre.«

»Der Telquel«, knurrte eine Sira. »Er folgt uns …«

Daraufhin wandte sich Pashgren ruckartig von Carinne ab. »Steuert das Schiff an den Strudeln vorbei. Achtet darauf, daß die Segel nicht zerreißen. An die Katapulte, Männer und Frauen der Stürme.«

Die Siren grölten und schrien, und als Pashgren das Zeichen gab, sirrten die Sehnen der ersten Schleudern. Die Siren beeilten sich, die leeren Katapulte rasch nachzuladen, und während sie damit beschäftigt waren, platzten die ersten ins Meer gestürzten Knollen. In dem allgemeinen Tosen des Hitzesturms und der wütenden Wogen konnte Carinne die Explosionen kaum hören, aber sie sah dünne Wasserfontänen, die nicht von Luftstrudeln emporgerissen wurden. Die Schleudern katapultierten immer neue Knollen davon, und schließlich rief eine Sturmfrau, die über den Aufbauten des Kaperschiffes kreiste:

»Der Telquel dreht ab und schwimmt nach Süden!«

Die Siren jubelten, und einige andere Sturmleute stiegen auf, um die Böen des tobenden Orkans zu genießen. Masten und Aufbauten des Aufbringers knirschten, aber das Schiff war dafür konstruiert, den Gewalten von Taifunen standzuhalten. In dieser Beziehung drohte keine Gefahr.

Pashgren sah Carinne an, und angesichts seines Blickes konnte sie ein Schaudern nicht unterdrücken. Eine bestimmte Ahnung stieg in ihr empor, aber bevor der Gedanke Gestalt annehmen konnte, sagte der Sturmfürst: »Die Steuerleute werden auch allein damit fertig, den Strudeln und Wasserwänden auszuweichen. Komm mit mir, Trantelac-Kwai. Ich habe mit dir zu reden.« Er packte ihren Arm und führte sie fort.

Trotz der Hitze war es im Innern des Siren-Schiffes noch immer recht kühl. Sie kamen durch eine große Kammer, an deren Decke Sturmleute schliefen: Sie hatten die Klauen ihrer Füße um hölzerne Stangen geschlossen, die sich in Dutzenden von Reihen an den Spanten entlangzogen. Die ledrigen Schwingen waren über die Köpfe gestülpt, und die Körper neigten sich im Rhythmus des Schiffes von einer Seite zur anderen.

Schließlich erreichten sie die persönliche Unterkunft des

Sturmfürsten. Farbige, gemusterte Tücher und Teppiche hingen an den Wänden des Zimmers, und an der Decke zeigte sich eine einzelne Holzstange. In einer Ecke des Raumes lagen mehrere Decken. Jede einzelne davon wies das Symbol der Sturmleute auf: die stilisierte Darstellung eines feuerspeienden Drachen.

Pashgren trat mit langen Schritten in die Kammer hinein, öffnete die Verschlüsse seiner Hemdjacke und legte den Kettenpanzer ab. Carinne schloß die Tür hinter sich.

»Herr?« Sie neigte den Kopf. Noch immer war es ihr nicht gelungen, sich von der rätselhaften Betäubung zu befreien. Sie dachte an die Luftstrudel und die verdampfenden Wassermassen. Der Zusammenbruch hatte begonnen. Die Dürre war der Vorbote des Verderbens, das bald alle Zivilisationen Tschurats heimsuchen würde. Carinne hatte geglaubt, noch einige Wochen Zeit zu haben. Jetzt mußte sie erkennen, daß sie einem fatalen Irrtum unterlegen war.

»Was hast du mit deinen sonderbaren Worten oben an Deck gemeint?« Er trat auf sie zu und blieb dicht vor ihr stehen. Der Blick seiner schwarzen Augen ... sie hatte das Gefühl, darin zu ertrinken. Sie wußte um die Gefahr, in der sie schwebte. Pashgren war alles andere als dumm, und wenn sie den Verdacht in ihm erweckte, mehr zu wissen, als einem Einwohner Tschurats zustand, so mochte das äußerst unangenehme Folgen haben. Außerdem war da noch der Kommunikator ...

»Ich bin eine Kwai«, sagte sie. »Manchmal eröffnen sich mir Ausblicke in die Zukunft, und in einem meiner wachen Träume sah ich vom Himmel regnendes Feuer. Dieses Feuer wird das Wasser der Meere aufkochen und verdampfen lassen, Fürst der Stürme.«

Pashgren überlegte. »Willst du damit sagen, daß wir bald den Meeresboden betreten können? Den *Grund* der Ozeane?«

Wieder nickte Carinne.

»Ich erinnere mich«, sagte Pashgren und wandte den

Blick nicht von ihr ab. »Als ich ein Kind war, haben einige alte Kel davon berichtet.« Er streckte die Arme aus, und die Klauen beider Hände strichen behutsam über Carinnes Wangen und wanderten tiefer. Das Prickeln auf ihrer Haut verstärkte sich und ließ sie zittern. »Das Orakel von Dorlean hat mir eine Frau mit silbrigem Haar und goldener Haut prophezeit. Und es verhieß auch große Veränderungen im Reich der Stürme, die beginnen würden, wenn ich diese Frau fände. Ich habe nie an dieser Prophezeiung gezweifelt. Und jetzt fängt sie an, sich zu erfüllen.« Seine Klauen waren inzwischen bei ihren Brüsten angelangt. »Die Zeichen damals waren günstig: Xa und Yra im richtigen Haus. Daraufhin kam der Kel, der kurz nach meiner Orakelbefragung starb, zu dem Schluß, die vorhergesagten Veränderungen seien günstig für uns Siren, insbesondere aber die Bastion Argan-al-Mrei.«

»Das Orakel irrt sich nie.« Aber wie, dachte Carinne beunruhigt, kann es *mein* Erscheinen prophezeit haben? Als Pashgren Dorlean besuchte, befand ich mich noch gar nicht auf Tschurat, und das silbrige Haar und die goldene Haut sind nur Attribute des Ganzkörpersymbionten.

»Nein«, bestätigte Pashgren. Seine Klauen glitten weiter. »Wenn die Meere verdampfen, sterben die Telquel. Dann geht keine Gefahr mehr von ihnen aus. Dann können wir den Grund der Ozeane betreten, unsere Armeen vereinen und nach Arantalen marschieren.«

Ja, dachte Carinne. Wie es schon so oft geschah. Und das bedeutet den Untergang für die Zivilisationen, die in der Küstenregion des Kontinents während der stabilen Langflut entstanden sind.

Sie versuchte, den Blick von den schwarzen Augen des Sturmfürsten abzuwenden, aber es gelang ihr nicht. Es war auch schon zu spät dazu. Irgendwo in ihrem Bewußtsein machte es

Klick.

Vision Eins

Der aus den Sümpfen aufragende Felsenturm war mehr als zweihundert Meter hoch und wies nicht die geringste Unebenheit auf. Er bestand nicht aus Stein, nicht aus Metall und nicht aus Kunststoff. In einer Entfernung, die der Länge des Turms entsprach, wuchsen weitere Monumente aus dem gluckernden und dampfenden Morast Shennendahs. Zusammen bildeten sie ein Fünfeck, in dessen Mittelpunkt der zentrale Obelisk stand. Es war ein Unendlichkeitsmodell der Quilri, und bisher war es noch keinem Missionats-Experten gelungen, das Rätsel dieses Artefakts zu lösen.

Ganz oben auf dem zentralen Turm erhoben sich die heiligen Quader der Shenri. Die Eingeborenen Shennendahs hatten eine lange hölzerne Treppe gebaut, die es ihnen möglich machte, die Plattform ganz oben zu erreichen und dort ihre religiösen Rituale zu zelebrieren. Carinne Ramelia stand vor dem Ergebnis einer solchen Feier.

Der Körper war zerfetzt, nur noch eine blutige und deforme Masse. Die Züge des Gesichts konnten nicht mehr identifiziert werden, aber vor ihrem inneren Auge sah Carinne das Lachen eines zwölfjährigen Mädchens.

»Es ist deine Schuld«, sagte der Mann neben ihr. Seine Miene wirkte wie aus Stein gemeißelt, und er hob den Blick und sah über das Sumpfland. Einige Missionatsbeamte standen am Rande der Plattform und starrten betreten auf ihre Stiefelspitzen. Ein jüngerer Mann hatte sich ganz abgewandt und würgte.

»Sie haben sie umgebracht.« Carinne konnte es nicht fassen. »Sie ist tot.«

Sie sank langsam auf die Knie und weinte. Eine ganze Weile hoben und senkten sich ihre Schultern, und Tränen tropften zu Boden. Ein Missionatsangestellter trat schließlich auf sie zu, half ihr in die Höhe und drehte sie um, so daß sie nicht mehr den Leichnam ihrer Tochter ansehen mußte.

Der Mann drehte sich um und sah sie an. Der Blick seiner Augen war so kalt wie Eis. »Es ist deine Schuld. Entwicklungshilfe! Auf stinkenden Planeten herumlaufen und irgendwelchen Eingeborenen klarmachen, daß sie gefälligst nach deiner Art von Moral und Ethik zu leben haben und sich besser nicht mehr gegenseitig die Köpfe einschlagen! Zivilisation, was ist das schon? Wir haben alle Hände voll zu tun, um auf den entwickelten Welten des Missionats zurechtzukommen. Ich habe es dir immer wieder gesagt: Nimm Rebecca nicht mit dir!« Sein Gesicht verzerrte sich, und für einen Augenblick hatte es den Anschein, als sammele sich Feuchtigkeit in den dunklen Augen des Mannes. »Sie könnte noch am Leben sein, Carinne. In gewisser Weise hast du sie umgebracht.«

»Runen, ich ...«

»Hören Sie endlich auf damit«, sagte der Missionatsangestellte.

»*Mischen Sie sich nicht ein.*« Runen Scenegato wandte sich ruckartig ab und schritt auf den Gleiter zu, der am Rande der Plattform parkte und das Hoheitssymbol des Missionats trug.

»Wohin gehst du?«

»Fort.«

»Kommst du zurück?«

»Nein. Rebecca war auch meine Tochter, Carinne. Aber ich bin nicht verantwortlich für ihren Tod. Hättest du nur auf mich gehört ...« Er kletterte in die Luke, und kurz darauf hob der Gleiter ab. Einer der Uniformierten versuchte, Carinne zu trösten.

»Sie sind noch jung. Sie können ein zweites Kind haben.«

»Ja. Aber nicht *das.*«

Klick.

Unter sich spürte Carinne die Decken, und neben ihr lag das Weber-Gewand. Pashgrens Klauenhände strichen über ihren nackten Leib, und sein Glied war ein steifer Bolzen. Carinne war eine Gefangene ihres Bewußtseins. Sie öffnete die Schenkel und hieß den Siren willkommen. Er arbeitete vorsichtig und behutsam in ihr. Die Zärtlichkeiten und das rhythmische Stoßen stachelten ihre Erregung weiter an. Pashgrens schwarzen Augen starrten sie noch immer an, und die Pupillen glichen finsteren Schwämmen, die Carinnes Gedanken ansaugten.

Klick.

Vision Zwei

»Sie brauchen keine Angst vor der Operation zu haben.«

Es war seltsam, diese Versicherung aus dem Munde eines Mannes zu hören, der selbst gerade einer Operation unterzogen wurde. Carinne Ramelia trat näher an den Tisch heran und achtete darauf, die Arbeit der Chirurgen nicht zu stören. An den Wänden der Kristallkammer summten Instrumentenbänke.

»Es ist nur eine Routineangelegenheit«, fügte der Hirte hinzu. Einige der Chirurgen waren gerade damit beschäftigt, seine Schädelplatte zu öffnen und den Knochen zu entfernen. Andere Ärzte gingen daran, seine Bauchhöhle aufzuschneiden. Die Augenlinsen des Hirten musterten sie, und Metall und optische Verstärker glänzten im Lichte der Bogenlampe über dem Tisch.

»Wissen Sie, Schwester«, sagte der Konziliatshirte, »ich erreiche bald die letzte Stufe. Wenn es soweit ist, stellt mein Körper für niemanden mehr ein Rätsel dar. Alle sollen sehen können, was sich darin abspielt. Wir haben uns zusammengeschlossen, weil unser Anliegen die Versöhnung zwischen allem Belebten ist, der Frieden auch zwischen den Welten des Organischen und Anorganischen. Es steht jedem Konzilianten frei, dieses Ziele auf seine ganz persönliche Art und Weise zu erreichen zu versuchen. Sehen Sie mich an, ja. Meiner Meinung nach ist der Körper eines Menschen sehr unvollkommen und nichts weiter als ein Versteck für das, was unseren Geist belebt. Wer nichts verbirgt, hat auch keine Feinde. Und wer keine Feinde hat, lebt in Harmonie.«

Die Chirurgen ersetzten die Schädeldecke durch eine speziell angepaßte transparente Scheibe. Arme und Beine waren bereits durch vorhergehende Operationen entsprechend präpariert worden.

Der Hirte bot einen abscheulichen Anblick.

»Sie sind noch nicht lange bei uns, Schwester«, tönte es aus dem akustischen Verstärker in der Mundhöhle des Hirten, »und darum kann ich Ihre Besorgnis verstehen. Aber glauben Sie mir: Die Ihnen bevorstehende Operation ist nicht annähernd so kompliziert wie die, die gerade an mir vollzogen wird.«

»Ich weiß«, erwiderte Carinne. »Ich bin nur gekommen, um mich von Ihnen zu verabschieden.«

»Und dafür danke ich Ihnen. Sie haben sich für eine sehr gefährliche Mission entschieden. Wieviel Zeit haben Sie?«

»Mehr als zwei Jahre Terrstandard«, erwiderte Carinne. »Es sollte genügen.«

Sie sah noch eine Weile zu und verließ dann die Kristallkammer. Carinne hielt nicht sonderlich viel von seiner Art, zu einer Versöhnung zwischen sich und der Umwelt zu gelangen, aber sie war ihm dankbar. Nur durch sein Einwirken hatte sie die Genehmigung erhalten, auf Tschurat als Bschererin tätig zu werden.

Sie suchte eine andere Behandlungskammer der Station auf, und im Vorzimmer traf sie auf den Djindjac Oleander, den sie bereits im Verlaufe der Vorbereitungen kennengelernt hatte. Das zwergenhafte Wesen war völlig nackt, aber es kannte keine Scham.

»Es geht gleich los«, sagte Oleander.

»Ich weiß.« Carinne entledigte sich ihrer Kleidung und nahm neben ihm auf der Wartebank Platz.

»Machst du dir Sorgen?«

»Sorgen?« Sie überlegte. »Vielleicht. Aber nicht um mich. Nur um die Zukunft Tschurats. Unsere Aufgabe ist sehr wichtig.«

»Ich habe noch nie einen ganzen Planeten gerettet«, kicherte der Djindjac und rutschte unruhig hin und her.

»Das tun wir auch nicht. Wir geben den Einwohnern Tschurats nur die Möglichkeit, eine beständige Zivilisation aufzubauen.«

Die Tür öffnete sich zischend. Oleander und Carinne erhoben sich und traten in die sich an das Vorzimmer anschließende Behandlungskammer. Dort erwartete sie ein Liss.

»Oh, da sind Sie ja«, zirpte das vogelähnliche Geschöpf und klapperte einige Male mit seinem Schnabel. Grüne Knopfaugen musterten sie.

Carinne sah sich in dem Raum um. Die Einrichtung unterschied sich nicht sehr von der in der Kristallkammer, in der der Konziliatshirte operiert wurde: medizinische Gerätschaften, Analyseinstrumente, Servomechanismen zur Überwachung und Regulierung organischer Funktionen.

Der Liss überprüfte sein Operationswerkzeug, und währenddessen zirpte er:

»Wie Sie wissen, sind Außenweltler auf Tschurat verhaßt. Sie können sich also nur getarnt unter die Einwohner mischen.« Er verharrte kurz und sah Carinne und Oleander groß an.

Carinne nickte.

»In der Tat, bewunderungswürdig, wirklich, sehr bewunderungswürdig. Um nicht zu sagen: phänomenal mutig.« Der Liss hantierte mit Skalpellen und automatischen Nähern. »Nun, wie gesagt: Sie müssen sich tarnen. Da Ihr Aufenthalt auf Tschurat von längerer Dauer ist – um nicht zu sagen: unerhört lange –, reichen einfache Maßnahmen körperkosmetischer Natur nichts aus. Sie müssen mit symbiotischen Ganzkörpermasken ausgestattet werden. Tja, zwischen der organischen Struktur eines Djindjac und der eines Menschen gibt es einige prinzipielle

71

Unterschiede. Im Falle Oleanders ist es nicht weiter schwierig, ihn mit einem permanenten Symbionten auszustatten, der ihn in ein Katzenwesen, einen sogenannten Mru, verwandelt. Bei Ihnen, Carinne, sieht die Sache da schon etwas anders aus. Es wären umfangreiche Operationen notwendig, um Ihren Körper in die Lage zu versetzen, auf Dauer eine organische Ganzkörpermaske zu tragen.« Der Liss zirpte skeptisch. »Ich will damit nicht sagen, es sei unmöglich. Wir können Ihnen *natürlich* einen Symbionten zur Verfügung stellen, aber leider werden Sie dazu gezwungen sein, ihn in gewissen Abständen abzulegen, und das dürfte sehr schmerzhaft und zudem noch mit einer ausgeprägten psychischen Desorientierung verbunden sein. Ich erinnere Sie in diesem Zusammenhang nur an die Operation, mit der Ihr Hirn auf das Potential von sogenannten Telquel-Tränen sensibilisiert wurde. Wir haben den Djindjac mit der Fähigkeit ausgestattet, Ihnen in derartigen Situationen zu helfen: Oleander kann, wenn Sie Ihren Symbionten für eine organische Erholungspause ablegen müssen, den Zustand der geistigen Verwirrung abkürzen ...«

Carinne hörte ihm nicht mehr konzentriert zu. Sie wußte ohnehin Bescheid. Draußen in den Kulturen Tschurats war sie auf Oleander angewiesen, und sie beide kannten sich inzwischen gut genug, um zu wissen, was das bedeutete: Wenn einer von ihnen versagte, mochte ihnen beiden der Tod drohen.

Als der Liss seine Erklärungen beendet hatte, kletterte Carinne auf die Liege und streckte sich aus. Der Liss schloß sie an den automatischen Anästhesisten an. Als sie wieder erwachte, war sie Carinne Ramelia, die Trantelac-Kwai.

Klick.

Carinne musterte die neben ihr liegende Gestalt des Sturmfürsten. Seine hornige und narbenübersäte Brust hob und senkte sich in einem gleichbleibenden Rhythmus. Ihre

Gedanken bewegten sich im Kreis. Wo war Oleander? Sie mußte mit ihm sprechen. Sofort.

»Wenn wir wieder in meiner Heimat sind, sage ich meinem Vater, daß sich die Prophezeiung des Orakels von Dorlean erfüllt hat«, knurrte Pashgren.

»Wie lange sind wir noch unterwegs?«

»Einige Tage. Die Insel liegt am Rande des Reichs der Stürme. Sie wird dir nicht gefallen, Trantelac-Kwai. Sie ist nur etwas für Siren.«

»Wie heißt sie?«

»Karebi«, sagte Pashgren.

Runen Scenegato — In der Station

Die als Felsplatte getarnte Tür öffnete sich, als Patric Vangrest seinen Codegeber betätigte. Runen Scenegato schob sich rasch in den halbdunklen Zugang hinein und war froh, die Kälte hinter sich lassen zu können.

»Da wären wir«, krächzte Vangrest heiter. Runen sah sich um. Die Wände des Korridors waren kahl, und knapp zehn Meter entfernt erkannte er ein metallenes Schott, dessen Servomechanismen nicht verkleidet waren. Es blieb alles still.

»Sind Sie sicher, daß dies eine Station des Missionats ist?« fragte er.

Patric Vangrest gab keine Antwort. Er trat auf die zweite Tür zu und fingerte an der mechanischen Verriegelung herum.

Eine Vielfalt von Gerüchen wehte ihnen entgegen, als das Schott zur Seite glitt. Der Boden des zweiten Ganges war ausgelegt mit einem dicken Teppich, und an den Wänden hingen echte Gemälde, gesäumt von funkelnden Holografien. Als sich die Tür hinter ihnen wieder geschlossen hatte, ertönte leise Musik. Runen hatte plötzlich das Gefühl, an Gewicht zu verlieren und zu imaginären Wolken emporzuschweben, die ihn samten umhüllten und sein ganzes Inneres mit Wohlbehagen ausfüllten. Er schüttelte den Kopf und versuchte, dieses Empfinden zu ignorieren.

Der Korridor mündete schließlich in eine saalartige Kammer. Runens Blick fiel auf Möbel aus stabilisierten Ergfeldern, auf nackte junge Frauen, die zu ätherischen Klängen tanzten und mit den anmutigsten Bewegungen durch den Raum schwebten. Parfümiertes Wasser plätscherte in komplex angelegten Brunnen. Marmorsäulen standen am Ufer eines Teichs, in dem goldene Fische schwammen und im Takt der Musik Wasser durch ihre Kiemen rinnen ließen. Der irgendwo verborgene Programmgenerator dieser Szene wies die Holografieprojektoren an, den engelhaften Frauen nackte junge Männer hinzuzugesellen. Sie kamen hinter Fresken und jadenen Skulpturen zum Vorschein; sie spannten ihre Muskeln unter seidenen Baldachinen, und sie erhoben sich aus kleinen Alkoven. Es dauerte nicht lange, und jedes Mädchen hatten seinen Wunschpartner gefunden. Die Paare ließen sich in weichem Gras oder inmitten von Gebirgen aus Ergkissen nieder. Die Bewegungen der Projektionen bildeten eine Einheit, wie bei den Künstlern eines Balletts. Die Choreographie aber war rein elektronisch. Zarte Frauenhände massierten eregierte Glieder, und Männerzungen erkundeten perfekt geformte weibliche Körper. Beine schlangen sich willig um fordernde Hüften, Augen glitzerten, Lippen zitterten.

Runen spürte, wie es ihm unterhalb seiner Gürtellinie warm wurde.

»Abstellen«, stieß er hervor. »Ausschalten. Sofort!«

»Aber warum denn?« warf Patric Vangrest ein. »Wir können doch ...«

Es knisterte leise, und die Holografien verschwanden. Auf der gegenüberliegenden Seite der Kammer wurden die metallenen Gliedmaßen eines großen Servomechanismus sichtbar, und in der üppig gepolsterten Tragschale lag die

74

schwammige Masse eines unglaublich fetten Mannes. Die kleinen Augen verschwanden fast hinter den mehrfach geschichteten Fettpolstern. Der Mund war ein breiter und von wurstartigen Wülsten gesäumter Strich. Die Arme ruhten in speziellen Stützschienen, die es dem Mann erlaubten, die Kontrollen der Tragwanne zu bedienen, ohne seine Muskeln übermäßig zu belasten.

»Gefällt es Ihnen nicht?« fragte die aufgeschwemmte Gestalt mit der Stimme eines Eunuchen. »Das tut mir leid. Ich mag diese Szene besonders. Vielleicht haben Sie eher Interesse an ...«

»Nein«, sagte Runen Scenegato scharf.

»Oh, es sind also zwei Unerleuchtete, die meine dunkle Zeit der Einsamkeit mit ihrer Gegenwart erhellen wollen.« Servomotoren summten und versetzten ihn in die Lage, eine theatralische Geste zu vollführen. »Weh mir. Scheine ich doch der einzige Soldat der Erkenntnis zu sein, ein Streiter für einen Lebensstil, der allein jeder göttlichen Bestimmung gerecht wird.« Der Fettberg lachte. »Aber ich werde versuchen, euch zu bekehren, o ihr Ungläubigen und Unwissenden. Der Darm des Menschen ist sein ...«

»Wo haben Sie mich hingebracht?« wandte sich Runen an den Piloten. Vangrest lächelte so, als sei er gerade der Hölle entronnen und habe Eingang gefunden ins Paradies.

»Hören Sie«, sagte Runen kalt und sah zu, wie die elektromechanische Tragwanne den Priester der Völlerei näher an sie herantrug. Der Mann war nackt, und ein elektronisch gesteuerter Ergtrichter stimulierte ein im Vergleich zum aufgequollenen Körper eher verkümmert wirkendes Glied. »Wir sind mit unserem Schiff abgestürzt und brauchen Hilfe. Wir ...«

»Oh, ich weiß, ich weiß.« Die Wurstfinger des Mannes berührten einen irgendwo am Ende der Stützschiene verborgenen Sensor. Die Marmorsäulen am Ufer des Teichs verschwanden und wichen einzelnen Projektionstoren, die Ausblicke auf verschiedene Bereiche des Planeten gestatteten.

»O ja, Sie hätten sich wirklich einen angenehmeren Ort für Ihren Absturz aussuchen können«, keifte die schwammige, fette Gestalt. »Die Varae sind keine sonderlich freundlichen Zeitgenossen, und ...«

»Ist dies eine Station des Missionats?«

»Des Missionats?« Der Mann schien überlegen zu müssen, was damit gemeint war. »Oh, unsere Aufgabe ist die Mission, da haben Sie ganz recht. Meine Mitstreiter brachen vor langer Zeit auf, um der Bevölkerung die frohe Botschaft zu verkünden, daß die Seele des Menschen in seinem Darm wohnt. Wer es versteht, zu vollkommener körperlicher Zufriedenheit zu gelangen, der schlägt keinem Feinde den Schädel an, der lädt ihn vielleicht zum Essen ein. O ja, es geht um eine Rückbesinnung auf die elementarsten Bedürfnisse, und erst wenn die erfüllt sind, vermag der Geist die Freude und das Glück zu empfinden, das ihm zukommt ...«

Nein, dachte Runen. Keine Station der Missionatsverwaltung. Eine Bescherer-Basis.

»Sind Sie allein hier?«

»Unglücklicherweise. Meine Mitstreiter sind bisher noch nicht zurückgekehrt. Vielleicht haben sie ihre Aufgabe noch nicht beendet. Vielleicht ...«

Runen glaubte eher, daß die Betreffenden unliebsame Bekanntschaft mit einer Axt oder der scharfen Klinge eines Messers gemacht hatten. Auf jeden Fall hegte er großen Zweifel daran, daß die anderen Propheten der Völlerei und Wollust überhaupt noch am Leben waren. Er überlegte rasch.

»Gibt es hier in Ihrer Station ein Kommunikationszentrum?«

»Oh, aber natürlich. Schließlich brauchen wir dann und wann Nachschub für unsere ausgezeichnete Servoküche, wenn wir unserem göttlichen Auftrag überhaupt gerecht werden wollen.« Er beschrieb Runen den Weg.

»Sie warten hier auf mich«, wies Scenegato den dürren Piloten an und trat auf den Ausgang zu. Als er in den Korridor trat, hörte er, wie Patric Vangrest sich an den Priester wandte: »Ihre Religion interessiert mich. Wie halten Sie es mit Narkotika, Halluzinogenen, Psychoweckaminen und anderen Arten von chemisch-mentalen Sensibilisierern ...?«

Der Rest der Station war eher funktional und ähnelte allen anderen Planetenbasen, die Runen Scenegato kennengelernt hatte. Als Runen die Basis durchstreifte, gelangte er auch in den Bereich der Unterkünfte. Offenbar war die Station für eine ständige Besatzung von mehr als zwei Dutzend Personen vorgesehen und gehörte damit eher zu den kleineren Basen. Alles war ruhig und still und verlassen.

Schließlich betrat er die Kommunikationskammer und nahm vor dem zentralen Pult Platz. Eine Zeitlang studierte er die Tastatur und die Leuchtdioden und Sensorpunkte darüber. Er führte eine Schaltung durch, und das Pult fragte: »Sie wünschen?«

Runen lehnte sich zurück. »Eine K-Verbindung. Mit einem Satelliten. Die Orbitaldaten lauten wie folgt ...«

Die Projektionsfläche eines über dem Pult installierten Monitors leuchtete auf und zeigte farbige Streifenmuster.

»Es tut mir leid«, sagte das Pult nach einer Weile. »Die gewünschte Verbindung kann nicht hergestellt werden. Die Störungen sind zu stark. Wenn Sie es wünschen, kann ich versuchen, den Kontakt über die Relaisstation der zentralen Missionatsbasis herbeizuführen.«

»Nein«, sagte Runen rasch. Die Finger seiner rechten Hand tanzten nervös neben der Eingabetastatur. »Besteht die Möglichkeit einer manuellen Kontrolle?«

»Selbstverständlich.«

»Dann schalte um.«

Einige der Sensorpunkte leuchteten flackernd auf. Runen beugte sich wieder vor und gab einen bestimmten Frequenzcode ein. Das Bild auf dem Monitor änderte sich nur geringfügig.

»Pult?«

»Ja?«

»Auf welche Frequenzen wirken sich die Störungen besonders aus?« Er brauchte die Verbindung zum Satelliten. Er konnte nicht auf sie verzichten. Jetzt nicht mehr.

Es vergingen mehr als zwei Minuten, bis Runen die entsprechenden Angaben erhielt. Daraufhin versuchte er es mit einer anderen Frequenz. Es knisterte und knackte im Lautsprecher, und auf dem Monitorschirm erschien ein verschnörkeltes Firmensymbol. Er gab den programmierten Code ein.

»Zugangsautorität bestätigt«, ertönte es.

Runen schaltete von manueller auf akustische Eingabe um und sagte: »Liegen Daten vor?«

»Die Ermittlung des Codes, der Zugang zu den Datenbanken des Rechners in der zentralen Missionatsstation erlaubt, war nicht weiter schwierig«, meldete sich der Computer des Satelliten. »Der Zentralrechner erkannte mich als autorisierten Benutzer an.«

»Wo ist sie?« fragte Runen.

»Sie meinen sicher Carinne Ramelia. Was ihren gegenwärtigen Aufenthaltsort angeht, kann ich keine exakten Angaben machen. Carinne Ramelia traf vor knapp drei Jahren auf Tschurat ein. Eine Organisation, die sich selbst ›Konziliat‹ nennt, meldete sie bei der zentralen Missionatsstation an. Bei der Organisation handelt es sich um eine behördlich bestätigte und anerkannte Bescherer-Vereinigung, und das Oberhaupt, der ›Hirte‹, besorgte der von Ihnen gesuchten Person eine offizielle Aufenthaltserlaubnis. Offenbar unterzog sich Carinne Ramelia in der Hauptbasis der Konzilianten einer speziellen Ausbildung, denn es dauerte fast zehn Monate, bis das Konziliat den Missionatsbehörden den Beginn des externen Bescherungsdienstes meldete.«

Auf dem Monitor leuchtete nun eine Karte des Kontinents von Arantalen aus. Er ähnelte entfernt einer ausgestreckten menschlichen Hand, wobei die vier Fingerspitzen bis fast in die äquatoriale Region reichten. Zwischen der Küste und den Inseln — die meisten davon gehörten zum

Sturmreich der Siren – befand sich eine Wasserstraße, die etwa zweihundert Kilometer breit und mit Gefahrensymbolen gekennzeichnet war. Der nördliche Teil des Kontinents Arantalen reichte über den Pol hinaus, und der Daumen ragte beinah zweitausend Kilometer weit nach Westen.

»Carinne Ramelia«, fuhr der Computer des Satelliten fort, »begann ihre Bescherungstätigkeit im Mittelwesten. Es dauerte zwei Jahre, bis sie die Südküste Arantalens erreichte und in der Stadt Pyrywanga an Bord eines Seglers ging, dessen Ziel eine dem Sturmreich der Siren vorgelagerte Inselgruppe war. Während dieser vierundzwanzig Monate Terrstandard beschäftigte sie sich eingehend mit den verschiedenen Kulturen Arantalens und erstattete regelmäßig Meldung beim Stützpunkt des Konziliats. Der letzte Routinebericht allerdings ist ausgeblieben.«

»Ist es vorher schon einmal zu Verzögerungen bei diesen Meldungen gekommen?«

»Ja«, antwortete der Computer. »Aber sie waren unerheblich.«

War er zu spät gekommen? Runens rechte Hand begann zu zittern, und er preßte sie fest aufs Metallplastik neben der Tastatur, um dem Beben der Sehnen und Muskeln Einhalt zu gebieten. Fast zehn Jahre lang hatte er versucht, den Tod Rebeccas zu vergessen und sich nicht mehr an einen Planeten namens Shennendah zu erinnern. Tagsüber hatte er in den Büros seiner Firmengruppe gearbeitet – nein, nicht gearbeitet, *geschuftet* –, aber in der Nacht war er von Alpträumen geplagt worden, von Visionen, in denen ihn das Lächeln eines aufwachsenden Mädchens verfolgte, ein Lächeln, das dem Carinnes so sehr ähnelte. Nach und nach war es ihm gelungen, zu verdrängen, jemals eine Tochter gehabt zu haben, an der er sehr gehangen hatte. Aber erst mit dem Vergessen war ihm die Leere aufgefallen, die er in sich hatte wachsen lassen – eine Leere, aus der ihn die Augen Carinnes ansahen, manchmal tadelnd, manchmal zärtlich, aber immer verlockend. Zehn Jahre, zehn lange Jahre ...

Ich habe sie verschenkt, dachte Runen, und die Kälte in seinem Innern nahm zu. Ich habe zehn Jahre meines Lebens fortgeworfen, einfach verstreichen lassen, ohne etwas damit anzufangen.

Heute begriff er, wie sehr er Carinne geliebt hatte und noch liebte, trotz ihrer Andersartigkeit. Oder gerade deswegen. Vielleicht, dachte er, können wir ein zweites Kind haben. Eins wie Rebecca. Wenn wir Tschurat erst wieder verlassen haben. Wenn wir *zu Hause* sind, wo immer das auch sein mag. Und vielleicht sah Carinne auch endlich ein, wie vermessen es war zu glauben, man könne den Zivilisationen von Entwicklungswelten und Protektoraten helfen. Vielleicht begriff sie, daß jeder Mensch, jedes denkende Wesen, sein eigenes Leben leben und sein eigenes Glück suchen mußte. Zeit war zu kostbar, als daß man sie vergeuden konnte.

»Liegen dir irgendwelche Informationen über das Konziliat vor?« fragte Runen.

»Es handelt sich dabei um eine sektenähnliche Organisation, deren Ziel eine Versöhnung nicht nur innerhalb der Sphäre des Organischen ist, sondern die auch eine Harmonie zwischen den Welten des Organischen und des Anorganischen ist.«

»Und der Auftrag Carinnes?«

»Eine Befriedung Tschurats.« Die synthetische Computerstimme zögerte. »Nachdem ich erfuhr, daß die von Ihnen gesuchte Person in den Diensten des Konziliats steht, habe ich versucht, mir auch Zugang zum Rechner der Konzilianten zu verschaffen. Infolge der zunehmenden Störungen ist mir das aber erst teilweise gelungen. Der Autoritätscode ist sehr komplex. Ich konnte nur soviel in Erfahrung bringen: Ganz offensichtlich wurde Carinne Ramelia einer zerebralen Operation unterzogen. Dieser Eingriff sensibilisierte sie auf das Potential von Telquel-Tränen. Sie wurde gewissermaßen zu einer Kwai.

Die Aufgabe Carinne Ramelias besteht darin, das Muaezyn zu finden — eine Karte, auf der all die Stellen verzeichnet sein sollen, wo nach dem Beginn der Dürre Tel-quel-Tränen zu finden sind. Während eines jeden klimatischen Zyklus soll es sieben Telquel-Ri geben, und die Tränen dieser sieben Meeresriesen stellen nach ihrem Tod Tra-licc mit einem besonders hohen Potential dar. Wer alle diese sieben Tränen findet, der kann zum Nemereih oder Shariin-Kwai werden und den legendären Eisgral öffnen.«

»Und?«

»Das ist alles. Dem Öffnen des Grals scheint eine besondere Funktion zuzukommen. Es geht dabei um die Erhaltung der Tralicc-Potentiale, die sich sonst durch wiederholte Anzapfung erschöpfen. Die Konzilianten glauben jedenfalls, dadurch eine Versöhnung zwischen allen Kulturen Tschurats herbeiführen zu können und so den selbstgesteckten Zielen zu genügen.«

Runen gab einen abfälligen Laut von sich.

»Du solltest versuchen, den Zugangscode des fremden Rechners vollständig aufzubrechen und weitere Einzelheiten in Erfahrung zu bringen. Ich werde mich später noch einmal mit dir in Verbindung setzen, und dann erwarte ich genauere Informationen.« Runen lehnte sich wieder zurück und dachte kurz nach. Da war noch eine andere Sache, die ihn ziemlich beschäftigte. »Nachdem wir dich ausgeschleust haben, ist an Bord des alten Galim-Aufklärers eine Bombe explodiert. Sie zerstörte die Triebwerkseinheit. Wenn der unbekannte Attentäter die Ladung etwas großzügiger bemessen hätte, wäre ich jetzt bestimmt nicht mehr am Leben.«

»Das ist ja eigenartig«, erwiderte der Computer nach einer Weile.

»Das kann man wohl sagen. Ich glaube kaum, daß sich der Anschlag gegen den Piloten richtete. Jedenfalls halte ich es für sehr unwahrscheinlich, daß sich irgend jemand solche Mühe macht, diesen Kerl ins Grab zu bringen. Nein, der Bombenleger hatte es auf mich abgesehen. Aber warum? Wer konnte wissen, daß ich nach Tschurat unterwegs war? Und wer könnte überhaupt ein Interesse daran haben, mich aus dem Weg zu räumen?«

»Ein geschäftlicher Konkurrent?« vermutete der Computer des Satelliten. »Sie sind einer der wohlhabendsten Männer im Missionat. Es wäre durchaus vorstellbar ...«

»Ein Profi würde nicht den Fehler begehen, an der Ladung zu sparen. Er hätte mich, den Piloten und das ganze Schiff in einzelne Atome zerlegt. Es sei denn ... Es sei denn, es war nicht in erster Linie seine *Absicht*, uns umzubringen ...«

»Ich bin gerade auf einen weiteren interessanten Faktor gestoßen«, sagte der Computer. »Es gibt viele Dateien im Rechner des Konziliats, auf die ich nur am Rande zugreifen kann. Ich vermag den Speicherplatz noch nicht genau zu lokalisieren, aber es gibt einen Eintrag, in dem es um eine MA-24/24 geht. Wissen Sie, was das ist?«

Runen schüttelte den Kopf. »Nein.«

»Die Erklärung ist ganz einfach: Bei MA-24/24 handelt es sich um die Codebezeichnung für eine Thermobombe ...«

Das erweiterte die ganze rätselhafte Angelegenheit um einen völlig neuen Gesichtspunkt. Wenn es die Konzilianten gewesen waren, die die Bombe an Bord des Galim-Aufklärers untergebracht hatten, so konnte das eigentlich nur eins bedeuten: Sie wollten aus irgendeinem Grund verhindern, daß er mit Carinne zusammentraf und sie fortbrachte. *Wenn* die ominöse Sekte tatsächlich die Verantwortung für den heimtückischen Anschlag trug ...

Aber noch bevor er sich mit diesen Fragen befassen konnte, erklang hinter ihm eine lallende Stimme: »Jetzt welsch isch esch endlich. Schie schind auch hinter dieschen Telquel-Tränen her, dieschen Tralicc ...«

Runen drehte sich um. Die Tür der Kommunikationskammer stand offen, und sein Blick fiel auf die summenden Servomotoren einer zweiten Tragwanne, in der Patric Vangrest lag. Vangrest war so nackt, wie ihn die vier Regenerationen geschaffen hatten. Deutlich waren die Teile seines Körpers zu erkennen, die während der letzten organischen Erneuerung zellular aufgefrischt oder ganz ersetzt worden waren. Operationsnarben formten bizarre Muster auf der

Haut des knochigen und wie ausgemergelt wirkenden Leibs. Ein Ergtrichter massierte ein Glied, das schon seit mehr als zweihundert Jahren seinen Zweck erfüllte. Sensorarme rieben den Körper mit Duftessenzen und aromatisierten Ölen ein. Übelkeit stieg in Runen empor.

Vangrest griff nach einem Sauger und schmatzte. Das schüttere Haar war in Stirnhöhe schweißnaß, und vor den Pupillen der tief in den Höhlen liegenden und wäßrigen Augen schwebten Schatten von Drogen und exotischen Anästhetika.

»Schie schind hinter Telquel-Tränen her«, keuchte der nackte Greis mit schwerer Zunge. Vangrest verdrehte die Augen und fügte hinzu: »Schie hätten esch mir auch gleisch schagen können. Wirklich, jaja. Tralicc, hahaha …«

Runen unterbrach die Verbindung, stand auf und trat an den zitternden Servomechanismus heran. Er dachte an die Waffe in seinem Schulterholster. Während der vergangenen zehn Jahre hatte er sich Gefühle wie Mitleid und Barmherzigkeit endgültig abgewöhnt, und viele seiner geschäftlichen Konkurrenten waren spurlos verschwunden. Aber andererseits … er brauchte diesen labilen Mann. In seinem Memorianten waren alle wichtigen Informationen über Tschurat gespeichert.

Er schob sich an der Tragwanne vorbei und marschierte mit weit ausholenden Schritten durch den Gang. Sein Ziel war der Hangar, dem er vorher schon einen kurzen Besuch abgestattet hatte.

»He, warten Schie!« rief Vangrest ihm nach und wendete den Servomechanismus. »Hören Schie, ich meine esch ernscht. He, Schenegato … verdammt, Schie Geldhai, bleiben Schie endlich schtehen …«

Runen Scenegato zuckte nur mit den Achseln und ging weiter. Hinter sich vernahm er das Summen der Servomotoren. Nach einer Weile gelangte er an ein Schott, öffnete es und trat in den Hangar.

»Schie schollen warten, verdammt … Schie dreimal verfluchter …«

Vangrest verschluckte sich und hustete. Die Mechanismen der Tragwanne schoben ihm einen anderen Sauger zwischen die Lippen, der prall gefüllt war mit Anabolika und irgendwelchen Halluzinogenen. Eine Weile nuckelte Vangrest hingebungsvoll.

Runen wanderte langsam an den Gestellen entlang, in denen Bausätze mit auf Tschurat gebräuchlichen Fahrzeugtypen verstaut waren. Weiter hinten standen einige montierte Ausführungen solcher Apparaturen: zwei primitive Segelflugzeuge, bei deren Anblick ihm flau im Magen wurde, und mehrere fahrradähnliche Gebilde, die ganz aus künstlichem Holz konstruiert waren. Runen benutzte ungern derart unsicher wirkende Vehikel, aber den Gleiter, der ein knappes Dutzend Meter entfernt vor dem breiten Schleusentor stand, konnten sie auf keinen Fall verwenden. Dadurch würden sie sich sofort als Außenweltler zu erkennen geben. Mit einem Ruck wandte er sich von den Segelflugzeugen ab, holte die Waffe aus dem Schulterholster, zielte auf das moderne Fahrzeug und drückte ab.

Ein Blitzstrahl fauchte aus dem kurzen Lauf und leckte knisternd und funkensprühend über das Heck des Gleiters. Metall kochte auf, und Kunststoff verbrannte. Zwei Reinigungsroboter rollten rasch heran und saugten die giftigen Dämpfe ab.

»Schie schind wahnschinnig«, keuchte Vangrest. »Vollkommen übergeschnappt und irre.«

Runen winkte nur ab, verließ den Hangar wieder und machte sich auf den Rückweg in den luxuriös eingerichteten Wohnsaal des Priesters. Als er dort ankam, hatte der Programmgenerator den Teich mit den goldenen Fischen gerade in eine Bademulde verwandelt, und biegsame Sensortentakel massierten die schwammige Körperfülle des Mannes. Die Fische sprangen aus dem Schaum, fielen platschend zurück und zirpten dabei wie Nachtigallen. Ein dünner Kunststoffdorn hatte sich in eine metallene Öse im Hinterkopf des Priesters gebohrt. Wahrscheinlich wurden von dort aus bestimmte Hirnzentren stimuliert.

»Wir werden Sie bald wieder verlassen«, sagte Runen Scenegato. Die Szenerie widerte ihn an. Er hatte noch nie etwas für Menschen übriggehabt, die allein für ihre körperlichen Bedürfnisse lebten.

»Sie wollen gehen?« keuchte die Eunuchenstimme. »Oh, das ist schade, ja, wirklich schade. Das können Sie mir doch nicht antun! Ich bin ganz allein hier. Wer weiß, wann meine Priesterkollegen und die Novizen zurückkehren. Sie müssen hierbleiben. Sie müssen mir eine Chance geben, Sie zu konvertieren.« Er lachte schrill und vergnügt. »Bei Ihrem Begleiter scheint das nicht allzu schwer zu sein. Sein Darmtrakt ist zwar etwas unterentwickelt, aber ich glaube, das läßt sich in relativ kurzer Zeit ändern.«

»Vangrest ist tot«, sagte Runen kalt. »Er will sich nur nicht damit abfinden.«

»Tot?« Offenbar stand der Priester ebenfalls unter dem Einfluß irgendeines Narkotikums. »Aber ich habe doch eben noch mit ihm gesprochen. Er hat eine ganze Menge von unseren kleinen Hilfsmittelchen ausprobiert, die einem Bekehrungswilligen die Einsicht der elementaren Körperlichkeit erleichtern.«

»Wie dem auch sei«, sagte Runen und verlor allmählich die Geduld. »Wir werden bald aufbrechen. Wir brauchen diverse Geräte, eine Art von Kleidung, die es uns ermöglicht, uns unerkannt unter den Einwohnern Tschurats zu bewegen. Ich bin sicher, Sie haben hier in der Station Synthetisatoren, die in der Lage wären, uns die erforderlichen Dinge zur Verfügung zu stellen.«

»Das schon, das schon, aber ich hatte eigentlich gehofft ...«

»Er hat den Gleiter scherschtört. Dasch Ding ischt hin, abscholut hin ...« Die Servomotoren summten, als die Tragwanne in den Wohnsaal stakte. Runen Scenegato verlor endgültig die Beherrschung. Mit einigen langen Sätzen war er neben der Apparatur und zerrte den Piloten heraus.

»Laschen Schie mich losch. Schie schollen mich loschlaschen, verdammt ...«

Es ekelte ihn an, die schon viermal regenerierte Haut zu berühren, die normalerweise längst in einem Grab auf irgendeinem Planeten hätte verfault sein müssen. Während er Vangrest mit einer Hand festhielt, suchte er in der Packtasche nach einem Neutralisierungsmittel und lud damit den ebenfalls darin befindlichen Injektor. Der dürre Pilot wehrte sich nach Kräften, aber er war viel zu berauscht, um seine Bewegungen richtig zu koordinieren.

Er setzte das Entladeventil des Injektors am Oberarm des Piloten an und betätigte den Auslöser. Es zischte leise, und nach einigen Sekunden stellte Vangrest die Gegenwehr ein. Der Blick seiner wäßrigen Augen klärte sich wieder. Vangrest drehte sich wortlos um, trat auf die Tragwanne zu und begann sich anzuziehen.

»Sie haben den Gleiter zerstört.«

»Aus gutem Grund. Ich dachte mir schon, Sie könnten vielleicht die Absicht haben, sich abzusetzen. Das ist jetzt nicht mehr möglich. Es sind mehr als zweitausend Kilometer bis zur zentralen Missionatsstation. Ein weiter Weg.« Er schüttelte den Kopf und lächelte kalt. »Nein, Vangrest, Sie kommen mit mir. Ich brauche Ihr Wissen über Tschurat.«

Vangrest starrte ihn groß an, während sich der Priester die schlaffen und unter großen Gebirgen aus Fett verborgenen Muskeln massieren ließ. »O nein, Scenegato. Wenn ich mit dem Gleiter nicht wegkomme, bleibe ich eben hier.« Er kicherte schrill, und in seinen Augen glitzerte es gierig. »Ja, ich glaube, ich könnte ein Anhänger dieser Sekte werden. Die Jungs hier haben einige ganz ausgezeichnete Anheizer.«

»Das ist die richtige Einstellung«, lobte der Priester der Wollust und Völlerei. »Ich bin überzeugt, Sie könnten zu einem ehrenwerten Mitglied unserer Vereinigung werden.«

»Vorher«, flüsterte Runen Scenegato und ballte die Fäuste, »breche ich Ihnen alle Knochen im Leib.«

Vangrest riß die Augen auf und wich einen Schritt zurück.

»Aber Sie ...« Vangrests Gesicht verzerrte sich in ohn-
mächtiger Wut. »Sie haben ja keine Ahnung, wie es auf
Tschurat während des Zusammenbruchs zugeht, Scenegato. Dann herrscht das Chaos, das wirkliche *Chaos*, Mann!
Kriege, Völkerwanderungen, Verheerungen, Katastro-
phen. Und wir haben keine Ganzkörpermasken. Wahrscheinlich würde der erste Tschuraner, dem wir begegnen,
uns als Außenweltler erkennen. Und dann wären wir geliefert. In diesem Punkt sind alle Völker und Kulturen Tschurats gleich; der Haß auf Außenweltler ist dreitausend Jahre
alt, vielleicht sogar noch älter. Die Kinder wachsen damit
auf, und die Erwachsenen erhalten ihn. Er geht zurück auf
die Feldzüge und Bestrafungsaktionen des Galaktischen
Imperiums. Es gab da einige Generäle, die sich bei solchen
Aktivitäten besonders hervorgetan haben.«

»Ich verstehe«, murmelte Runen.

»Ach ja? Das möchte ich bezweifeln. Denn sonst hätten
Sie wohl kaum die Absicht, sich als Außenwelter ohne eine
Ganzkörpermaske unter die Einwohner Tschurats zu
mischen. Das, was sich damals zutrug, lebt in ihnen weiter.
Als Haß. Als Haß auf alles, was von *draußen* kommt und
nicht von Tschurat selbst stammt.«

»Ich habe keine andere Wahl.«

»Tatsächlich nicht? Es gibt angenehmere Methoden,
Selbstmord zu begehen, Scenegato.«

»Ich werde diese Station verlassen, und Sie begleiten
mich.«

»Zu Fuß?« Vangrest kicherte schrill.

»Mit einem Segelflugzeug. Ich habe gehört, bei einigen
Chirian-Stämmen seien solche Apparaturen durchaus
gebräuchlich.«

»Sie haben *gehört*. Mann, Scenegato, bei Ihnen muß wirklich eine Sicherung durchgebrannt sein. In einem *Segelflugzeug*! Wissen Sie, ich möchte noch meine fünfte Regeneration erleben. Ich hänge am Leben.«

Viel zu sehr, dachte Runen. Laut sagte er: »Und womit
bezahlen Sie die?«

Patric Vangrest schnappte nach Luft. Aus den Augenwinkeln sah Runen, wie sich der Priester der Wollust und Völlerei von einigen Sensor-Tentakeln Delikatessen reichen ließ.

»Sie verdammter ...« Er zog den Kopf ein und stürmte auf Runen zu. Der trat nur einen Schritt zur Seite, holte mit der Handkante aus und versetzte dem wütenden Vangrest einen eher behutsamen Schlag auf eine Stelle dicht unterhalb des Nackens. Der dürre Pilot knickte in den Knien ein, sank langsam zu Boden und blieb keuchend liegen.

»Sie sollten das hier einmal probieren«, riet ihnen die Eunuchenstimme des Priesters. »Köstlich, wirklich köstlich.«

Runen beachtete ihn nicht.

»Ich habe die Karte«, sagte er. »Die Karte, nach der Sie mich immer wieder gefragt haben. Ich weiß, wo während der Dürre die Telquel-Tränen zu finden sind.« Er hoffte nur, daß Vangrest zu betäubt und berauscht gewesen war, als er ihn beim Gespräch mit dem Computer des Satelliten belauscht hatte.

Vangrest richtete sich halb auf und sah ihn forschend an. Er massierte sich den Nacken und nickte. »Ich habe es gewußt. Ich habe es von Anfang an gewußt.«

»Ja, ich habe die Karte«, sagte Runen, »aber Sie kennen Tschurat.«

»Schlagen Sie mir vor, Ihr Partner zu werden?« Vangrest stand auf und begann am ganzen Leib zu zittern.

»Sie bekommen eine nicht unerhebliche Belohnung, wenn wir das finden, was ich suche.«

»Reich«, flüsterte Vangrest. »Wir werden reich, immens reich. Tralicc. Telquel-Tränen! Mann, Scenegato, mit einigen dieser Tränen ... mit einigen dieser Tränen könnte ich mir einen neuen Körper kaufen. Ja, die Liss verstehen sich auf so etwas. Es sind begabte Biotechniker. Sie züchten mir einen wunderbaren Körper, den Körper eines Herkules, den Körper eines Athleten. Hier einige Verstärkungen aus

Stahl, dort ein wenig Hartplast. Nur mein Gehirn bleibt so, wie es ist.«

»Und ein neues Schiff«, erinnerte er den Piloten.

Vangrest fuhr sich mit der Zunge über die Lippen. Ganz offensichtlich sah er sich schon totalregeneriert und als reicher, unsterblicher Superheld die Galaxis durchstreifen.

»Wann wollen wir aufbrechen?«

Runen Scenegato –
In der Stadt der tausend Spektakel:
Die Hinrichtung

Greifbar nahe waren die Wolken, und der Boden lag einige tausend Meter unter ihnen. Fauchend und zischend strich die Luft an ihnen vorbei, wirbelte unter den langen Tragflächen des Seglers, ließ die Spanten erzittern und knatterte an den Tuchbespannungen entlang. Runen Scenegato hielt die Führungsseile fest in der Hand und warf dem Mann an seiner Seite einen kurzen Blick zu. Vangrests Gesicht war kalkweiß, und er schien mit seinem Körper zu kämpfen.

Dann und wann blickte Runen auf den kleinen Kompaß, den er direkt vor sich befestigt hatte.

»Ist es noch weit?« krächzte Vangrest.

»Keine Ahnung«, gab Runen zurück und lachte in sich hinein. Er hatte schon auf anderen Welten Erfahrungen mit Segelflugzeugen gesammelt, aber für den dürren Piloten war es etwas völlig Neues. »Sehen Sie hinunter. Ich denke, Sie kennen sich auf Tschurat aus.«

Vangrest rührte sich einige Augenblicke lang nicht von der Stelle. Dann breitete er vorsichtig die Arme aus, und die ledernen Gurte knarrten. Als er in die Tiefe starrte, verzerrte sich sein Gesicht, und er würgte leise.

»Das Hochland. Immer noch das Hochland. Bei allen Galim-Generälen ...« Er drehte den Kopf auf die Seite. Sie lagen nebeneinander, direkt unter dem Kreuzpunkt der beiden langen Tragflächen. Vor ihnen befand sich eine Querplanke, an der Führungsschlaufen für die Zugseile befestigt waren, mit der Runen Höhen- und Seitenruder betätigen konnte. Die Haltegurte gingen von den Tragflächen über ihnen aus. Sie umgaben den Oberkörper wie mit einem Kokon. Ihre Beine aber baumelten mitten über dem Nichts.

»Bis zur Küste ... bis zur Küste sind es noch mehr als tausend Kilometer«, stöhnte der Pilot. »Ich halte das nicht mehr aus. Ich halte es einfach nicht mehr aus.«

»Sie können ja abspringen«, schlug Runen vor. Einzelheiten des Terrains unter ihnen waren kaum auszumachen. Aber immer häufiger kam es zu sonderbaren Leuchterscheinungen in den nahen Wolken über ihnen, und der plötzlich aufflackernde Glanz riß bizarre Felsformationen und hohe Grate aus der Finsternis der Nacht.

Der Wind wurde heftiger.

»Die Flügel«, krächzte Vangrest in aufkeimender Panik. »Sehen Sie nur, wie sie sich biegen ...«

»Es sind keine Flügel, sondern Tragflächen.« Runen blickte nach oben. Noch zeigte sich kein Riß in der Tuchbespannung. Aber Vangrest hatte recht: Die Belastung, der das Material des Seglers ausgesetzt war, wurde immer stärker. Zwar bestand diese Apparatur nicht ausschließlich aus Holz wie die Konstruktionen der Chirian, denen man diesen Segler nachempfunden hatte.

Über ihnen grollte es in den Wolken, die das Licht der Sterne verschluckten.

Runen Scenegato wischte sich kleine Schweißtropfen von der Stirn.

»Es wird wärmer«, sagte er.

Manchmal konnten sie in dem düsteren Zwielicht einen Schatten ausmachen, der sie eine Zeitlang begleitete und dann wieder im Dunkel verschwand. Vangrest hatte diese

Schemen »Urui« genannt und nach der am Kreuzpunkt der beiden Tragflächen befestigten Armbrust gegriffen. Es waren rochenförmige Flieger, die bei den Hochlandbewohnern Arantalens als Boten der Nacht und des Unheils galten. Vangrest feuerte einen Bolzen auf den Urui ab, verfehlte den Flugrochen aber. Daraufhin ließ Runen den Segler höher aufsteigen, und seitdem waren sie mit den Wolken allein.

»Ich dachte schon, ich hätte es mir nur eingebildet«, erwiderte Vangrest.

Über ihnen gleißten die Blitze, die keine Blitze waren, in immer kürzeren Abständen auf. Aus dem verhaltenen Fauchen, das wie der Atem eines Riesen an ihnen vorüberstrich, wurde ein in den Ohren tosendes Rauschen, und es knackte bedrohlich in den Verstrebungen des Seglers. Runen ließ ihn weiter an Höhe verlieren.

Es donnerte.

Und die Wolkendecke brach auf.

Die Feuerstraße war ein breites Band aus lodernden Flammen. Das Funkeln und Glühen wuchs jenseits des Horizonts empor, und es vereinnahmte das schwache Leuchten der aufsteigenden grünen Zwergsonne. Es wurde taghell, und die Berge und Felstäler unter ihnen reflektierten das schmerzhaft grelle Licht. Der heranziehende Sturm heulte heftiger, und die Böen warfen den Segler hin und her wie ein welkes Blatt.

Runen zerrte an den Führungsseilen, und die Nase des Seglers wies plötzlich steil nach unten. Vangrest suchte verzweifelte nach Halt, als er in den Gurten hin und her geworfen wurde.

In der Tuchbespannung knisterte es, und es entstanden erste feine Risse, die rasch in die Breite wuchsen. Ein gewöhnlicher Chirian-Segler wäre sicher längst auseinandergebrochen.

Felsen sausten unter ihnen hinweg. Eine Schlucht schloß sich an, in der narzissenartige Mammutgewächse ihre riesenhaften Kelche vor den Böen neigten. Runen hatte inzwischen kaum noch Kontrolle über den Segler. Der Sturm schien Strudel in der Luft zu erzeugen, und es nützte so gut wie gar nichts, wenn er versuchte, durch eine Betätigung des Höhen- oder Seitenruders bestimmte Flugmanöver durchzuführen. Sie flogen über den Rand der Schlucht hinweg, und damit blieben die Felsen hinter ihnen zurück. Weiter nach Süden hin fiel der Boden ab.

Die Tuchbespannung riß; der Sturm erfaßte die Fetzen und ließ sie wie Geißeln auf die beiden Männer in den Haltegurten niedersausen. Die Böen wirbelten Staubwolken auf, die wie Nebelschwaden über das Tiefland hinwegwallten.

Der Segler tauchte ein in dieses Meer aus Sand und Staub, und kurz darauf verlor Runen völlig die Orientierung. Er kniff die Augen zusammen und gab sich alle Mühe, die Lage des Flugzeuges zu stabilisieren. Aber noch bevor sich irgendein Erfolg einstellen konnte, schlugen sie auf.

Die linke Tragfläche des Seglers streifte eine Baumkrone. Runen fühlte sich herumgerissen; über ihm brach irgend etwas, und dann herrschte plötzlich Stille. Kurz darauf begann es zu regnen. Zunächst waren es nur einige wenige Tropfen. Dann aber ergoß sich eine ganze Sintflut aus den schwarzen Wolkenbergen am Himmel.

Runen ächzte, als er die Gurte löste und sich unter den Trümmern des Seglers hervorarbeitete. Der Sturm zerrte an seinem Mantel, und der Regen trommelte auf sein von Zellularchemikalien eingefärbtes Gesicht. Die Felle saugten sich voll und waren schon nach kurzer Zeit so schwer wie Blei. Runen streifte den Mantel ab, watete durch Schlamm und rief immer wieder den Namen des Piloten. Irgendwo in ihm entstand ein flaues Gefühl bei der Vorstellung, er könne ganz auf sich allein gestellt sein.

»Hier ...«, krächzte es aus dem Vorhang der sich herabergießenden Nässe. »Ich bin hier ...«

Kurz darauf fand er Vangrest. Der Pilot lag in einer Mulde, die sich schon halb mit Regenwasser gefüllt hatte.

Er zog ihn daraus hervor und schälte ihn aus dem Mantel. Die darunter zum Vorschein kommende Hosenjacke klebte wie eine zweite Haut an Vangrests dürrem Leib.

»Sind Sie verletzt?«

Der Pilot tastete seinen Körper ab und schüttelte den Kopf. Der Memoriant an seinem Hals pulsierte leicht und hatte sich erneut verfärbt. Er sah jetzt aus wie eine runzlige Orange.

»Nein.« Er hustete und richtete sich auf. »Nein, ich glaube nicht.« Der Wind fauchte und heulte und trieb den Regen nunmehr fast waagerecht vor sich her. Trotz der Nässe war es brütend heiß. »Wo sind wir?«

»Das sollten Sie eigentlich besser wissen als ich«, erwiderte Runen. Er deutete auf die Trümmer des Seglers. »Lassen Sie uns unsere Ausrüstung holen. Und anschließend suchen wir uns besser irgendeinen Unterschlupf.«

Die Tragflächen waren gesplittert und mehrere Gurte zerrissen. Runen stakte umher, kämpfte gegen den heulenden Sturm an und suchte nach seinem Bündel. Er fand es schließlich unter zwei auseinandergebrochenen Holzteilen und untersuchte den Inhalt. Einer der beiden Kommunikatoren war beim Aufprall beschädigt worden. Er warf ihn fort. Der andere schien soweit in Ordnung zu sein. Er verschloß den Beutel wieder und warf ihn sich über die Schulter. Nach einer Weile fand er auch seine Armbrust.

»Ich habe alles!« rief er und sah sich um. Überall wallten und wogten dampfartige Nebelschwaden, genährt von den vom Himmel herabstürzenden Regenmassen. »Vangrest!«

»Meine Packtasche«, stieß der Pilot hervor. »Meine Packtasche ist weg.«

Runens Miene blieb unbewegt. »Sie werden eben eine Zeitlang ohne die Psychostal auskommen müssen.«

Vangrest sah ihn groß an, und sein Gesicht verzerrte sich kurz. »Scenegato, Sie sind ein Scheißkerl. Sie haben ja keine Ahnung, was es für jemanden wie mich bedeutet, über keine Mentalstabilisierer mehr verfügen zu können. Oh, Sie sind ja so stark, nicht wahr? So stark und unerschütterlich! Aber vielleicht kommen auch Sie einmal in eine Lage, die …«

»Denken Sie an die Karte.« Runen lächelte kalt. »Denken Sie an die Telquel-Tränen. Damit können Sie sich soviel Psychostal kaufen, wie Sie wollen. Und jetzt lassen Sie uns endlich von hier verschwinden.«

Sie wateten durch den Schlamm und ließen die Trümmer des Seglers hinter sich zurück.

»Das«, sagte Vangrest, »ist Tschirivah, die ›Stadt der tausend Spektakel‹.«

Sie standen auf der Kuppe eines Höhenzuges, und vor ihnen erstreckte sich eine weite Sumpflandschaft. Es glukkerte und schmatzte in dem Morast, und dann und wann tauchte ein Auge aus dem Schlamm und blickte sich gierig um. Etwas weiter entfernt ragten riesige, quaderähnliche Türme auf. Insgesamt mochte es etwa fünfzig oder sechzig sein. Auf den breiten Plattformen dieser Türme erstreckte sich sich die Stadt. Brücken und Stege stellten Verbindungen her, und hier und dort glitten Luftboote dahin, gezogen von Sumpfadlern und schwanenartigen Wesen, die Vangrest »Takre« genannt hatte.

»Bis nach Pyrywanga ist es noch weit. Sechshundert Kilometer. Vielleicht auch mehr. Wir brauchen einen Wagen und ein Gespann.« Vangrest griff in die Tasche und holte einen Beutel mit Metallstücken hervor. »In Tschirivah können wir uns kaufen, was wir brauchen.«

Er setzte sich in Bewegung, und Runen Scenegato folgte ihm. Kurz darauf hatten sie den Fuß des Höhenzugs erreicht und näherten sich dem Sumpf. Mehrere breite Trockenstege bildeten begehbare Straßen im Morast.

Schweißtreibende Hitze lag über dem Sumpf. Grünschillernde Fliegen nagten mit großen Kiefern an Aasbrocken und Abfällen, die von einigen Luftbooten aus abgeworfen wurden. Hier und dort leckten klebrige und pockennarbige Zungen aus dem Morast hervor und fingen Insekten ein.

Vangrest legte den Kopf auf die Seite und lauschte dem mentalen Flüstern des Memorianten. »Ja, jetzt erinnere ich mich.« Er drehte sich um, hob eins der hornartigen Gebilde auf, die in unregelmäßigen Abständen am Rande des Sumpfes verstreut waren und sah Runen an. »Glauben Sie an Geister und Gespenster?«

»Nein.«

»Das sollten Sie aber. Hier gibt es nämlich welche. Dann, wenn es dunkel wird.« Er setzte das Horn an die Lippen und blies. Es ertönte ein dumpfer, weithin hallender Laut.

Es dauerte nicht lange, und von einer der Turmplattformen schwebte ein Luftboot zu ihnen herab. Zwei Takre breiteten ihre schneeweißen Flügel aus, klapperten mit langen, roten Schnäbeln und zogen das Gebilde, das in der Hauptsache aus zusammengebundenen ledernen Ballonen bestand, auf denen wiederum eine hölzerne Plattform mit einer kleinen Brüstung befestigt war.

»Ho, Chirian!« rief der Fährmann von weitem.

»Ho, Ktalit«, gab Vangrest zurück und winkte. »Wir möchten nach Tschirivah.«

»Könnt ihr bezahlen?«

Der dürre Pilot warf ein Metallstück in die Höhe. »Und ob. Ein hoher Verdienst für eine kurze Fahrt.«

Sie kletterten an Bord, und der Ktalit beäugte das Metall mißtrauisch. Runen musterte die Gestalt. Der Fährmann war ein kleiner Gnom mit verschrumpeltem Gesicht und einer schrillen, mädchenhaft hohen Stimme. Der Ktalit kaute eine Weile auf dem Metall herum und schien zufrieden. Er holte mit einer Geißel aus, und die Takre kreischten, schlugen mit den Flügeln und ließen das Luftboot aufsteigen.

»Was führt euch nach Tschirivah, der Stadt der Spektakel?« fragte der Fährmann neugierig.

»Wir waren mit einem Lastensegler unterwegs«, sagte Runen auf Tras. »Aber wir gerieten in einen Sturm und stürzten ab.«

Der Ktalit kniff die Augen zusammen. »Für einen Chirian«, sagte er schrill, »sprichst du recht seltsam.«

Vangrest warf ihm einen warnenden Blick zu.

»Wir stammen aus dem Westen«, erklärte er. »Aus einem Land der hohen Bäume und süßen Blumen und weiten Ebenen.« Er zuckte wie beiläufig mit den Achseln. »Wir haben uns noch nicht ganz an den hiesigen Dialekt gewöhnt.«

Der Ktalit beugte sich ein wenig vor. »Wenn ihr in der Stadt der Spektakel bestimmte Wünsche habt ... Krillri kann sie euch erfüllen.« Er schlug sich mit der flachen Hand auf die schmale Brust. »Oh, ich weiß, was ich euch verspreche: zarte Mächen, junge Knaben, Freuden des Fleisches und des Gaumens und des Geistes.«

»Auch des Geistes?« fragte Vangrest interessiert.

»Die Traumkammern«, versicherte Krillri hastig und schnalzte mit der Zunge. »Es heißt, einige der Träumer hätten sogar *Schatten* domestiziert. Ihr könnt euch sicher vorstellen, was ...«

»Uns steht nicht der Sinn nach solchen Dingen«, warf Runen rasch ein. »Wir brauchen nur einen Wagen und ein Gespann.«

Der Ktalit seufzte und lehnte sich wieder zurück. Sie näherten sich inzwischen einer der Turmplattformen, und Runen konnte weitere Einzelheiten ausmachen. Einige Gebäude wiesen prächtige Bemalung und andere Verzierungen auf, andere hingegen sahen eher ärmlich aus. Hier und dort stiegen Dampfsäulen empor. Frauen kreischten. Kinder lachten und schrien. Trommeln dröhnten ...

Als sie über dem Rand der Turmplattform schwebten, warf der Ktalit ein Seil hinaus, und einige Helfer zogen das Luftboot an den Ankerplatz. Runen blickte sich immer wieder um. Diese Stadt der Türme erinnerte ihn an etwas. Es dauerte eine ganze Weile, bevor es ihm endlich einfiel, und mit der Erinnerung war dumpfer Schmerz verbunden: Die Türme auf Shennendah, das Eternitatsmodell, die eine Plattform, auf der Rebecca einem religiösen Ritual der Eingeborenen zum Opfer gefallen war ...

Sie stiegen aus dem Luftboot aus. Der Ktalit eilte auf

Runen zu und zupfte an seiner ledernen Hosenjacke, die inzwischen wieder getrocknet war. »Wenn ihr schon nicht an den Spektakeln dieser Stadt teilnehmen wollt ... eine Sensation könnt ihr auf keinen Fall verpassen.«

»Und die wäre?« fragte Runen ungeduldig. Die Dürre hatte längst begonnen, und bis nach Pyrywanga, der Stadt an der Küste, von wo aus Carinne ihre Reise mit einem Schiff fortgesetzt hatte, war es noch weit.

»Ein Tiru. Die Eisenherren Tschirivahs haben einen Tiru entlarvt. Na, Chirian aus der Ferne, ist das etwa nichts? Ihr könnt euren Frauen und Kindern davon berichten, und noch eure Enkel und Urenkel werden euch lauschen, wenn ihr von diesem Ereignis berichtet.«

»Ein Tiru«, murmelte Runen nachdenklich. »*Stinkender Abschaum, der aus dem Himmel kommt, um die Heimat zu vergiften.*«

Der Gnom grinste.

»Wo?« fragte Scenegato.

Der Gnom hüpfte wie ein vergnügtes Kind umher. »Ich führe euch hin. Und ich erwarte keine hohe Belohnung von euch. Nur ein bißchen, ja, ein bißchen.«

Runen bedeutete Vangrest mit einem Wink, ihm zu folgen. Krillri führte sie von der Anlegestelle fort und eine breite Allee hinunter. Auf den Gehsteigen spendeten Tulpenbäume Schatten; sie wuchsen aus steinernen Erhebungen, und die Stechdorne, die aus den Kelchen ragten, waren eingehüllt in ein silbrig glänzendes Netzwerk. Daumengroße Seidenspinner glitten unermüdlich umher, und hier und dort hielt ein Erntekarren, und einige Chirian machten sich vorsichtig daran, die Seide von den Bäumen abzuschälen. Sie mußten dabei sehr behutsam vorgehen, denn die Giftstachel der Seidenspinner konnten binnen weniger Sekunden den Tod bringen. Die Tarnung der beiden Männer entsprach nicht ganz dem Aussehen der Chirian Tschirivahs. Sie waren kleiner, ihre Haut heller, die Augen größer und meistens graugrün. Vangrest und er, Runen, wirkten dagegen wie Hünen, und dann und wann bemerkte er den erstaunten Blick eines Passanten.

Kurz darauf bogen sie von der Allee ab, und Krillri führte sie durch eine schmale Gasse, in der die Hütten und Barakken so dicht nebeneinander standen, daß sich einige Meter weiter oben ihre Giebel berührten und das Tageslicht verdunkelten.

»Hier seht ihr das, was den Reichtum und die Bedeutung der Stadt der tausend Spektakel ausmacht«, verkündete Krillri stolz, als sie einen kleineren Platz erreichten. Hunderte von Garanwi hockten hier und verarbeiteten die Materialien, die ihnen Chirian und Ziripoth aus tiefen, in den Fels des Turms gemeißelten Schächten hervorholten. »Im Innern der Quader befinden sich dicke Eisenerzadern. Die Eisenherren waren die ersten, die sich hier niederließen, und es dauerte nicht lange, bis Tschirivah zu einer bedeutenden Stadt am Rande des Hochlands Arantalens wurde.«

Das Dröhnen der Trommeln ertönte nun ganz in der Nähe, und der Rhythmus wurde schneller, hektischer.

»Wir müssen uns beeilen«, schrillte die Stimme des Ktalit. Er geleitete sie durch eine weitere Gasse, und unmittelbar darauf kamen sie auf einen weitaus größeren Platz. Tausende von Chirian, Garanwi, Tschaleen und Ziripoth drängten sich hier Schulter an Schulter, und einige Ktalit versuchten sehr zum Unmut der anderen Zuschauer, sich zwischen den Beinen der Größeren hindurchzuschieben und auf diese Weise einen besseren Platz zu erobern. Auf der anderen Seite des Platzes war ein großes Podium errichtet worden, und dort saßen auch die Trommler. Direkt neben ihnen standen drei in purpurne und goldbestickte Roben gekleidete Ziripoth.

»Das sind die Eisenhüter«, flüsterte Krillri ergeben. »Sie beten für uns alle zu den Göttern, die das Metall schufen. Sie bitten um Gnade und flehen das Wohlwollen der Allmächtigen für den Abbau der Erze herbei.« Er fügte krächzend hinzu. »Es sind sehr einflußreiche Männer und Frauen.«

»Sehen Sie mal, da oben«, raunte Vangrest Runen zu.

Scenegato legte den Kopf in den Nacken. Von einem mehrere Dutzend Meter hohen, galgenartigen Mast hing ein hölzerne Käfig herab. Und darin hockte eine nackte Gestalt.

Es war ganz unzweifelhaft ein Mensch, ein Außenweltler wie sie beide auch. Man hatte dem Mann das Haar geschoren und seinen ganzen Körper mit Bannsymbolen bemalt. Er zitterte heftig. Er wußte, was ihn erwartete.

Unten am Boden waren einige Garanwi und Chirian damit beschäftigt, Hunderte von Speeren in den Boden zu treiben. Die Spitzen wiesen nach oben.

»Er muß irgendeinen Fehler gemacht haben und daraufhin als Außenweltler erkannt worden sein«, hauchte Vangrest. Sein Gesicht war blaß. Offenbar wurde ihm erst jetzt wieder bewußt, auf was er sich überhaupt eingelassen hatte. Er sah Runen an. »Vielleicht ... vielleicht war auch er auf dem Weg zur Küste. Vielleicht wollte auch er Telquel-Tränen suchen und damit reich werden.«

Von einem Augenblick zum anderen verstummten die Trommeln, und Stille legte sich über den großen Platz. Einer der Eisenhüter trat vor und hob die langen und mehrgelenkigen Arme.

»Ein Dämon hielt sich in unserer Mitte auf«, hallte die Stimme des Ziripoth. »Ein Dämon, der aus dem Himmel kam, hierher nach Tschirivah.«

»Frevler«, murmelte es in der Menge. »Tod dem Frevler.«

»Vor langer Zeit kamen viele, und sie waren leicht zu erkennen. Damals hieß diese Welt sie willkommen, aber sie brachten dennoch das Verderben. Heute geht das Böse schlauer vor. Es kommt im Verborgenen, bei Nacht, getarnt. Aber wir erkennen es trotzdem.«

»Frevler. Tod dem Frevler!«

Die beiden anderen Ziripoth traten ebenfalls vor, hoben die Arme und öffneten die Hände, in denen jeweils eine große Telquel-Träne eingelassen war.

»Die Kwai haben den Dämon erkannt«, donnerte die Stimme des Eisenhüters.

»Weg«, flüsterte Vangrest und zerrte am Ärmel Runens. »Wir müssen so schnell wie möglich weg von hier. Wenn die Kwai die Potentiale der Tralicc einsetzen und ihre Aufmerksamkeit auf das Publikum richten ... sie könnten uns entdecken und als das entlarven, was wir sind.«

Krillri warf ihm einen undefinierbaren Blick zu, und daraufhin verstummte der dürre Pilot.

»Wir sind die Wächter dieser Stadt«, fuhr der Eisenhüter fort. »Der Dämon hatte drei Tage und drei Nächte Zeit zur Besinnung. Jetzt ist der Augenblick der Läuterung gekommen.« Er winkte, und der Tschaleen am oberen Ende des Mastes holte ein Messer hervor und setzte die Klinge am Seil an. Der Mann im Käfig schrie.

»Mit dem endgültigen Tod des Dämons«, donnerte der Eisenhüter, »wird die Gefahr von unserer Stadt abgewendet. Seht nur das Band des Feuers am Himmel! Es ist das Zeichen des Bösen. Die Flammen werden ersticken, wenn der Fluch des Tiru von uns genommen ist.«

Der Tschaleen durchschnitt das Seil. Der Käfig sauste herab, und die Speere ...

Runen wandte sich würgend ab. »Wahnsinn«, stieß er hervor. Und Carinne hielt sich auf dieser Welt auf, schon seit mehr als zwei Jahren. Er stellte sie sich vor, ihr schmales, zartes Gesicht, ihre großen, mandelförmigen Augen, ihre Lippen, die so gern lachten.

Die Menge jubelte.

Und Vangrest krächzte: »Dieb! Du verdammter Dieb!«

Runen drehte sich wieder um und sah gerade noch, wie der Ktalit Vangrest gegens Schienbein trat, den Beutel mit den Metallstücken packte und mit einigen langen Sätzen fortsprang. Runen wollte ihm nachsetzen, stolperte und fiel der Länge nach zu Boden. Dabei rutschte ihm die Tasche mit dem Kommunikator und dem Tracer von der Schulter und öffnete sich. Runen war sofort wieder auf den Beinen und riß den Beutel an sich, aber er konnte nicht mehr verhindern, daß eins der beiden Geräte für wenige Sekunden zum Vorschein kam. Krillri riß die Augen auf und starrte sie groß an.

»Weg hier«, keuchte Runen. Er zog Vangrest auf die Beine und drängte sich mit ihm zwischen die Grölenden, die den Tod des Außenweltlers feierten. Als sie fast am anderen Ende des Platzes waren und ihre Schritte auf eine Gasse zulenkten, wurde es hinter ihnen plötzlich still, als die beiden Ziripoth-Kwai die Arme hoben. Und eine schrille Ktalit-Stimme gellte: »Außenwelter! Zwei weitere Tiru. Und dort laufen sie ...«

Runen Scenegato – Flucht

Runen und Vangrest liefen, als sei der Teufel höchstpersönlich hinter ihnen her. Ihre Schritte hallten wie hektische Trommelschläge durch die schmalen Gassen.

An einer Kreuzung blieb Runen stehen, lehnte sich an die Wand und zog den zitternden Vangrest nahe an sich heran. Sie waren inzwischen einige hundert Meter vom großen Hinrichtungsplatz entfernt. Stimmen fauchten und grollten wie ein herannahendes Gewitter.

»Wohin jetzt?« stieß Runen hervor und sah den dürren Piloten an. Der gab keine Antwort. Vangrests Gesicht war so weiß wie frisch gefallener Schnee.

»Haben Sie nicht gehört, verdammt?« Runen wandte sich ruckartig ab und preßte sich in eine Nische, als er das Geräusch sich nähernder Schritte vernahm. Eine helle Mädchenstimme kicherte, und der Baß eines Mannes murmelte Obszönitäten auf Tras. Kurz darauf kam das Pärchen vorbei: Sie trug einen fleckigen Kilt, über den immer wieder die Hände des muskulösen Chirian hinwegwanderten und versuchten, die Bereiche darunter zu erforschen. Die obersten Knöpfe ihrer Bluse waren geöffnet, und auf der Haut zwischen ihren beiden kleinen Brüsten zeigten sich Striemen.

Vangrest zitterte und wimmerte leise. Runen preßte ihm die Hand auf den Mund und wartete, bis die Schritte in der Ferne verklungen waren. Dann drehte er den Piloten um, schüttelte ihn und sah ihn groß an.

»Ich kenne mich hier nicht aus«, zischte er. »Fragen Sie Ihren dreimal verfluchten Memorianten, wo wir uns vor der Meute verstecken können.«

Irgendwo wurden grölende Stimmen laut. Dann der Ruf: »Tiru! Zwei Tiru! Verfolgt sie. Fangt sie.«

»Wenn Ihnen nicht bald etwas einfällt, Vangrest«, keuchte Runen, »brauchen Sie sich keine Gedanken mehr über Ihre fünfte Regeneration zu machen.«

Vangrest sah sich um, legte den Kopf auf die Seite und lauschte dem mentalen Informationsstrom des Memorianten. Das Beben seiner Muskeln und Nerven ließ allmählich nach. »Kommen Sie.« Er eilte durch die Gasse davon, und Runen folgte ihm. Huren in Alkoven und dunklen Bogengängen sahen ihnen aus trüben Augen nach, und hier und dort zirpten rattenähnliche Geschöpfe und ergriffen eilig die Flucht. Nach einigen Dutzend Metern gelangten sie auf eine breitere Straße.

Die Schreie in der Ferne waren lauter geworden. Ganz offensichtlich kamen ihre Verfolger näher. Runen entsicherte seine Armbrust, und sein Blick suchte nach einem potentiellen Gegner.

»In den Basar«, flüsterte Vangrest. »Wir müssen in den Basar. Dort können wir untertauchen. Wenigstens für eine Weile.«

Er hastete weiter. Einige Chirian-Frauen wichen rasch zur Seite. Runen folgte ihm durch eine weitere Flucht von engen Gassen. Kurz darauf hatten sie den Basar erreicht.

Auf einem weiten Platz stand Hütte neben Hütte, Stand neben Stand. Gaukler und Artisten führten Erstaunliches und Verblüffendes vor. Takre zogen Luftboote mit zahlungskräftigen Passagieren. Junge Mädchen und Knaben boten sich an, und manch einer von ihnen machte ein gutes Geschäft. Fleisch briet auf offenen Feuern, und der von den

Spießen ausgehende Duft erinnerte Runen daran, daß er schon seit geraumer Zeit nichts mehr gegessen hatte. Aber jetzt war keine Zeit dazu.

Auf dem Platz des Basars herrschte nicht das Gedränge, das sie erwartet hatten. Die meisten Bewohner Tschirivahs hatten es offensichtlich vorgezogen, der Hinrichtung beizuwohnen. Runen und Vangrest eilten an den ersten Verkaufsständen vorbei und verlangsamten ihren Schritt dann. Runen ließ die Armbrust unter dem Jackenteil seiner ledernen Kombination verschwinden, blieb aber weiterhin auf der Hut.

»Seht nur die Pracht dieser Kristalle.« Der Händler griff in einen Beutel und ließ sich die Edelsteine durch die hornigen Hände rieseln. »Konnte euer Auge jemals etwas Schöneres betrachten? Nur erlesene Qualität. Und der Preis?« Der dicke Mann lachte gekünstelt. »Ein Spottpreis, sage ich, ja, ein Spottpreis …«

Als sie die Mitte des Basars erreicht hatten, drehte sich Vangrest um und deutete in die Richtung, aus der sie gekommen waren. Angeführt von den Eisenhütern stürmte eine Horde uniformierter Garanwi auf den Platz, und ihre großen roten Facettenaugen glitzerten im Lichte Kralens und der Feuerstraße. Die Soldaten schwärmten aus und machten Anstalten, den Platz zu umstellen.

Runen fluchte. »Der Basar — eine tolle Idee. Wirklich, eine tolle Idee.«

An den vor ihnen liegenden Verkaufsständen herrschte dichteres Gedränge. Runen und Vangrest bahnten sich behutsam aber bestimmt einen Weg durch das Gewühl, und dann und wann hob sich in ihrer Nähe eine drohende Faust. Hier sah Runen zum erstenmal einige der Gestalten, von denen er vor seiner Abreise gelesen hatte: Angehörige der Gilde der Folterer und Quäler, die ihre Dienste für hohe Bezahlung anboten und denen die anderen Passanten respektvoll Platz machten; nackte Mechaniker, die an komplizierten Unendlichkeitsmodellen arbeiteten; Bändiger, die ihre neuesten Leistungen und Errungenschaften vorstellten; Kimber — hochgewachsene Gestalten in langen, kuttenartigen Roben, die auf ihren Stirnen die Zeichen der Partnersuche offenbarten.

Auf einem Podest am Ende des Platzes wurden Sklaven versteigert. Die Männer Frauen und Kinder aller Rassen hockten in hölzernen Käfigen, und ein dicker Mann in einem seidenen Weber-Gewand pries seine Ware und nahm Angebote entgegen.

»Dreißig Unzen für diesen Mann?« Der Sklavenhändler lachte verächtlich und trat an einen der Käfige heran. »Er hat die Kraft eines Ochsen, die Gesundheit eines Kwai-Heilers und die Intelligenz eines Prekha-Büffels. Kann man sich eine bessere Mischung vorstellen? Nein, dreißig sind zuwenig, viel zuwenig. Hundert! Und selbst das ist noch ein Freundschaftspreis.«

»Achtzig!« tönte es aus der Menge der Zuschauer. »Und keine Unze mehr.«

Sie schoben sich an dem Stand vorbei. Die Soldaten der Eisenhüter hatten inzwischen schon die Hälfte des Platzes abgeriegelt und rückten weiter vor. Die Hinrichtungszuschauer folgten ihnen.

»Nur ein Funken«, murmelte Runen. »Ein kleiner Funken nur, und das alles hier geht wie ein Pulverfaß hoch.«

Vangrest hastete weiter. Die Stimmen der Händler und das Fauchen kleiner Drachen blieb hinter ihnen zurück, als sie durch eine weitere schmale Gasse liefen. In all dem lärmenden Durcheinander des Basars erklang plötzlich ein Alarmhorn, und eine donnernde Stimme rief: »Zwei Tiru sind unter uns! Fangt sie! *Fangt sie!*«

»Scheiße.« Vangrest knirschte mit den Zähnen. Die Gasse wuchs nach einigen Metern in die Breite und endete am Rande der Turmplattform. Ein schmaler Saum führte an den niedrigen Häusern entlang. Der dürre Pilot deutete auf einen hölzernen Verbindungssteg, der zu einem anderen Turm der Stadt der tausend Spektakel führte.

»Zurück können wir nicht. Also müssen wir hinüber.«

Vorsichtig schoben sie sich am Lehm der Hauswände vorbei. Unmittelbar neben ihnen ging es mehr als zweihundert Meter in die Tiefe, und unten wartete das Gluckern und Schmatzen des Sumpfes. Gelbliche Dämpfe wogten träge dahin, und hier und dort regte sich ein massiger Körper dicht unter der Oberfläche des Morastes.

Es stank.

Die Planken des Verbindungssteges waren mit Seilen zusammengebunden, und zwei Taue rechts und links stellten die einzige Möglichkeit dar, sich irgendwo festzuhalten.

Runen gab sich einen Ruck und trat auf die erste Planke. Das Holz knirschte bedrohlich, aber es hielt. Zwei weitere rasche Schritte, und die Taue und Seile spannten sich knisternd und knarrend.

Runen bewegten sich so schnell es ging. Vangrest folgte ihm dichtauf. Er versuchte, nicht in die Tiefe zu starren, aber die Gasblasen des Sumpfes schienen seinen Blick auf irgendeine Weise anzuziehen. Entgegen seinen Befürchtungen hielt die Hängebrücke. Sie kamen dem anderen Turm immer näher, und bald fielen Runen die pockennarbigen Löcher in den steilen Außenwänden auf. Seile ragten von oben herab, und in den daran befestigten Körben hockten Chirian, Garanwi und einige Ktalit. Mit steinernen Meißel und Hämmern bearbeiteten sie den Fels, und manche der Stollen, die auf diese Weise von der Seite her in den Turm getrieben waren, mochten schon Dutzende von Metern tief sein.

Im Zugang zur ersten Gasse blieb Runen stehen und sah sich um. Ihre Verfolger drängten sich, am Rande der ersten Turmplattform. Er konnte die Stimmen der aufgebrachten und wütenden Menge nur als ein dumpfes Rauschen hören. Luftboote stiegen auf, und Soldaten mit schußbereiten Armbrüsten hockten darin.

»Weiter«, zischte Runen. Er folgte Vangrest, der wie ein dürrer Schatten übers Pflaster hastete. Im Westen war das grüne Zwerggestirn schon zum größten Teil hinterm Horizont versunken, und das leuchtende Band der Feuerstraße neigte sich ebenfalls dem Rande der Welt zu. Noch etwa eine halbe Stunde, bis es dunkel wurde.

Nacht.

Die Zeit, in der sich Tschirivah in die Stadt der tausend Schatten und Schemen verwandelte.

Runen und Vangrest hüteten sich davor, die breiteren Straßen zu betreten. Sicher hatten die ersten Luftboote inzwischen diesen Teil der Stadt erreicht und die Kunde von den beiden fliehenden Tiru verbreitet. Es konnte also nicht mehr lange dauern, bis hier der gleiche Aufruhr herrschte. Als sie durch einen finsteren Tunnel liefen, stürzte Runen und verlor seine Armbrust. Er tastete im Dunkeln umher, fand die Waffe jedoch nicht wieder.

»Kommen Sie weiter«, drängte Vangrest. »Wir dürfen keine Zeit verlieren.«

Sie kamen am Rande eines Platzes vorbei, auf dem Wagen und Karren abgestellt waren und in einem großen Pferch verschiedene Arten von Zugtieren grunzten und bellten. Vangrest deutete nur auf die Händler und Kaufleute und Soldaten und sagte: »Wir müssen bis zur Nacht warten. Dann verbarrikadiert sich die Bevölkerung in ihren Häusern.«

Sie setzten ihre Flucht fort und gelangten bald in ein heruntergekommen wirkendes Viertel der Turmstadt. Diebe raubten auf dem Pflaster schlafende Betrunkene und Berauschte aus und machten sich eilig davon, als sie die beiden vermeintlichen Chirian näherkommen sahen. Vangrest legte immer wieder den Kopf auf die Seite und lauschte der mentalen Erinnerungsstimme des Memorianten. Schließlich blieb er vor einer schmalen Treppe stehen, die zu einer kleinen, hölzernen Tür führte. Die Fenster rechts und links daneben waren verhangen. Gedämpftes Stimmengewirr drang aus dem Kellerbereich des Hauses.

»Hier sollten wir bis zum Abend untertauchen können«, sagte Vangrest. »Ich bin sicher, die Eisenhüter und ihre Soldaten werden die Verfolgung während der Dunkelheit nicht fortsetzen. Die Einwohner Tschirivahs fürchten die Geister der Nacht.«

Er trat die Stufen hinunter, öffnete die Tür und winkte Runen auffordernd zu. Der folgte ihm zögernd. Sie gelangten in einen kleinen Vorraum, an dessen Wänden Talgfakkeln brannten und einen durchdringenden Geruch verströmten.

Vangrest öffnete die zweite Tür. Aus dem dumpfen Stimmengewirr, das Runen draußen auf der Straße gehört hatte, wurde fast ein Orkan. Sie traten in den Gastraum der Kellertaverne. Auf der langen Theke stapelten sich hölzerne Teller und Näpfe mit Essensresten, und der korpulente Wirt verfluchte die Jungen und Mädchen, die in der Küche und im Schankraum ihren Dienst versahen und mit der Menge der Bestellungen nicht mithalten konnten.

Die Gäste der Taverne kamen aus allen Rassen. Runen sah Garanwi und Ziripoth ebenso wie Chirian und Ktalit. Einige Tschaleen hatten sich an den hölzernen Wänden festgekrallt und schliefen. Vangrest deutete auf einen freien Tisch in einer Ecke der Taverne, und sie bahnten sich einen Weg und nahmen Platz. Ganz in der Nähe fand ein Spiel mit Oktaedern statt, und die daran teilnehmenden Chirian und Ktalit lachten und fluchten und schlugen ab und zu auf einander ein. Winzige Metallbrocken wechselten den Besitzer.

Ein kleiner Chirian-Junge trat an den Tisch heran. Er war hohlwangig und sah übernächtigt aus. Gekleidet war er in einen Leinenkittel, der an mehreren Stellen zerrissen war, und darunter schimmerte blasse Haut. Die Augen des Jungen waren gerötet. Offenbar hatte er noch vor kurzer Zeit geweint.

»Was darf ich euch bringen, ihr Herren?« fragte er.

Vangrest deutete auf die diversen Essensreste auf der Tischfläche. Kleine gelbe Maden nagten an Brotrinden, die an einigen Stellen bereits Schimmel angesetzt hatten. »Wir hätten gern etwas hiervon und davon«, sagte Vangrest.

»Glauben Sie, daß wir hier sicher sind?« fragte er sein

Gegenüber. Vangrest kauerte sich auf der Sitzbank zusammen. Schaum perlte in seinen Mundwinkeln, und die Lippen bebten. Er gab einige unartikulierte Laute von sich und kippte nach vorn. Seine Stirn prallte dumpf auf das Holz des Tisches. Runen blickte sich rasch um und beugte sich vor. »He, Vangrest. Was ist denn mit Ihnen los?«

»Ich … ich brauche es. Ich brauche das verdammte Zeug.« Er hob den Kopf und starrte Runen an. »Sie haben meine Packtasche verschwinden lassen, geben Sie es ruhig zu.«

Runen seufzte. Er empfand kein Mitleid. Nicht für Leute wie Vangrest. Nicht für Menschen, die sich gehen ließen und ihr Heil in verschiedenen Rauschmitteln suchten. Sie flohen nur, und wer die Flucht vorm Leben ergriff, konnte niemals ein Sieger sein.

»Sie ist beim Absturz des Seglers verlorengegangen«, erwiderte er leise. Einige Chirian in der Nähe ihres Tisches nickten in Richtung Vangrests, warfen sich bedeutsame Blicke zu, lachten und tranken aus großen, tönernen Bechern. Es roch nach billigem Wein und Schweiß und verbranntem Essen. »Das wissen Sie doch. Sie müssen eine Weile ohne die Aufputscher klarkommen.«

»Das … das kann ich nicht«, wimmerte Vangrest. Seine Schultern hoben und senkten sich einige Male. Er griff in eine Tasche seiner Jacke und holte einige kleine Metallbrokken hervor. »Mehr ist uns nicht geblieben. Und damit kommen wir nicht weit.« Er stand schwankend und am ganzen Körper zittern auf und ließ einen Metallsplitter auf dem Tisch liegen. »Ich … ich bin gleich wieder da«, sagte er und torkelte davon.

Runen unterdrückte den Impuls, ihm nachzusetzen, ihn an den Schultern zu packen und wieder an den Tisch zurückzuschleifen. Er sank zurück, wischte die Tischfläche vor sich frei und sah sich unauffällig um. Niemand schien ihm mehr als beiläufige Aufmerksamkeit zu schenken.

Der Junge brachte das Essen: zwei Teller, die mit einer wenig appetitlichen, graubraunen Masse gefüllt waren, und zwei große Becher mit einer schäumenden Flüssigkeit. Runen gab ihm den Metallsplitter; der Junge neigte dankend den Kopf und verschwand wieder.

Der Wein hatte einen hohen Alkoholgehalt, und für Runens Geschmack war er viel zu süß. Mit einem hölzernen Löffel stocherte er in der dampfenden Masse herum. Sein Magen knurrte, und das gab den Ausschlag. Überrascht stellte Runen fest, daß das Essen nicht annähernd so schlecht schmeckte, wie es aussah. Er folgte dem Beispiel der anderen Gäste, leckte den Teller ab und lehnte sich zurück.

Vangrest war und blieb verschwunden.

Runen hatte sich gerade dazu entschlossen, aufzustehen und nach dem Piloten zu suchen, als er aus den Augenwinkeln eine Bewegung unmittelbar neben ihm sah. Eine Frau schob sich an seinen Tisch heran und nahm mit einer fließenden Bewegung ihm gegenüber Platz. Runen musterte sie irritiert. Ihr langes, pechschwarzes Haar schimmerte im Licht der Öllampen und Talgfackeln wie Samt, und es floß in weichen Wellen auf ihre schmalen Schulter herab. Die Augen der Chirian waren so groß wie die, die ihn aus der Leere in seinem Innern anstarrten. Und in ihren rehbraunen Pupillen sah er Bilder, die er längst vergessen glaubte. Gekleidet war die Fremde in ein langes Gewand mit phosphoreszierenden Blumen- und Augensymbolen. Der tiefe Ausschnitt zeigte den Ansatz ihrer Brüste – und eine Tätowierung dazwischen.

Die Frau ruckte ein Stück vor und sah Runen groß an. »Bitte«, hauchte sie, und ihre Stimme war wie ein süßes Versprechen. »Bitte, du mußt mir helfen, Herr.«

»Helfen?« gab Runen verwirrt zurück und runzelte die Stirn. »Wie soll ich dir helfen?«

»Ich … Ich werde verfolgt.« Es wurde plötzlich still in der Taverne. Die Chirian und Ktalit stellten ihr Spiel mit den Oktaedern ein und starrten, wie alle anderen auch, in Richtung Tür.

Ein Ziripoth war eingetreten. Er trug einen langen, goldfarbenen Kittel, und in dem Mitteleinschnitt seines Schädels hatte sich ein schuppenbedeckter Parasit festgesaugt. In dem breiten Gürtel des Neuankömmlings steckten verschiedene Waffen, darunter auch welche aus kostbarem Metall. Die beiden kirschfarbenen Sehringe des Wesens leuchteten. Der Ziripoth blieb eine Weile völlig reglos stehen. Dann setzte er sich in Bewegung, und die anderen Gäste machten ihm bereitwillig Platz. Runen spürte, wie sich tief in ihm etwas zusammenkrampfte, und mit der rechten Hand tastete er nach seiner Waffe. Die Frau ihm gegenüber stöhnte und wollte aufspringen.

»Bleib sitzen«, flüsterte Runen ihr zu.

Die Frau sah ihn nur groß an, und in ihren Pupillen leuchtete so etwas wie Hoffnung auf.

Der Ziripoth kam näher und blieb schließlich vor ihrem Tisch stehen. Runen starrte auf die beiden glänzenden Augenringe, und er wußte nicht zu sagen, wen die Gestalt in der goldfarbenen Kutte anblickte.

»Komm mit mir, Gina«, ertönte die kratzende Stimme des Ziripoth.

Die Frau schüttelte heftig den Kopf. »Nein, Takkal. Ich ... ich will nicht. Ich bleibe hier.« Sie suchte irgendwo nach Halt, um das Zittern ihrer Hände zu unterbinden. Ihre Angst war offensichtlich. Der Ziripoth wandte sich an Runen.

»Du mußt sie mir überlassen, Chirian. Siehst du nicht die Tätowierung zwischen ihren Brüsten? Sie ist eine Njcih.«

Runen erinnerte sich dunkel, daß dieser Begriff sowohl im Sturmreich der Siren als auch bei den anderen Kulturen Tschurats gebräuchlich war, wenn auch mit verschiedenen Inhalten. In Arantalen bezeichnete man mit diesem Wort einen Sklaven. Er dachte an den Basar, an die Chirian und Ktalit und Garanwi in den hölzernen Käfigen, und er schauderte innerlich.

»Bitte«, stöhnte Gina. »Bitte ...«

Runen zog vorsichtig die Waffe aus dem Holster und senkte die unter dem Leder der Jacke verborgene Hand langsam. Der Ziripoth bewegte einen seiner beiden mehrgelenkigen Arme, und plötzlich zielte eine kleine Armbrust auf den vermeintlichen Chirian.

»Ein Meuchler«, raunte es in der Menge der gespannt wartenden Gäste. »Er ist ein Meuchler …«

»Ich habe einen Auftrag«, sagte Takkal knapp. »Und den werde ich auch erfüllen, Chirian. Die Njeih kommt mit mir.«

Runen richtete den Lauf der Waffe auf die Gestalt in der goldfarbenen Robe.

Du Narr! schrillte es zwischen den Gedanken Runens. *Du gottverdammter Narr. Hast du vergessen, daß du auf keinen Fall Aufmerksamkeit erregen darfst?*

Runen drückte ab. Ein gleißender Energiefinger durchbohrte das Leder seiner Jacke. Die knisternde Flamme leckte über Takkals Hand, verbrannte binnen eines Sekundenbruchteils die auf Runens Hals zielende Armbrust und kochte schließlich über den Kopf des Meuchlers. Der Ziripoth starb, ohne auch nur einen einzigen Laut von sich zu geben.

Runen sprang auf, packte die eine Hand der erstarrten Njeih und betätigte den Auslöser seiner Waffe ein zweites Mal. Ein weiterer Blitz raste aus dem Lauf und sengte über die hölzerne Decke der Taverne. Sie fing sofort Feuer, und einige flammende Splitter fielen herab. Garanwi und Ktalit schrien und keuchten, und die ganze Menge drängte dem Ausgang entgegen.

»Komm!« rief Runen und riß Gina mit sich. Er hielt auf die Tür zu, durch die Vangrest vor einiger Zeit verschwunden war, und als sie eine steinerne Treppe hinunterstolperten und der tosende Lärm in der Taverne hinter ihnen zurückblieb, murmelte Gina:

»Tiru … Du bist ein Tiru.«

Runen zog die junge Njeih weiter mit sich. Kerzen brannten in hölzernen Wandhalterungen, und ihr flackerndes Licht ließ zitternde Schatten über die nackten Felswände tanzen. Hier und dort rann Wasser dahin und sammelte sich in kleinen Pfützen.

An die Treppe schloß sich ein schmaler Korridor an. In regelmäßigen Abständen zeigten sich Nischen in den Wänden. Kräuterschalen dufteten und verströmten einen penetranten Gestank. Runen hatte das sonderbare Gefühl, aus einem langen Schlaf zu erwachen. Sein Leib fühlte sich noch immer taub und schwer an, und Ginas Hand, die er fest umklammerte, war so kalt wie Eis. Er spürte die Angst der Njeih wie ein schweres Gewicht, das auf seinen Schultern lastete. Er blieb stehen, lehnte sich an die Wand und atmete tief durch. Niemand folgte ihnen.

Gina senkte den Kopf. »Ich bin meinem Herrn entflohen«, flüsterte sie. »Ich bat dich um Hilfe, aber ich wußte nicht …« Sie schüttelte den Kopf.

Runens Hände vollführten einige fahrige und hilflose Gesten. »Ich bin nicht das, für was du mich hältst, Gina«, sagte er, wußte aber, daß es nicht die richtigen Worte waren.

Laß sie hier stehen, murmelte es hinter seiner Stirn. *Belaste dich doch nicht mit ihr. Die Gefahr ist schon so groß genug.*

»Man wird uns jagen«, fuhr Gina fort, und die Brüste unter ihrem Gewand mit den phosphoreszierenden Symbolen hoben und senkten sich. »Wer sich mit einem Tiru einläßt, hat sein Leben verwirkt. Und mein Herr … er wird eine Belohnung auf meinen Kopf aussetzen. Er wird mich finden, und dann …«

»Vorerst bist du in Sicherheit«, sagte Runen. »Und von mir droht dir keine Gefahr.«

Sie sah ihn groß an. »Bist du ein … ein …«

Runen nickte müde. »Aber du darfst in mir keinen Boten des Unheils sehen, Gina. Hätte ich dir sonst geholfen? Ich werde es dir erklären, wenn wir mehr Zeit haben. Jetzt aber müssen wir einen Freund von mir suchen.«

Einen *Freund*, dachte er sarkastisch.

»Ist er auch … ein Tiru?«

»Komm, Gina. Vielleicht hast du recht. Vielleicht tauchen hier bald die ersten Verfolger auf, trotz des Feuers.«

Sie eilten weiter. Nach einigen Metern beschrieb der

Gang eine scharfe Biegung nach rechts und wurde noch etwas schmaler, so daß sie kaum mehr nebeneinander gehen konnten. Irgendwo vor ihnen flüsterten leise Stimmen. Runen bedeutete Gina, keinen Laut von sich zu geben. Langsam und vorsichtig schoben sie sich weiter vor und gelangten schließlich in einen größeren Raum. An den Wänden brannten Talgfackeln, und der von ihnen ausgehende beißende Rauch zog durch Belüftungsschlitze in der Decke ab. Ein verkrüppelter Chirian kam hinter einem großen, kesselartigen Gebilde hervor, in dem die stinkenden Kräuter darauf vorbereitet wurden, zahlungskräftigen Kunden vorübergehendes Vergessen zu schenken.

»Ho, es freut mich, daß ihr den Weg zu mir gefunden habt. Brobb hat euch nur die allerbesten Visionen und Halluzinationen anzubieten.« Er grinste breit, und seine spröden Lippen enthüllten schwarze Zahnstummel. »Nur die erlesensten Kräuter stehen euch zur Verfügung, und ich …«

»Wir suchen jemanden«, sagte Runen rasch. »Einen dürren Mann, der gekleidet ist wie ich. Er muß kurz vor uns zu dir gekommen sein.« Und er fügte hinzu: »Es ging ihm schlecht.«

Brobb musterte sie listig, und als sein Blick auf die Njeih fiel, leckte er sich gierig über die Lippen. »O ja, jetzt erinnere ich mich. Ein seltsamer Mann, angetrieben von einem Sturm, der nur in seinem Innern weht. Er zitterte am ganzen Körper, und er bat mich …«

»Wo ist er?«

»Ich hatte den Eindruck, daß er … nun, eine Spezialbehandlung erschien mir in seinem Fall als besonders ratsam. Er liegt in einer der Traumkammern.«

»Führ uns zu ihm!« sagte Runen scharf, und Brobb kroch einen halben Meter zurück.

»Aber dein Freund hat bezahlt, Herr, gut bezahlt. Ich würde einen Teil meines guten Rufes einbüßen, wenn ich dich jetzt zu ihm ließe.«

Runen sprang vor, packte Brobb am Hals und zerrte ihn

in die Höhe. Der verkrüppelte Chirian ächzte und stöhnte und riß die Augen weit auf. »Ich habe dir gesagt«, zischte Runen, »du sollst uns zu ihm bringen. Und zwar auf der Stelle.«

Brobb nickte hastig, und Runen ließ ihn einfach zu Boden fallen. Mit seinen beiden langen Armen hebelte er seinen Leib vorwärts, und Runen und Gina folgten ihm in einen kleinen Seitengang. Hier waren die Nischen nicht leer. Sie sahen einige andere Chirian und Garanwi darin hocken, und einmal entdeckten sie im Zwielicht auch einen Ktalit, der hinter der Kräuterschale aufsprang und mit dem Kopf gegen die steinerne Wand lief. Es krachte, und der Gnom sank langsam und mit zitternden Armen und Beinen zu Boden.

»Das ist nicht meine Schud, nein, nicht meine Schuld«, beteuerte Brobb, als er Runens finsteren Gesichtsausdruck bemerkte. »Bei manchen Kunden bewirken die Kräuterdämpfe etwas, das selbst ich nicht verstehe, ich, der Meister aller Gifte und Rauschmittel. Nein, meine Schuld ist es nicht. Es macht mir nur unnütze Mühe. Glaubt mir, es gefällt mir bestimmt nicht, die Leichname solcher Kunden fortzuschaffen.« Er blieb vor einer schmalen hölzernen Tür hocken. »Bitte, Herr, überleg es dir noch einmal. So schlecht ging es ihm. Er brauchte eine Erholung von sich selbst, und vielleicht ist es ihm noch nicht gelungen, wieder zu sich zu finden.«

Runen trat vor und griff nach dem Riegel. In der Traumkammer war es dunkel. Aber im flackernden Schein einiger an den Gangwänden leuchtender Kerzen sah Runen einen aufragenden Schatten; Gina gab einen dumpfen Schrei von sich und taumelte zurück.

»Vangrest?«

Eine hochgewachsene Gestalt näherte sich ihm, und Runen sprang unwillkürlich zur Seite. Eine tief in die Stirn gezogene Kapuze verwehrte ihm den Blick auf das Gesicht, aber als der Unbekannte den Kopf hob, starrte Runen in wächserne Züge und Augen, die keine Augen waren: Zwei große Achate reflektierten trüb den Schein der Kerzen, und der Mund war nur ein Strich. Es war ein Kimber, ein Psychovampir wie der, den sie kurz im Basar auf der anderen Turmplattform gesehen hatten.

Runen trat einen vorsichtigen Schritt vor und tastete nach der Waffe in seinem Schulterholster. Schmutziges Stroh knirschte unter seinen Stiefeln. Auf dem Boden vor ihm bewegte sich etwas und stöhnte leise.

»Stehen Sie auf, Mann«, knurrte Runen wütend. Er trat noch einen weiteren Schritt vor und befand sich jetzt mitten in der Kammer. Im diffusen Licht erkannte er eine dürre Gestalt, die wie er in eine lederne Hemdjacke gekleidet war. Mit einem Ruck ging er in die Knie und drehte den Mann auf den Rücken. Die Lippen des Piloten zitterten und öffneten sich, und schattiger Dunst tropfte aus dem Mund.

»Ein Schatten«, hauchte Gina. »Einer der tausend Schemen Tschirivahs.«

Der Nebel wurde zu einer formlosen Gestalt, die ebenso schwarz war wie die lange Kutte des Kimber. Vangrests Augenlider zitterten nervös. Seine Hände strichen durchs Stroh, suchten irgendwo nach Halt und versuchten, den Oberkörper in die Höhe zu stemmen. Runen starrte den Schatten an, der nun, wie von einer imaginären Windbö erfaßt, auf ihn zuschwebte. Als der erste dunstige Ausläufer sein Gesicht berührte, verspürte er einen Hauch von Kälte, und die Kraft sickerte aus seinen Muskeln heraus. Langsam sank er zu Boden. Seine Lippen öffneten sich, und der Schemen glitt ihm in den Mund. Die Dunkelheit breitete sich aus, verwandelte sich plötzlich in einen tiefen Trichter, in einen Kosmos der Träume, in ein Universum der Halluzinationen und Wahnbilder.

Ein junges Gesicht lachte, und braunschwarze Haare wehten im Wind. Hinter dem Mädchen rollten blaugrüne Wellen an den Strand, und die weißen Gischtkronen hinterließen komplizierte Muster auf dem feuchten Sand. Einige

Meter entfernt wieherte ein Mupferd, und Rebecca lief darauf zu. Runen sah ihr nach, wandte dann den Kopf und blickte an den Klippen empor. Ganz oben leuchtete der weiße Marmor der Villa, und auf der obersten Stufe der Treppe stand die zarte Gestalt einer Frau.

Dies war das, was Runen immer als »Zuhause« betrachtet hatte. Vragen – eine Welt, die vom Missionat erst erschlossen wurde. Eine Welt, so jung und frisch und unberührt wie Rebecca.

Szenenwechsel.

Seine Hände tasten über einen zarten Körper. Seine Lippen schmecken Wärme, das Aroma einer Frau. Carinnes Finger zeichnen Kreise auf seinem Rücken, und manchmal verharren sie. Er kostet die Wärme zwischen ihren Schenkeln und spürt, wie sie sich aufbäumt, als seine Zunge zittert und bebt. Stille herrscht. Nur das seidene Bettlaken knistert leise und verhalten, und draußen wiehert das Mupferd. In dem gedämpften Licht ist Carinne wie eine vom Himmel herabgestiegene Göttin. Ihr Haar liegt einem dunklen Schleier gleich auf dem Kissen, und ihre Augen sind Brunnen der Zärtlichkeit und der Liebe. Er schiebt sich in sie hinein, langsam, ganz langsam, und sie wirft den Kopf zurück. Er kriecht an ihrer Wärme empor. Er schließt die Hände um ihre kleinen Brüste, und die Warzen sind winzige Zeiger, die auf ihn deuten. Er arbeitet in ihr, und ihre Beine umschließen ihn. Die Zehen streichen an seinen Waden entlang, und das steigert seine Erregung weiter. Es bleibt still. Sie schweigen beide. Worte sind auch gar nicht notwendig an diesen langen Nachmittagen. Draußen spielt Rebecca mit ihrer Stute. Sie kommt nur selten ins Haus um diese Zeit. Sie liebt es, den Sonnenuntergang zu beobachten, mitzuerleben, wie sich der große gelbe Ball am Himmel dem Horizont entgegenneigt und zu einem blutroten Fanal wird. Auf und ab, von rechts nach links – Runens Lenden bewegen sich unablässig, unermüdlich. Er fühlt sich auf eigentümliche Weise mit ihr verbunden, mit ihren Gedanken, mit den Bildern in ihren Augen. Er weiß schon Sekundenbruchteile vorher, wenn sie stöhnt, und er freut sich, wenn sie ihn bestätigt. Nein, sie riecht nicht nach Schweiß. Sie duftet wie Flieder, wie frischer, aufblühender Flieder. Das ist ein Geheimnis, in das sie ihn noch nicht eingeweiht hat. Sie spannt sich unter ihm an, als sie den Höhepunkt erreicht, und ihr Bauch preßt sich an den seinen, weich und geschmeidig und warm und so zart. So herrlich zart. Er ergießt sich in ihr, und auch nachher fahren sie fort, sich zu streicheln, sich zu liebkosen.

Szenenwechsel.

Rebecca weinte.

Sie weinte nur selten, und es schmerzte Runen. Sie saß am Tisch und hatte den Kopf gesenkt. Ihre Schultern zitterten leicht, und Carinne sagte:

»Du kannst sie nicht nur für dich allein beanspruchen, Runen. Sie ist auch meine Tochter. Und du hast versprochen, sie mit mir gehen zu lassen.«

»Sie ist kein *Objekt*, Carinne.« Er fühlte sich überfordert – und auch ein wenig hilflos.

Ja, hilflos. Das war es.

Er sah Rebecca an und begegnete ihrem Blick. Trauer schimmerte feucht in ihren Pupillen.

»Können wir ...« Er schluckte und wandte sich wieder Carinne zu. »Können wir uns nicht irgendwie einigen? Das war doch früher möglich.« Er beugte sich vor. »Bleib hier, Carinne. Hier bei mir. Welchen Sinn hat es, sich auf unterentwickelten Welten in große Gefahr zu begeben und zu versuchen, primitiven Eingeborenen und degenerierten Kolonistennachfahren beizubringen, sich nicht mehr gegenseitig an die Kehlen zu fahren? Das Resultat deiner Bemühungen sieht doch so aus: Die Barbaren lassen eine Weile voneinander ab und nutzen die Zeit dazu, bessere Waffen zu entwickeln, mit denen sie dann wieder aufeinander losgehen. Unsere Zivilisation hat sich genauso entwickelt. Der Fortschritt war immer nur der Fortschritt der Mächtigen.«

»Das ist es ja gerade«, erwiderte Carinne geduldig. »Ich

will mithelfen zu *verhindern*, daß die Entwicklungsplaneten und Protektorate diese Art von Fortschritt erleben.«

»Und du willst, daß Rebecca ebenfalls zu einer Beschererin wird.«

»Ich möchte ihr zumindest die Möglichkeit geben, das kennenzulernen, womit ich mich beschäftige.«

»Wir drei ... wir könnten ein wirklich prächtiges Leben führen«, sagte Runen. »Der Umsatz meiner Firmengruppen ... ich könnte diese Aufgabe jemand anderem übertragen und nur von Zeit zu Zeit einmal nach dem Rechten sehen. Versteh bitte, Carinne. Fünfzehn Jahre meines Lebens habe ich in den Aufbau meiner Unternehmungen investiert, und mein Ziel war es immer, irgendwann einmal genug Zeit zu haben, um mich meinen Kindern widmen zu können. Jetzt ist es soweit. Wir können alle Planeten des Missionats besuchen. Wir können Rebecca all die Wunder zeigen, die der Kosmos für uns kurzlebige Menschen bereithält. Wir ...«

»Gib ihr die Möglichkeit, sich selbst zu entscheiden«, unterbrach ihn Carinne mit sanfter Stimme. »Gib mir die Chance, ihr zu zeigen, um was es *mir* geht, Runen.«

»Verdammt!« Runen sprang auf, ballte die Fäuste und trat ans Fenster. Tief unten rollten die Wogen des Meeres an den perlweißen Strand, seit Jahrtausenden, seit dem Anbeginn der Zeit selbst, unveränderlich, ewig.

»All die Jahre habe ich nur für Rebecca gelebt«, murmelte er. »Sicher, wir waren nicht oft zusammen. Manchmal fehlte es an der Zeit. Manchmal war einfach die Gelegenheit dazu nicht da. Aber ich habe mein erstes Ziel erreicht. Und jetzt, wo ich soweit bin, willst du mir Rebecca wegnehmen. Ich kann ihr alles bieten, was sie sich wünscht. Jetzt ja.«

Carinne sah ihn an und nickte langsam.

»Und das Schlimme ist, du kennst nicht einmal die Bedeutung der Worte, die du da benutzt.« Sie stand ebenfalls auf. »Gib ihr die Möglichkeit, zu wählen, Runen. Gib ihr die Möglichkeit, mich zu verstehen.«

Szenenwechsel.

Ein blutiger Körper. Ein zerrissener und zerfetzter Leib, der kaum noch Ähnlichkeit mit einem Menschen hat. Ein Gesicht, das ihn nie wieder ansehen, Lippen, die nie wieder lächeln würden. Ein schrecklicher Tod. Qualvoll, langsam. Viel zu langsam.

Er sieht Carinne an, und er hat das Gefühl, diese Frau zum erstenmal in seinem Leben zu sehen. Er wendet sich ab und geht und läßt alles hinter sich zurück.

Er fliegt nach Vragen, und er durchwandert die stillen und leeren Zimmer einer Villa, die ihm ebenfalls fremd geworden ist. Er kann nirgends Ruhe finden, denn das Bild des zerrissenen Körpers verfolgt ihn, selbst in seinen Träumen.

Er hat die Stute erschossen.

Er sprengt die Villa in die Luft, und mit einem sonderbaren und düsteren Vergnügen sieht er zu, wie die Trümmer davonsegeln und nur noch rauchende Ruinen übrigbleiben. Die nackten, aufragenden Mauern, all die zerfetzten Dinge, die er vorher so sehr gemocht hat — sie erinnern ihn nicht mehr an das Leben, das er einst führte, sondern an die Leere tief in ihm. Er verläßt Vragen, und er stürzt sich in seine Arbeit. Erbittert bekämpft er geschäftliche Konkurrenten, und er schreckt dabei auch vor zweifelhaften Methoden nicht zurück. Die Jahre vergehen, und Runen wird zu einem der mächtigsten und reichsten Männer im Missionat. Und plötzlich gelangt er an einen Punkt, der ihn verstehen läßt, daß alles umsonst gewesen ist. Er begreift, daß er sein Leben verschwendet zu hat.

Er macht sich auf die Suche nach Carinne, von der er zehn Jahre lang nichts gehört hat. Er macht sich sofort auf den Weg.

Runen schrie, und eine dürre Hand preßte sich ihm auf den Mund. Er versuchte, sie abzustreifen, den Arm zur Seite zu stoßen, der seine Schultern umschlang, aber es gelang ihm nicht. Er war zu schwach.

Er schlug die Augen auf, und sein Blick fiel auf nackte Lehmwände und geschlossene Fenster. Zwei lange Kufenräder polterten über ein steinernes Pflaster.

Ein Kopf schob sich in sein Blickfeld, und die wäßrigen Augen des Piloten starrten ihn an.

»Sie haben es überstanden«, sagte er auf Terranglo. »Es ist alles wieder in Ordnung.« Er kicherte schrill.

Runen haßte diesen Mann. Er haßte das Gesicht mit der fleckigen Haut. Er haßte das Kichern. Er haßte den Blick der Augen. Er haßte *alles.*

Er richtete sich auf. Sie hockten in einem hölzernen Karren, der von zwei molchartigen Geschöpfen gezogen wurde. Ganz vorn im Wagen saß Gina. Immer wieder holte sie mit einer Rute aus und ließ den Stock auf die Rücken der Tiere niedersausen.

Er kniff die Augen zusammen und stöhnte.

»Die Erinnerungen waren nicht sonderlich angenehm, was?« fragte Vangrest, und seine kratzige Stimme klang plötzlich mitfühlend. »Machen Sie sich nichts draus. Sie haben es überstanden, und nur das zählt. Man erholt sich recht schnell wieder.« Er kicherte schrill. »Ich muß es wissen, glauben Sie mir.«

»Sie ... Sie widern mich an.«

»Oh, ich mich selbst manchmal auch. Aber nur selten. Ich hatte mehr als zweihundert Jahre Zeit, damit fertig zu werden und mich mit mir zu arrangieren. Und ich kann Ihnen sagen: Es klappt ganz gut.« Er kam ein wenig in die Höhe und rief auf Tras: »Gina! Dort in der Gasse, rechts von uns. Schatten!«

Die Njeih holte erneut mit der Rute aus, und die Zugtiere zischten nervös. Runen sah in die entsprechende Richtung und machte drei schemenhafte Gestalten aus. Er erinnerte sich an den schwarzen Nebel in der Traumkammer, an den Dunst, der von Vangrests Lippen gesickert und in seinen Mund eingedrungen war. Er stöhnte und kauerte sich zusammen.

»Nicht noch einmal«, krächzte er heiser. »Ich halte es nicht noch einmal aus.«

Vangrest gab zunächst keine Antwort und starrte nach vorn. Nach einer Weile entspannte er sich und sah Runen an. »Ich schätze, wir haben es jetzt geschafft. Wir sind gleich an der Rampe, und im Osten geht Vhron auf.«

Runen sah einen grünlichen Lichtschimmer, der sich auf den Hauswänden widerspiegelte.

Vangrest kicherte. »Wo haben Sie übrigens das Mädchen aufgegabelt? Ist wirklich nicht schlecht, die Kleine.« Er schnalzte anerkennend mit der Zunge. »Wenn Gina uns nicht aus der Traumhöhle geholfen und das Gespann Sumpfläufer besorgt hätte, wären wir kaum so glimpflich davongekommen.«

Durch die Straßen und Gassen hinter ihnen hallte das dumpfe Grollen großer Trommeln, die den Bewohnern Tschirivahs mitteilten, daß die Gefahr durch die Schatten vorüber war.

»Ich frage mich bloß«, überlegte Vangrest laut, »wie es diesem Brobb gelungen ist, einen *Schatten* für seine Laster-spelunke zu rekrutieren. Muß ein verdammt geschickter Kerl sein. Und der Kimber ...« Er kicherte. »Ihre Träume, Scenegato, müssen ziemlich intensiv gewesen sein. Die Aura des Psychovampirs glühte danach wie eine Laserka-none.«

Unmittelbar darauf neigte sich der Wagen nach vorn, und es ging eine gewaltige Rampe hinab, die bis zum Sumpf führte. Die Füße der Sumpfläufer waren breit genug, um nicht in dem Schlick einzusinken, und sie rann-ten mit solcher Geschwindigkeit, daß der Sumpf gar keine Gelegenheit hatte, die Räder des Karrens zu verschlucken.

Nach Süden ging es, immer weiter nach Süden. Irgendwo an der noch einige hundert Kilometer entfernten Küste gab es eine Stadt namens Pyrywanga. Und von dort aus hatte Carinne ihre Reise fortgesetzt.

Pyrywanga.

Carinne Ramelia — In der Sturmbastion

Die Nacht war so hell wie ein Tag. Tschurat hatte sich der Materiebrücke zwischen den beiden Sonnen inzwischen so weit genähert, daß selbst dann die Feuerstraße am Himmel stand, wenn die beiden Sonnen des Doppelgestirns nicht über den Horizont gestiegen waren. Sie war nun hinter einer dichten, schiefergrauen Wolkendecke verborgen, in der es fast ununterbrochen flackerte und gleißte. In der Ferne ertönte dumpfes Donnern und Grollen. Aber es kündigte sich kein Unwetter an, kein Taifun, der die Fluten des Ozeans gegen die hohen Mauern auf den Klippen peitschen würde. Es waren die Luftstrudel, die über die Wogengischt des Meeres hinwegstrichen und mit imaginären Händen Tonnen von Wasser emporrissen.

Es war heiß, so heiß, daß Carinne das Gefühl hatte, selbst unter der Pseudohaut des Ganzkörpersymbionten zu schwitzen. Das blaue Weber-Gewand klebte an ihrem Körper, als sie die Feste verließen und durch einen in den Fels der Insel gemeißelten Gang schritten. Die Böen des Sturms zischten und wüteten dicht über ihren Köpfen hinweg, und manchmal duckte sich Carinne, dann, wenn ein Finger des Orkans zu ihr herabtastete und über ihr silbrig glänzendes Haar strich. Sturmmänner und Frauen kamen ihnen entgegen und machten respektvoll Platz, wenn sie Pashgren erblickten. Carinne warfen sie undefinierbare Blicke zu, aber vor dem Sturmfürsten neigten sie den Kopf. Carinne legte den Kopf in den Nacken. Weit oben über der Insel zogen einige schemenhafte Gestalten dahin.

»Der Sturm wird stärker, immer stärker«, sagte sie und dachte an Oleander. Seit ihrer Ankunft auf Karebi hatte sie ihn nicht mehr gesehen. Sie mußte mit ihm sprechen. Vielleicht konnte er ihr irgendwie helfen.

»Ja«, erwiderte Pashgren, umfaßte mit der einen Klauenhand ihren Arm und schob sie weiter. Sein metallener Kettenpanzer klirrte leise, wenn er sich bewegte. »Unsere Jungen sind begeistert. Sie nutzen die günstige Gelegenheit, ihren Mut zu beweisen und die Achtung der Erwachsenen zu erringen.« Er wandte den Kopf ab, als es oben in den Wolken erneut aufblitzte. »Ich mag dieses Licht nicht. Du bist eine Trantelac, Carinne. Ihr zieht den Tag vor und ruht während der Nacht. Wir Siren aber sind Geschöpfe der Nacht und der Winde.«

»Ich habe dir alles erzählt, erinnerst du dich?« Carinne blieb stehen, sah Pashgren an und senkte den Kopf sofort wieder. Sie durfte ihm nicht zu lange in die Augen sehen. Sonst wiederholte sich das, was an Bord der Fregatte geschehen war. Sonst lief sie Gefahr, sich zu verlieren.

Ihre verborgene echte Haut prickelte. Sie mußte einen günstigen Zeitpunkt für die notwendige organische Erholung abzuwarten. Und nur Oleander konnte ihr dabei helfen, die Schmerzen und die psychische Desorientierung zu ertragen.

»Das alles«, fuhr sie fort, »ist nur der Anfang, Herr. Es wird noch heller werden, und in einigen Tagen ist der Sturm so stark, daß kein Sire mehr aufsteigen und auf den Böen reiten kann.«

Pashgren vollführte eine zustimmende Geste. »Ja, ich erinnere mich. Aber bis es soweit ist, haben wir Karebi schon verlassen.« Sein Tonfall veränderte sich abrupt, und zornig krächzte er: »Willst du mir vielleicht angst machen, Njeih?«

Carinne schüttelte rasch den Kopf. »Nein, Sturmfürst. Aber ich bin eine Kwai. Ich sehe Dinge, die anderen verborgen bleiben.«

Pashgrens Stimmung schlug erneut um. Er stemmte die Arme in die Hüften, legte den Kopf in den Nacken und lachte schallend. »Und das ist auch gut so. Was würdest du mir nützen, wärst du eine normale Trantelac? Ich habe lange auf die Erfüllung der Prophezeiung gewartet.«

Ich bin nicht die, die du dir erhoffst, dachte Carinne, aber sie schwieg.

»Wann läßt du mich Oleander besuchen, Herr?«

»Dann, wenn ich es für richtig halte. Es geht deinem Novizen gut, keine Angst.« Er lachte plötzlich und deutete in die Runde. Aus dem Zwielicht ragten die Konturen anderer Wehranlagen auf, die alle zur Sturmbastion Argan-al-Mrei gehörten. Feuer brannten in von dicken Mauern geschützten Kaminen, und die Flammen ließen zitternde Schemen über steinerne Wände tanzen, die einige tausend Jahre alt waren. Wie viele Sturmhorden waren von hier aus aufgebrochen, um Tod und Vernichtung nach Arantalen zu tragen?

»Wir nennen es das Orkanlabyrinth«, sagte Pashgren rauh und meinte damit die vielen hundert Gänge und Korridore, die vor langer Zeit in den Granit der Insel getrieben worden waren. »Die Jungen ziehen es vor, ihre Schwingen zu benutzen, wenn sie von einem Ort zum anderen wollen, aber bei den Älteren lassen die Kräfte rasch nach, und sie gingen unnötige Risiken ein, wollten sie weiterhin versuchen, auf den Böen des Sturms zu reiten.«

Manchmal verbreiterten sich die Gänge, und Carinne erkannte terrassenförmige Anlagen an den Wänden. Unter der Aufsicht einiger Sturmfrauen waren bei Raubzügen und Überfällen versklavte Chirian, Garanwi, Ktalit und Tschaleen damit beschäftigt, weitere Korridore anzulegen oder Mumais anzubauen, eins der Hauptnahrungsmittel der Siren.

Soldaten kamen ihnen entgegen, und sie grölten und lachten und freuten sich offensichtlich auf das, was bald beginnen mußte. In einigen tieferen Einschnitten im Fels der Insel gurgelte Wasser. In nischenartigen Verbreiterungen dümpelten Fregatten und Kriegsschiffe der Siren.

»Es ist bald soweit«, verkündete Pashgren stolz, als sie sich einem Bau näherten, der wie die Darstellung eines Raubtieres auf den Felsen der Insel hockte. »Mein Vater hat alle Soldaten der Bastion Argan-al-Mrei hierhergerufen, und bis zum Morgen werden auch die Lehenskämpfer von Argan-alAshram hier sein.« Er lachte krächzend. »Vielleicht brechen wir schon morgen abend auf.«

»Mit den Schiffen«, sagte Carinne nachdenklich, »werdet ihr nicht weit kommen, wenn das Meer vollständig ausgetrocknet ist.«

»Dann ziehen wir mit unseren großen Kampfwagen weiter. Die Wolken verschlucken das Wasser des Ozeans. Die Telquel sterben und stellen keine Gefahr mehr für uns dar. Endlich ist der Weg nach Arantalen frei!«

Morgen abend, dachte Carinne erschrocken. Schon morgen abend.

Es ging eine breite Treppe empor, und Carinne und Pashgren mußten sich ducken, um nicht von der Gewalt des Orkans erfaßt zu werden. In der Ferne sah Carinne einen weiteren Gebäudekomplex. Das war der Sturmtempel der Kel. Und dort, irgendwo verborgen in den Gängen und Korridoren, hinter uralten Mauern, befand sich das, was Carinne seit mehr als zwei Jahren suchte: das Muaezyn.

Das Prickeln auf ihrer echten Haut verstärkte sich weiter, und Carinne unterdrückte ein Schaudern. Pashgren hämmerte mit seinen Klauen ans breite Tor vor ihnen, und das Portal öffnete sich. Ein nach den Maßstäben der Siren uralter Sturmmann trat zur Seite und krächzte:

»Dein Vater erwartet dich bereits, ehrwürdiger Fürst.«

Pashgren stieß den Diener einfach beiseite, zog Carinne mit sich und durchmaß mit langen Schritten eine weite Halle. Hier war es ein wenig kühler als draußen, aber Carinne schwitzte noch immer. Der Ganzkörpersymbiont konnte nur mit Temperaturen in einem ganz bestimmten Bereich fertig werden.

Das Heulen des ewigen Orkans blieb hinter ihnen zurück, und als der Diener das Tor geschlossen hatte, umfing sie eine sonderbare Stille. Pashgrens Fußklauen kratzten über einen steinernen Boden, in dem sich Dutzende von Mustern und Symbolen zeigten. Dicke Vorhänge fielen in langen Falten zum Boden herab. Tische und Schränke und Stühle aus grauem Holz ragten wie stumme Monumente auf. Marmorne Ornamente bedeckten die

125

Decke, und an den Wänden des Korridors standen Skulpturen und Statüen aus Obsidian.

Irgendwo sirrte etwas, und unmittelbar darauf sausten zwei junge Sturmmänner mit ausgebreiteten Schwingen auf sie zu. Armbrüste drohten in ihren Klauenhänden, und in den schwarzen Augen der Siren glitzerte es entschlossen. Pashgren verlangsamte seinen Schritt nicht und rief nur: »Es ist noch nicht soweit. Ich komme nur, um meinem Vater Bericht zu erstatten.«

Die Erleichterung der beiden Wächter war offensichtlich. Sie ließen die Armbrüste sinken, winkten und drehten ab. Die ledrigen Flügel schlugen einmal, zweimal, und die Siren verschwanden in irgendeinem Nebengang.

Pashgren trat auf eine breite eisenbeschlagene Tür zu, zögerte davor und sah Carinne an.

»Mein Vater«, sagte er, »ist der Re der Bastion Argan-al-Mrei. Ich hoffe, du wirst dich entsprechend verhalten. Er ist ein alter und sehr verdienstvoller Sire.«

Er starrte sie noch einige Sekunden lang an, und sie entdeckte in seinen Augen etwas, das sie zutiefst beunruhigte. Er öffnete die Tür mit einem Ruck und trat ein. Carinne folgte ihm.

Der Raum war nicht so groß wie die Eingangshalle, aber weitaus prächtiger ausgestattet. Überall fiel ihr Blick auf glänzendes und poliertes Metall, und es war nicht nur Eisen: geschmiedetes Silber, Gold, sogar ein wenig Platin. Ein dicker Teppich dämpfte ihre Schritte, und Pashgrens Fußklauen verursachten seltsam kratzende Geräusche. An der gewölbten Decke erkannte Carinne mehrere Ruhestangen, aber sie waren derzeit unbesetzt. Auf Sockeln aus Marmor und Obsidian flackerte das trübe Licht einiger Öllampen, und aus den kleinen Fenstern auf der einen Seite der Kammer konnte man aufs aufgepeitschte Meer hinausblicken.

In einem thronartigen Gebilde aus Gold, Silber und Jade saß der Re der Bastion Argan-al-Mrei. Er war ein alter Sire; Narben zeigten sich auf den eingefallenen Wangen und der nackten Brust. Das Leder seiner Schwingen war faltig und fleckig, und der Blick der dunklen Augen schien aus einer anderen Welt zu kommen, aus dem Eikla, wo schon ein Teil seines Bewußtseins weilte. An den Hüften des Re war ein besticktes Seidentuch befestigt, das wie eine erstarrte Meereswelle über den unteren Teil des Throns floß, die Stufen der schmalen Treppe bedeckte und bis zum Teppich reichte. An einem Tisch neben ihm standen drei jüngere Siren in glänzenden Kettenpanzern. Die farbigen Symbole auf den beinernen Helmen wiesen sie als Heeresleiter aus.

Pashgren trat mit langen Schritten auf den Thron zu, blieb einige Meter davor stehen und verbeugte sich. Carinne ließ sich auf die Knie sinken und neigte den Kopf. Aus den Augenwinkeln sah sie, wie sich der Sturmfürst nach einigen Sekunden wieder erhob.

»Du warst lange fort, Sohn«, ertönte die heisere Stimme des Re.

»Ja, Vater. Meine Fregatten kreuzten viele Tage und Nächte im Bereich der Wasserstraße zwischen den Inseln und Arantalen. Wir hatten Glück. Unsere Steuerleute erwiesen sich als besonders fähig, und wenn doch einmal ein Telquel auftauchte, konnten wir ihn mit Hilfe der Blähknollen von uns ablenken. Wir haben gekämpft, Vater. Sicher hast du schon von unserer Beute gehört.«

Der alte Sire vollführte eine zustimmende Geste. »Die Männer und Frauen unserer Bastion waren voll des Lobes, und die Kinder jubelten und priesen immer wieder deinen Namen.«

Pashgren zeigte sich geschmeichelt. Carinne hob den Kopf einige Zentimeter und musterte die drei Heeresleiter. Einer von ihnen kam ihr bekannt vor, aber es dauerte eine ganze Weile, bis sie sich erinnerte, denn ein ungeübtes Auge konnte kaum Unterschiede in den Gesichtszügen verschiedener Siren ausmachen.

Es war Cral, der Lehensherr der Bastion Argan-al-Ashram, der Sire, der sie an Bord der *Wellenbrecher* als Beutegut beansprucht hatte. Deutlich erkannte sie jetzt die kleinen

Tätowierungsmale auf den hervorspringenden Jochbeinen, und in den Augen des Sturmmannes glitzerte Haß. Aber da war auch noch etwas anderes in seinem Blick ... so etwas wie freudige Erwartung, wie Heimtücke und Hinterlist. Carinne schauderte innerlich. Und sie spürte, daß sich irgend etwas anbahnte.

»Wie ich sehe, bist du damit beschäftigt, die letzten Vorbereitungen für den Heereszug zu treffen«, sagte Pashgren und deutete auf den Tisch mit den pergamentenen Karten.

»Das Meer verdampft«, sagte einer der beiden anderen Heeresleiter. »Es wird heiß. Wir müssen der Wanderung unserer Urväter folgen, über den Ozeangrund ziehen und Arantalen erobern. Die Bewohner in den großen Küstenstädten sind in Künsten bewandert, die wir nicht kennen. Ihre Handwerker sind geschickter als die unsrigen, und von ihrem Reichtum berichten viele Sagen und Legenden. Oh, dort erwartet uns gewaltige Beute und viel Kampfesehre.«

Bei den letzten Worten wandte der Sire den Blick von Pashgren ab und starrte die noch immer am Boden hockende Carinne an. Der Re winkte mit der einen Klauenhand, und sie stand auf.

»Das«, sagte Pashgren stolz, »ist mein größtes Beutegut. Vater, du erinnerst dich doch noch an meine Reise nach Dorlean. Ich befragte das Orakel, und es prophezeite mir eine Trantelac-Kwai mit silbrigen Haaren und golden glänzender Haut. Es hieß, mit ihrer Ankunft erfolge eine Wende in meinem Leben und auch in dem aller anderen Siren. Ich habe die Prophezeite endlich gefunden. Und du weißt selbst, wie sehr sich in den letzten Tagen alles verändert hat. Bald brechen unsere Heere auf, und ihr Ruhm wird all die Erfolge in den Schatten stellen, die unsere Soldaten bisher errangen.« Er trat einen Schritt vor und rief mit donnernder Stimme: »Die Zeit ist gekommen, Vater! Ich bin alt genug. Ich kündige dir hiermit das Väterliche Assassinat an, Re von Argan-al-Mrei. Und die Trantelac-Kwai wird mir dabei helfen.«

Der alte Sire auf dem Thron seufzte schwer und vollführte einige bedeutungsvolle Gesten. »Ja, die Zeit ist gekommen, Sohn.« Aber noch bevor er weitersprechen konnte, trat Cral einen raschen Schritt vor und sagte:

»Der Zeitpunkt ist denkbar ungünstig, Vater.«

Pashgren knurrte und schob das knochige Kinn vor. »Nenn ihn nicht Vater. Wir wissen alle, wer deine Mutter ist, aber was deinen Vater angeht, herrscht allgemeine Ungewißheit.«

»Wie kannst du es wagen ...«, zischte Cral aufgebracht und griff nach dem Dolch in seinem Gürtel. Der Re hob die Hand.

»Hört auf damit.« Und er fügte hinzu: »Pashgren, du weißt sehr wohl, daß ich Cral als meinen Sohn anerkannt habe. Damit solltest du dich endlich abfinden.«

»Der Zeitpunkt ist nicht günstig«, wiederholte Cral. »Wir brauchen einen erfahrenen Oberbefehlshaber, der den Heereszug über den Meeresgrund leitet. Der Re darf jetzt nicht sterben.«

Pashgren wollte etwas einwenden, aber sein Vater kam ihm zuvor. »Mein erster Sohn hat die Altersschwelle übertreten. Es liegt ganz allein bei ihm, den Zeitpunkt zu bestimmen.« Er seufzte noch einmal und lehnte sich zurück. »Aber ich muß sagen, ich würde gern noch erleben, wie unsere Streitmacht Arantalen erreicht.«

Pashgren hob die Arme. »Ja, Cral, ich bin alt genug. Ich brauche nicht mehr zu warten wie du. Und ich werde dir auch keine Gelegenheit dazu geben, jemals das Assassinat zu vollziehen und zum rechtmäßigen Re der Sturmbastion Argan-al-Mrei zu werden. Und *ich* werde unsere Heere nach Arantalen führen.«

Er trat zurück und verneigte sich knapp. »Die Ankündigung ist erfolgt, Vater. Bereite dich vor.«

Er umfaßte Carinnes Arm und zog sie in die Höhe. »Ich glaube«, sagte er siegessicher, »es wird ein rasches und problemloses Assassinat. Denn ich habe die Unterstützung einer Kwai.«

Carinne warf Cral einen unauffälligen Blick zu, und wieder entdeckte sie in seinen glitzernden Augen jenes hintergründige Funkeln, das sie so beunruhigte. Sie tastete nach der Telquel-Träne des Amuletts, das sie am Hals trug und forschte nach den Gedanken des Siren. Dunkle Bilder waren es, die ihr entgegenwehten. Sie versuchte, etwas weiter vorzustoßen, aber der Sturmfürst neben ihr drehte den Kopf auf die Seite und sah sie groß an. Daraufhin ließ sie den Tralicc los. Wieder stieg die Erinnerung an die Ereignisse auf der Fregatte in ihr hoch, und sie erzitterte innerlich. Sie brauchte Oleanders Hilfe. Der Sturmfürst drehte sich um und zog sie mit sich fort.

Pashgrens Ruhekammer war denkbar schlicht eingerichtet und ähnelte der Kabine an Bord des Kaperschiffes, in der er sie genommen hatte. Auf dem Boden lagen einige Matratzen und Kissen verstreut. Oben an der nackten Steindecke war eine hölzerne Ruhestange befestigt. An den Wänden standen Möbelstücke aus fleckigem Eibenholz: zwei kleine Kommoden, ein Schrank, ein kleiner Tisch und mehrere Stühle.

Auf der einen Seite stapelten sich in langen Regalreihen Hunderte von handgeschriebenen Büchern und Pergamentrollen. Carinne wanderte verwundert daran vorbei und las Titel wie »Die Strömungsverhältnisse im küstennahen Bereich«, »Philosophische Betrachtungen«, »Das Rätsel der Telquel«, »Die Unendlichkeitsmodelle der Kwai-Mechaniker« und »Ein mathematischer Erklärungsversuch der Welt«.

»Siren«, sagte Pashgren, »müssen nicht unbedingt dumm und ungebildet sein.«

»Das habe ich auch nie behauptet«, versicherte Carinne rasch. »Aber es verblüfft mich doch, daß jemand wie du …« Sie verschluckte die letzten Worte und senkte den Kopf.

»Sprich ruhig weiter.«

»Wie du befiehlst, Herr.« Sie spürte den Blick des Sturmfürsten auf sich, und sie hütete sich davor, ihm in die Augen zu sehen. »Willst du ihn wirklich umbringen, Herr? Deinen *eigenen* Vater?«

Pashgren lachte schallend. »Natürlich. Jeder erste Sirensohn tötet seinen Vater, früher oder später. Nach den alten Traditionen ist das Väterliche Assassinat ab einem bestimmten Alter möglich. Ha, Cral möchte mir gerne zuvorkommen, aber das werde ich zu verhindern wissen.«

Pashgrens Klauenhände glitten sanft über ihren Körper, und das Prickeln auf ihrer echten Haut wurde fast unerträglich.

»Du hältst mich für einen Barbaren, nicht wahr? Die Völker Arantalens haben keine große Meinung von uns Siren. Aber sie irren sich. Auch wir haben unsere Gelehrten und Philosophen, unsere Äskulaps und Handwerker. Das Väterliche Assassinat ist notwendig. Der Sohn kann beweisen, daß er besser ist als sein Vater, daß er fähig ist, seine Position zu bekleiden. Und immerhin hat der Vater die Möglichkeit, sich zu schützen. Ein Assassinat wird vorher angekündigt.«

Oleander, dachte Carinne. *Ich brauche dich so sehr, Oleander ...*

»Aber der Heereszug ...« Tief in ihrem Innern wußte Carinne, daß es sinnlos war, den Sturmfürsten umstimmen zu wollen. Sie dachte an das Muaezyn und die sieben Tränen der Macht, die die Telquel-Ri in ihrem Todeskampf weinen würden. »So viele werden sterben, Herr, so viele ...«

»Es ist unser Leben«, sagte der Sire unbewegt. »Nur der Kampf beschert uns einen festen Platz im Eikla. Wir werden das Assassinat planen, Carinne-mit-dem-silbrigen-Haar. Du hilfst mir dabei mit der Macht der Telquel-Träne, über die du gebietest. Wir haben nicht mehr viel Zeit. Vielleicht brechen wir schon morgen abend auf.«

Es kratzte an der Tür.

Carinne stöhnte leise, als Pashgren sich von ihr abwandte, und sie war dankbar für die Störung. Sie hatte das Gefühl, als stünde ihre Haut in Flammen. Wenn sie den Symbionten nicht bald ablegte und sich eine organische Ruhepause gönnte, mochte sie bleibende körperliche Schäden davontragen. Und Pashgrens Blick ... sie ertrank darin. Wahrscheinlich war sich der Sturmfürst nicht darüber klar, *was* er war, aber für Carinne änderte das nichts. Ihr Ich verlor sich, wenn er in ihre Augen sah.

Der Sire trat mit klirrendem Kettenpanzer an die Tür heran und öffnete sie. Carinne starrte an ihm vorbei und erkannte eine stämmige Sira in einem grauen Leinengewand. Sie schob sich flink an Pashgren vorbei und war im Zimmer, noch bevor der Sturmfürst zu reagieren vermochte. Er schloß die Tür wieder. »Was willst du, Vrila? Hat dich Cral geschickt?« Er knurrte. »Du kannst ihm ausrichten, daß mich nichts davon abbringen kann, bis morgend abend das Assassinat zu vollziehen. Und danach bin *ich* der Re von Argan-al-Mrei.«

»Nichts?« fragte die Sira und kicherte heiser. »Wirklich gar nichts?«

Pashgren sah sie finster an.

»Du störst mich. Verschwinde aus meiner Kammer.«

Vrila blickte an ihm vorbei und sah Carinne an. Unter ihrem Leinengewand zitterte etwas. »Du verläßt dich auf die Hilfe der Trantelac-Kwai, nicht wahr? Nun, willst du zu einem Frevler werden?«

Pashgren streckte seine Klauenhände nach ihr aus. »Hinaus mit dir!«

»Warte.« Die Sira wich zur Seite. »Ich war ebenfalls an Bord des Schiffes, das aus Pyrywanga kam. Ich begleitete meinen Mann, und ich ...« Sie kicherte.

Vrila zog eine Hand unter dem Gewand hervor, und zwischen ihren Klauen glänzte das Metall eines Kommunikators. Carinne stöhnte unhörbar.

»Siehst du das hier, Sturmfürst? Es ist etwas *Fremdes*, etwas, das nicht von dieser Welt stammt. Und weißt du, wo ich es gefunden habe?« Der andere Arm ruckte in die Höhe und zeigte auf Carinne. »Bei ihr! In der Kabine der

Trantelac-Kwai. O ja, sie hat dieses Etwas gut versteckt. Aber nicht gut genug. Ich war lange Zeit im Zweifel, aber als ich hörte, daß du die Trantelac als eine Erfüllung der Orakel-Prophezeiung ansiehst, wußte ich, daß ich meine Entdeckung nicht länger für mich behalten durfte. Sie ist eine Außenweltlerin! Eine Tiru ...!«

Pashgran riß ihr den Kommunikator aus der Hand, drehte das Gerät hin und her und betrachtete es eingehend. Dann wandte er sich langsam um und sah Carinne an. »Vrila hat recht«, sagte er kehlig. »Dieses Metallstück stammt von Außenwelt. Ich habe schon andere Tiru-Artefakte gesehen, und einige davon ähneln diesem hier.«

»Ich ...ich bin keine Tiru«, verteidigte sich Carinne. In ihrem Innern herrschte ein Chaos aus durcheinanderwirbelnden Gedanken und aufgepeitschten Gefühlen. Wenn der Sturmfürst der Sira glaubte, drohte ihr und Oleander ein schrecklicher Tod. Sie schluckte, versuchte sich zu beherrschen und trat einen Schritt vor.

»Ich habe dieses Metallstück noch nie gesehen«, sagte sie mit fester Stimme. »Offenbar hat es jemand zurückgelassen, der vor mir in der Kabine an Bord der *Wellenbrecher* wohnte. Daß Vrila dieses Artefakt bei mir gefunden hat, bedeutet überhaupt nichts. Und vielleicht ... vielleicht lügt sie. Vielleicht hat sie nur alles erfunden. Sie ist Crals Frau. Und Cral haßt dich, Herr. Er will nicht, daß du der Re dieser Sturmbastion wirst. Ja, vielleicht ist alles nur ein Komplott.« Sie lachte, und es klang sehr echt. »Und außerdem ...«

Sie tastete nach der Telquel-Träne ihres Amuletts. »Kann es einen Außenweltler geben, der über die Macht eines Tralicc zu gebieten versteht? Herr, hast du jemals von einem Tiru-Kwai gehört? Und sieh mich an. Sehe ich aus wie eine Außenweltlerin?«

»Ausflüchte!« kreischte Vrila. »Nichts als Ausflüchte. Es ist bekannt, daß sich Tiru tarnen, wenn sie in unserer Heimat ihr Teufelswerk betreiben.«

»Soll ich dir beweisen, wie gut ich mit einer Telquel-Träne

umzugehen verstehe?« zischte Carinne drohend, und Vrila wich furchtsam einen Schritt zurück. Pashgrens Blick glitt skeptisch zwischen der Sira und Carinne hin und her. Mit zwei raschen Schritten war er an der Tür und öffnete sie. Der draußende wartende Soldat salutierte.

»Raus mit dir, Vrila«, knurrte Pashgren.

»Sie ist eine Tiru«, heulte die Sira. »Eine Tiru. Und du machst dich zu einem Frevler, wenn du sie schützt.«

Der Sturmfürst versetzte ihr einen Tritt, und Vrila kreischte und eilte mit wehendem Leinengewand davon. Carinne trat langsam auf Pashgren zu, sah ihn an und versuchte, dem Blick seiner dunklen Augen standzuhalten.

»Du glaubst ihr doch nicht etwa, Herr?«

»Soldat?«

»Ja, mein Fürst?«

Pashgren zeigte auf Carinne. »Begleite sie in ihre Unterkunft. Und sorg dafür, daß sie bewacht wird.«

»Ja, Fürst.« Der Sturmmann bedeutete Carinne, ihr zu folgen. Er führte sie durch den Korridor, und als sie an der Treppe angelangt waren, sah sie noch einmal zurück. Pashgrens Blick folgte ihr, und der Sturmfürst machte einen sehr nachdenklichen Eindruck.

Carinne Ramelia — Die Entlarvung

Zitternd stand Carinne am Fenster und blickte hinaus. Die Siren waren weiterhin damit beschäftigt, Ausrüstungsmaterialien und Kriegsgüter zu verladen. Manchmal vibrierte der nackte Steinboden. Die ersten Beben des fortschreitenden Zusammenbruchs kündigten sich an. Carinne schauderte und wandte sich ab.

An der gegenüberliegenden Wand züngelte eine unruhige Flamme in einem ölgefüllten Tonbehälter. Die Rauchspuren zeichneten ein sonderbares Muster auf den Fels. Carinne trat mit einigen raschen Schritten an die Tür heran und drehte den Knauf. Es knarrte leise, aber die Tür öffnete sich nicht.

Es war in der Kammer so heiß wie in einem Backofen, und Carinne hatte das Gefühl, das Prickeln und Brennen auf ihrer echten Haut nicht mehr ertragen zu können. Vor ihrem inneren Auge zogen Bilder der Vergangenheit vorbei. Sie waren blaß, und manchmal zerfaserten sie und drohten sich endgültig aufzulösen. Carinne tastete nach der Telquel-Träne. Der Kristall fühlte sich kühl an, angenehm, und als sie sich auf das Potential des Tralicc konzentrierte, schnappte sie unwillkürlich nach Luft. Die in der Träne konzentrierte Kraft überspülte ihre Gedanken mit einer tosenden mentalen Gischt. Sie starrte an die Decke und sah jenseits der dicken Mauern das gleißende Band der Feuerstraße. Zwischen dem Tralicc und der Materiebrücke bestand eine für das normale Auge nicht sichtbare Verbindung.

Die Gedanken des draußen auf und ab schreitenden Siren waren diffuse Schattenbilder hinter Carinnes Stirn. Sie konzentrierte sich darauf und tastete ein zweites Mal nach dem Kristall an ihrem Hals. Die Spezialisten des Konziliats hatten sie auf die Ausstrahlungen einer Telquel-Träne sensibilisiert und sie in die Lage versetzt, mit der darin gespeicherten Kraft umzugehen. Jetzt aber wurde das Potential von den energetischen Phänomenen der Feuerstraße immer weiter verstärkt, und deshalb mußte sie außerordentlich behutsam und umsichtig zu Werke gehen.

Der Kristall glitzerte kalt, und Carinnes Gedanken formten eine Lanze, die sich durch die dicken Holzbohlen der Tür hindurchbohrte und langsam, ganz langsam, in die mentale Sphäre des patrouillierenden Sturmmannes schob. Sie sah mit seinen schwarzen Augen. Sie hörte mit seinen Ohren und roch mit seiner Nase. Sie fühlte das Zittern lediger Schwingen, empfand die Freude auf den baldigen Aufbruch, auf den bevorstehenden Heereszug, der all den

Siren, die die Kämpfe und Schlachten überlebten, großen Reichtum bescheren würde. Sie fand nirgends einen Hauch von Angst.

Dem Sturmmann war heiß, und Carinne verstärkte dieses Gefühl. Mit Augen, die nicht wirklich ihr gehörten, sah sie, wie er stehenblieb.

Hinter dem kleinen schmutzigen Fenster flackerte es grell auf, und das lenkte Carinne kurz ab. Ihre Hand schloß sich ganz um die Telquel-Träne, als sie sich umwandte und hinausblickte.

Das Potential des Kristalls entlud sich. Carinne verlor einen Augenblick lang völlig die Orientierung, und als sie wieder zu sich kam, lag sie wimmernd und am ganzen Körper bebend am Boden. Ihre Fingernägel waren gesplittert und abgebrochen, und auf dem nackten Fels zeigten sich dünne Blutspuren. Sie stand auf. An einigen Stellen hatte der Ganzkörpersymbiont schon damit begonnen, sich von ihrem Körper zu lösen. Carinne stöhnte und taumelte auf die Tür zu. Sie drehte den Knauf, aber draußen hing immer noch der schwere Riegel in den hölzernen Scharnieren. Sie trat einen Schritt zurück und warf sich gegen die Bohlen. Es knirschte und knarrte, doch das Hindernis vor ihr gab nicht nach. Tränen schossen ihr in die Augen, und sie versuchte, den Ablösungsprozeß des Symbionten wenigstens für eine Weile aufzuhalten. Erneut umschloß ihre Hand den Kristall. Eine Sturmbö fauchte plötzlich durch die kleine Kammer und hämmerte mit gegen die Tür.

Und schließlich gab der Riegel nach und brach.

Im Gang war es still. Carinne blickte sich um und entdeckte den Wächter einige Meter entfernt. Er lag am Boden und rührte sich nicht. Sie trat neben ihn und starrte in schwarze Augen, deren Blick gebrochen war. Die Entladung der Telquel-Träne hatte dem Sturmmann das Gehirn verbrannt. Carinne stieg über die Leiche hinweg und taumelte auf die Treppe am Ende des Korridors zu.

Sie stolperte die Stufen hinunter und hielt sich dabei an dem Geländer fest. Schmerz flutete nun in immer kürzer werdenden Abständen durch ihren Leib. Sie konnte die Ablösung des Ganzkörpersymbionten kaum noch unterdrücken, und wenn sie nicht bald zu Oleander gelangte ... Man konnte vorher nicht sagen, wie lange die Phase der Verwirrung andauerte. Aber wenn hier an diesem Ort ihre Erholungsphase begann, dann war es mehr als wahrscheinlich, daß ein zufällig vorbeikommender Sire sie entdeckte und als Außenweltlerin erkannte. Derzeit mochte sich Pashgren noch nicht ganz über ihre Identität klar sein, aber wenn er ihren echten Körper sah, war ihr Schicksal besiegelt. Carinne dachte an die eigenartige Prophezeiung des Orakels von Dorlean. Das Orakel hatte sich noch nie geirrt, aber in ihrem Fall ...

Carinne rieb sich die Augen, als die Mauern um sie herum verschwammen. Einen Augenblick lang lehnte sie sich gegen den Fels, der sich nun ebenfalls zu erwärmen begann, dann schwankte sie weiter. Irgendwo in der Ferne ertönte der hallende Klang einer Fanfare, und kurz darauf vernahm sie das Fauchen und Zirpen von Sturmkindern. In der Dunkelheit vor ihr kratzte etwas rauh über den Fels. Carinne sah sich rasch um und schob sich lautlos in eine Nische. Aus dem Zwielicht näherte sich ein Schatten. Ein junger Sire war es, gekleidet in die Kutte eines Kel-Novizen. An seinem Gürtel baumelte der metallene Zylinder einer Betrolle, und in seinen schwarzen Augen schimmerte die Erhabenheit des Sturmtempels.

Der junge Kel schritt an der Nische vorbei und blieb einige Meter weiter stehen. Carinne rührte sich nicht, aber die winzigen goldenen Facetten der Ganzkörpermaske erzitterten noch immer. Es war ein rhythmisches Beben, das sie nicht unterdrücken konnte. Und in der Stille kam ihr das leise und fast melodische Klirren wie der ohrenbetäubende Lärm eines Alarmhorns vor. Der Sturmmann drehte langsam den Kopf auf die Seite, und der Blick seiner dunklen Augen durchdrang das Zwielicht so mühelos, als sei es heller Tag. Ganz vorsichtig tastete Carinne nach der Telquel-Träne. Der junge Kel vollführte eine fahrige Geste und setzte sich wieder in Bewegung.

Carinne verließ die Nische und setzte ihre Weg fort. Nach einigen Dutzend Metern mündete der Gang in ein stickiges Gewölbe. Künstler der Siren hatten die granitenen Wände mit farbigen Zeichnungen und Malereien versehen: wütende Stürme, deren Böen junge Sturmleute trugen; Fregatten der Siren, mit aufgeblähten Segeln und schußbereiten Katapulten, turmhohe Wellen mit fransigen Gischtkronen. Carinne betrat einen der hölzernen Laufstege, die über die Grube hinwegführten. Carinne stolperte über die Planke. An einigen Stellen hatten sich nun schon ganze Fladen des Symbionten von ihrer echten Haut gelöst. Wenn irgendein Sturmmann sie in diesem Zustand sah, war sie erledigt. Manchmal konnte sie kaum noch etwas sehen, weil ihr der salzige Schweiß von der Stirn in die Augen tropfte.

»Oleander«, flüsterte sie heiser, aber sie erhielt natürlich keine Antwort. Sie mußte noch tiefer hinab, in die Katakomben der Bastion, dorthin, wo diejenigen Gefangenen der Siren untergebracht waren, für die die Sturmleute ein ganz besonderes Schicksal geplant hatten. Eine Ewigkeit verging, bevor Carinne die Treppe fand. Sie blieb kurz stehen und orientierte sich mit Hilfe des Tralicc. Der Prozeß psychischer Desorientierung war so weit fortgeschritten, daß sie nur noch einen Bruchteil der in der Telquel-Träne gespeicherten Kraft einsetzen konnte. Die Macht des Kristalls ähnelte einem in wenigen Kubikzentimetern verdichteten Taifun. Mit ihrem Geist vernahm sie das Tosen und Fauchen und Heulen, und sie fürchtete sich davor, die Schwellen zur Seite zu schieben, die diese Gewalten an die Träne banden. Ja, es war die richtige Treppe: diejenige, die sie in den Pashgrens Gedanken gesehen hatte. Ihre Hände umkrampften das Geländer, als sie in die Tiefe kletterte. Wenige Meter über dem Fuß der Treppe verlor sie das Gleichgewicht und stürzte. Sie sah den steinernen Boden ruckartig näherkommen und riß die Arme hoch. Der Aufprall war hart und preßte ihr die Luft aus den Lungen. Als sie sich wieder in die Höhe stemmte, hatte sich der Brustteil des Symbionten ganz von ihrer Haut gelöst und bildete eine sonderbare Ausbuchtung unter ihrem blauen Weber-Gewand.

Es war still in den Katakomben, und die Hitze war noch nicht bis in diese Tiefen vorgedrungen. Hier und dort brannten einige Talgfackeln, und in ihrem Licht glänzten die Wände feucht. Irgendwo tropfte Wasser.

Sie gelangte in eine rechteckige Kammer. In langen Reihen säumten Nischen die Wände, Dutzende, Hunderte, vielleicht sogar mehr als tausend. Und darin lagen tote Siren. Die Äskulaps hatten die Leichen ausgenommen – die Eingeweide wurden traditionsgemäß getrennt aufbewahrt –, und anschließend waren die Toten von den Kel sorgfältig einbalsamiert worden. Anschließend hatte man die Körper mit Seidenspinnern infiziert. Die winzigen Insekten kratzten die oberste Hautschicht ab, ernährten sich davon und woben den Toten mit ihren Ausscheidungen in einen transparenten Kokon, der ebensogut konservierte wie ein hochentwickelter Stasistank. Carinne schwankte an den Gräbern vorbei und las die Aufschriften darunter. Manche von ihnen waren längst verwittert und gar nicht mehr zu entziffern. Andere hingegen schienen erst vor wenigen Jahren angebracht worden zu sein.

Es waren Sturmherren, die verstorbenen Re der Sturmbastion Argan-al-Mrei. Wenn man jedem von ihnen eine durchschnittliche Lebensspanne von dreißig Jahren zubilligte, und wenn Carinnes Schätzung zutraf, nach der in diesem Gewölbe mindestens sechshundert derartige Körper ruhten, so bedeutete das, daß der älteste hier aufgebahrte Re vor rund achtzehntausend Jahren gestorben war. Carinne taumelte weiter, und ihre Gedanken wirbelten im Kreis. Achtzehntausend Jahre. Und in diesen achtzehntausend Jahren hatte sich die Kultur der Sturmleute als ehern erwiesen und sich in keinem noch so unbedeutenden Punkt verändert. Achtzehntausend Jahre standen diese Mauern schon. Seit achtzehntausend Jahren verließen die Siren in einem Zyklus von jeweils rund fünfhundert Jahren ihre Sturmbastionen und zogen über den während der Zeit der Dürre freigelegten Meeresboden nach Norden. Und seit achtzehntausend Jahren flohen die Völker Arantalens vor dem Ansturm der Barbarenhorden aus dem Süden.

Ihr schwindelte der Kopf, und sie hielt sich irgendwo fest. *Ich darf keine Zeit verlieren*, dachte sie immer wieder. *Keine Zeit verlieren.* Die Völker und Zivilisationen dieser Welt hatten immer nur fünfhundert Jahre Zeit, sich zu entwickeln, während der stabilen Langflut. Danach kam die Katastrophe, immer wieder, unabwendbar. Und es gab nur einen Ausweg aus diesem ewigen Kreislauf, nur einen einzigen.

Weiter, immer weiter.

Schließlich verjüngten sich die Gänge und Korridore wieder. In dem düsteren Zwielicht wurde jeder Schatten zu einer Bedrohung. Carinne zuckte oftmals zusammen, aber die Schemen stellten sich als vom flackernden Licht an Wänden und Decke geworfene Trugbilder heraus. Schimmel zeigte sich auf den hölzernen Bohlen der Türen, an denen sie vorbeistolperte, und nur selten vernahm sie ein leises Wimmern in den dahinterliegenden Kerkerzellen. Sie griff nach der Telquel-Träne und versuchte erneut, sich zu orientieren. Am Rande ihres mentalen Wahrnehmungsfeldes machte sie einen vertrauten gedanklichen Hauch aus. Der andere Symbiont simulierte die Bewußtseinsaura eines Mru. Zitternd blieb sie vor einer der Türen stehen. Kein Wächter hielt sich in diesem Bereich auf. Sie griff nach dem Riegel, hob ihn aus den Scharnieren und ließ ihn fallen. Die Tür öffnete sich knarrend, als sie an dem Knauf zog.

»Oleander?«

Etwas bewegte sich im Halbdunkel vor ihr. Ein grauschwarz geschecktes Fell glänzte matt. Die geschlitzten Pupillen eines katzenartigen Geschöpfs funkelten im Zwielicht, und Krallen kratzten über nackten Stein.

Carinne taumelte in die Zelle. Weitere Teile des Ganzkörpersymbionten begannen sich von ihrer echten Haut zu lösen.

140

»Ich … ich brauche deine Hilfe, Oleander«, keuchte sie.

Die Katze schnurrte. Zwei Pfotenhände stützten sie und führten sie zu einer verschmutzten Liege. Es stank nach Kot.

»Ich dachte schon, ich sähe dich nie wieder«, stieß Oleander heiser hervor. »Es ist soweit?«

»Siehst … du das nicht?« Sie wimmerte. Oleander streckte die Hände aus – die Krallen waren nun eingefahren – und strich ihr sanft über den Leib. Seine organische Ganzkörpermaske entwickelte dünne Hohldorne, die sich in Carinnes Haut bohrten und ein Beruhigungsmittel absonderten. Seine Stimme murmelte leise Worte.

»Warte noch, Oleander«, hauchte Carinne. »Ich muß … muß dir etwas sagen.«

»Später. Du leidest, Carinne. Und je länger du die Erholung hinauszögerst, desto schlimmer wird es.«

»Das ist … unwichtig. Pashgren … der Sturmfürst …« Sie holte krächzend Luft. »Er ist ein passiver Kwai, Oleander. Ich war mir zunächst nicht sicher. Er brachte mich … mich an Bord seiner Fregatte, und dort …« Sie hustete. »Er sah mich an, Oleander, und in seinem Blick … Ich *ertrank* beinah darin. Ich weiß nicht, wodurch seine Gabe geweckt wurde. Vielleicht durch meine Telquel-Träne, vielleicht durch die nahe Feuerstraße. Aber er begann damit, mein Ich aufzusaugen, Oleander. Ich verlor mich in seinem Bewußtsein.«

»Wir kannten das Risiko vorher«, sagte Oleander leise. »Wir wußten Bescheid. Mit dem Beginn des klimatischen Zusammenbruchs werden viele Einwohner Tschurats geistig empfänglicher. Das haben die Untersuchungen des Konziliats eindeutig ergeben. Es hat etwas mit der steigenden Kraft der Telquel-Tränen und der psychisch-genetischen Anpassung der Kolonistennachfahren an die besonderen Umweltbedingungen dieses Planeten zu tun. Aber wer hätte ahnen können, daß ausgerechnet im entscheidenden Stadium …«

»Das ist noch nicht alles. Der Kommunikator, der an

Bord der *Wellenbrecher* aus unserer Kabine verschwand ...
Crals Frau hat ihn. Erinnerst du dich an den Sturmmann,
der uns überraschte?«

Oleander nickte.

»Offenbar wollten er und seine Frau verhindern, daß
Pashgren durch die Ermordung seines Vaters zum rechtmäßigen Re der Bastion Argan-al-Mrei wird. Sie nahmen an
Pashgrens Fahrten teil, und bei jedem Beutezug suchten sie
nach der prophezeiten Kwai, einer Trantelac mit silbrigen
Haaren und golden glänzender Haut. Vrila, Crals Frau,
schlich sich in unsere Kabine und durchsuchte sie. Sie fand
den Kommunikator, und sie witterte eine Chance, das
Väterliche Assassinat hinauszuschieben.« Sie hustete
erneut, und diesmal spuckte sie Blut.

»Du kannst mir den Rest später erzählen«, schnurrte
Oleander. »Laß mich dir jetzt helfen.« Sein Symbiont
bohrte weitere winzige Hohldorne in Carinnes Haut. Ihre
Ganzkörpermaske hatte sich inzwischen zu einem großen
Teil von ihrem Leib abgeschält.

»Nein«, stöhnte sie. »Vrila hat ... hat Pashgren den Kommunikator gezeigt und behauptet, ich sei eine Außenweltlerin, eine Tiru. Der Sturmfürst ließ mich ... daraufhin ein-
sperren, aber ich konnte fliehen und bin zu dir gekommen.
Wir sind in höchster ... Gefahr, Oleander. Wir müssen fort
von hier. Die Sturmleute brechen vielleicht schon morgen
abend auf. Wir müssen uns den Kommunikator zurückho-
len, aus der Bastion fliehen und in den Sturmtempel gelangen. Dort ... dort befindet sich das Muaezyn, Oleander.«

Sie schrie auf, als eine neue Schmerzwoge ihren Körper
durchtoste und den letzten Widerstand fortspülte. Es
wurde Nacht vor ihren Augen, und in der Finsternis flak-
kerten Blitze heißen Schmerzes. Sie krümmte sich und verstand nicht mehr den Sinn der Worte, die Oleander ihr
zuflüsterte. Sie spürte, wie sich eine Krallenhand auf ihren
Mund preßte und einen weiteren Schrei erstickte. Ihr Leib
bäumte sich auf, und irgendwann breitete sich Taubheit in
ihren Muskeln, Nerven und Sehnen aus.

Die Ruinen der Stadt waren wie das Gerippe eines gewaltigen Körpers. Sie erhoben sich auf einem Tafelberg im Norden Arantalens, und riesige, marmorne Treppen führten in allen vier Himmelsrichtungen empor. Vor Tausenden von Jahren mochten Pilger und Kaufleute und Edelhuren und Handwerker die Stufen erklommen haben. Jetzt wuchs Unkraut aus feinen Rissen und Fugen. Die Stadt aber ... sie war eindrucksvoll. Vielleicht war sie gerade deswegen so respektgebietend, weil sich nichts mehr in ihr rührte, weil dort bis auf Hochlandgecken und Mukiefern nichts mehr lebte und wuchs.

»Das«, sagte der Hirte des Konziliats mit seiner synthetischen Stimme, »ist NgaElrun. So nennen sie jedenfalls die Varae. In Terranglo übersetzt würde man sie vielleicht als ›die äonenalte Stadt‹ bezeichnen.« Carinne Ramelia zog sich den Pelzmantel enger um die Schultern. Weiß glitzernder Rauhreif hatte sich auf ihren Augenbrauen gebildet.

»Begeben wir uns nicht in zu große Gefahr?« fragte sie und drehte den Kopf zur Seite. Einige Dutzend Meter hinter ihnen parkte der Atmosphärenspringer auf dem Geröll einer Endmoräne. Hinter dem transparenten Schild der Pilotenkanzel sah sie einen Konzilianten, der aufmerksam die Ortungsinstrumente beobachtete.

»Fürchten Sie, wir könnten hier entdeckt werden?« Die metallenen Augenlinsen des Hirten richteten sich auf Carinne. »Nein« — er schüttelte den Kopf —, »machen Sie sich keine Sorgen. Dieser Bereich des Hochlandes wird von den Eingeborenen Tschurats gemieden. Manchmal wagt sich ein Stoßtrupp der Varae bis an den Rand des Gletscherbereichs vor, aber mit Hilfe der Instrumente sollten wir eine Annäherung rechtzeitig bemerken. Die Nachfahren der Kolonisten haben Angst vor NgaElrun. Ihrem Aberglauben nach hausen dort oben die Geister und Dämonen der Vorzeit.«

»Sie sind mutig, Carinne«, sagte die synthetische Stimme des Hirten. »Sie haben einen sehr gefährlichen Auftrag übernommen.«

»Ich möchte den Einwohnern Tschurats helfen.« Ihr Atem war eine weiße Fahne, die faserig von ihren Lippen wehte.

»Und das ehrt Sie. Wir haben uns zum Konziliat zusammengeschlossen, weil jeder von uns auf seine ganz persönliche Weise Harmonie und Versöhnung sucht — Versöhnung mit dem, was uns allseitig umgibt. In gut zwei Jahren Terrstandard droht diesem Planeten nicht nur der Zusammenbruch des Klimas. Das allein ist es nicht. Damit einher geht eine große Völkerwanderung, Carinne. Die Sturmleute von den vielen Inseln des Äquatorialbereiches werden nach Norden drängen, weil zum einen die Hitze zu groß wird und zum anderen die Barriere des Meeres nicht mehr existiert — Sie wissen ja, daß die Telquel im Endstadium ihres Evolutionszyklus extrem gefährlich sind und alle Schiffe im Bereich der Wasserstraße zwischen dem Kontinent und den Inseln angreifen —, die sie von Arantalen trennt. Für die Siren sind die Kulturen des Kontinents ausgesprochen exotisch, und sie hoffen auf Eroberungen und reiche Beute. Zum anderen werden sie von den fanatischen Kel zu einem sogenannten heiligen Krieg gegen alle Njeih — Ungläubige und Unwürdige — angestachelt.

Die Völker und Kulturen an der Küste Arantalens haben dem Ansturm nichts entgegenzusetzen. Sie werden ihre Heimat verlassen und ihrerseits nach Norden ziehen.« Die Augenlinsen des Konziliatshirten waren weiterhin auf Carinne gerichtet. »Mit der Dürre wird Tschurat vom Chaos überzogen, Carinne. Ich weiß, Sie haben Erfahrungen auf anderen Entwicklungsplaneten und Protektoraten gesammelt, aber glauben Sie mir: Während des Zusammenbruchs ist es hier auf Tschurat schlimmer, viel schlimmer.«

Carinne nickte. Ihr Blick klebte nach wie vor an der sich auf dem Tafelberg erhebenden Stadt.

»Ich habe mich entschlossen«, sagte sie. »Und ich bleibe dabei.«

»Oh, daran habe ich nicht gezweifelt.« Er trat einige

144

Schritte vor, und steiniges Geröll knirschte unter seinen Füßen. Hinter ihnen stand der Atmosphärenspringer – eine Rückfahrkarte in die Welt, die sie kannte.

»Die Gebäude der Stadt dort oben«, fuhr der Hirte nachdenklich fort, »sind vom Missionat gründlich untersucht worden. NgaElrun ist mehr als zweihunderttausend Jahre alt, Carinne. Und die Türme und Zinnen wurden zu einem Zeitpunkt errichtet, als Tschurat noch beide Sonnen von Alastra in einer elliptischen Bahn umkreiste und nicht alle fünfhundert Jahre die Materiebrücke durchquerte.«

Der Hirte zuckte mit den Achseln. »Wir wissen nicht, wie es zu der Veränderung der Umlaufbahn kam. Und da wir gerade dabei sind: Wir wissen ebensowenig, wer NgaElrun erbaut hat. Wir vermuten es nur.«

»Die Quilri?«

»Ja. Möglicherweise. Sie haben auf vielen Welten Bauwerke zurückgelassen. Bei den meisten davon handelt es sich um Ewigkeitsmodelle.« Er lachte leise. »Möglicherweise haben wir es in Gestalt der Stadt mit einem astronomischen Forschungsprojekt zu tun, das vor einer halben Ewigkeit aus irgendeinem uns unbekannten Grund eingestellt wurde.«

Eine Weile schwiegen sie, dann fragte Carinne: »Warum erzählen Sie mir das alles?«

Wieder richtete der Hirte seine Augenlinsen auf sie. »Um Ihnen klarzumachen, daß wir trotz all unserer jahrzehntelangen Nachforschungen nur wenig über Tschurat wissen. Ihr Auftrag kann sich als weitaus komplexer und gefährlicher erweisen, als Sie jetzt ahnen.«

»Das ist mir klar.«

»Dann und wann«, sagte der Hirte langsam, »kommt es mir so vor, als seien Sie vor etwas auf der Flucht.«

»Sie täuschen sich«, erwiderte Carinne rasch. Sie zitterte. »Ich habe schon mein ganzes Leben als Entwicklungshelferin gearbeitet. Diese Arbeit *ist* mein Leben.«

Der Konziliant beobachtete sie eine ganze Weile, und Carinnes Unbehagen nahm zu.

»Wenn wir zurückkehren«, sagte der Hirte, »beginnen die letzten Vorbereitungen. Sie haben die mentalen Schulungen bereits hinter sich, Carinne. Sie kennen die Ablehnung der Tschuraner allen Außenweltlern gegenüber, und Sie kennen auch den Grund für ihren Haß. In Ihren zerebralen Rinden sind mehr Informationen über die Kulturen dieses Planeten gespeichert, als Ihrem Bewußtsein im Augenblick zur Verfügung stehen. Ihr Ich wird sie nach und nach aktivieren. Was noch aussteht, ist die Operation, mit der wir Sie für die Ausstrahlung von Telquel-Tränen empfänglich machen.« Der Konziliant seufzte. »Und dabei wären wir beim eigentlichen Thema, Carinne.

Mit dem Beginn der Dürre geht der Evolutionszyklus der Telquel zu Ende. Wenn die Meere austrocknen, suchen die Ozeanriesen bestimmte Orte auf, um dort zu sterben. In der Regel ziehen sie sich dorthin zurück, wo sie während der Flut geboren wurden. Auch über die Telquel wissen wir nicht sehr viel. Aber eine Erkenntnis ist gesichert: Es gibt sieben sogenannte Telquel-Ri, und wenn sie den nahen Tod spüren, versammeln sie sich, um gemeinsam zu sterben. Mit dem Tod sondert jeder Telquel einen Tralicc ab, einen tränenförmigen Kristall, ein Speichermedium für mentale Energie. Während der Langflut gibt es nur wenige Kwai, die dazu in der Lage sind, die Telquel-Tränen anzuzapfen und einzusetzen. Aber wenn die Feuerstraße am Himmel steht, führen die Strahlungsphänomene der Materiebrücke zu einer Ausweitung dieser Begabung.«

»Das weiß ich alles«, sagte Carinne. »Bei den Schulungen war ausführlich die Rede davon.«

Der Hirte nickte und fuhr fort: »Die Tränen der sieben Telquel-Ri sind ganz besondere Tralicc. Sie werden auch ›Tränen der Macht‹ genannt.«

»Mit ihrer Hilfe kann man den Eisgral finden.«

»Ja.« Der Konziliant hob den einen Arm und deutete nach Norden, über den Tafelberg mit der Stadt NgaElrun hinweg. »Wer alle sieben Tränen der Macht besitzt, kann nicht nur den Eisgral finden, sondern ihn auch öffnen. Und das ist der Schlüssel für die Zukunft Tschurats.« Er seufzte schwer. »Er liegt irgendwo im Norden, in der Region der Einsamkeit und Kälte. Während der Zeit des Eises ist der ganze Norden unter einer dichten Schneedecke begraben. Sie werden es nicht leicht haben.«

»Das habe ich auch nicht erwartet.«

»Es wird ein Wettlauf mit der Zeit, Carinne. Denn es heißt auch, der Eisgral könne nach dem Ende des Zusammenbruchs nicht mehr geöffnet werden. Und Sie müssen damit rechnen, daß noch während der Dürre Hunderte von Außenweltlern auf Tschurat landen, trotz der Abschirmung durch die Behörden des Missionats. In bestimmten Kreisen ist der Wert der Tralicc durchaus kein Geheimnis.«

Carinne nickte und dachte an psychische Manipulationen und die Gier nach Macht. In den falschen Händen war ein Tralicc gefährlicher als eine Atombombe.

»Und wenn Sie Erfolg haben und den Gral finden, sind Sie ganz auf sich allein gestellt. Wir wissen nicht genau, auf welche Weise die Auswirkungen der Klimaveränderung gelindert werden können. Wir vermuten, es geht dabei um die Erhaltung der Tralicc-Kräfte und eine weite Verbreitung der Gabe, auch während der stabilen Langflut. Aber wir können nicht sicher sein, Carinne. Wir können Ihnen nicht sagen, was Sie im Eisgral erwartet.«

»Sie haben mich hierher gebracht, um mir deutlich zu machen, wie viele unbekannte und riskante Faktoren es in unserem Vorhaben gibt«, vermutete Carinne.

»Ihre Aufgabe ist wichtig«, murmelte der Hirte. »Ungeheuer wichtig. Tschurat muß endlich befriedet werden. In der gegenwärtigen Lage ist es so, als käme alle fünfhundert Jahre ein riesenhafter Dampfhammer vom Himmel herabgesaust, der alles zerstört, was in den vergangenen Jahrhunderten aufgebaut wurde.« Er seufzte noch einmal und fügte dann hinzu: »Ich glaube, wir können jetzt wieder zurückkehren.«

Als sie auf den Atmosphärenspringer zuschritten, sagte Carinne: »Ich werde alles tun, was in meiner Macht steht.«

»Aber vielleicht«, erwiderte der Hirte, »reicht das nicht aus. Wir geben ihnen einen Kommunikator mit. Melden Sie sich in regelmäßigen Abständen bei uns. Und fordern Sie Hilfe an, wenn es nicht anders geht. Das Konziliat hat die feste Absicht, sich auch über einige engstirnige Bestimmungen der Missionatsverwaltung hinwegzusetzen, sollte das nötig sein. Es steht einfach zuviel auf dem Spiel. Wir haben einige sogenannte ›Schläfer‹ auf Tschurat — Konzilianten, die sich getarnt in der Bevölkerung Tschurats bewegen und nicht einmal etwas davon ahnen, daß sie Außenweltler sind. Wenn es notwendig ist, können wir sie aufwecken und Sie von ihnen unterstützen lassen.«

Carinne stürzte in sich selbst zurück und tauchte erneut ein in einen Ozean aus Schmerz. Diese Phase der Rückbesinnung verlief völlig anders als diejenigen, die sie in den zurückliegenden zwei Jahren erlebt hatte. In ihrem Körper erwartete sie nicht die ersehnte Oase der Ruhe und Taubheit. Jede einzelne Zelle ihres Körpers schien von einem heißen Feuer erfaßt zu sein, und die Flammen züngelten selbst hinter ihrer Stirn und versengten ihre Gedanken. Carinne schlug die Augen auf und versuchte, mit ihrem Blick die farbigen Schlieren vor ihren Pupillen zu durchdringen. Sie warf den Kopf von der einen Seite auf die andere, und ihre Hände schabten über schroffen Fels.

»Carinne? Kannst du mich hören, Carinne?«

Die Stimme kam aus weiter Ferne, ertönte inmitten der dichten Schwaden eines akustischen Nebels, in einem Vorhang, der sich nicht lichten wollte.

»Es tut mir leid, Carinne«, sagte die Stimme. »Ich mußte dich vorzeitig wecken. Die organische Erholung ist noch nicht beendet, aber ich hatte keine andere Wahl. Wir bekommen Besuch, Carinne. Hörst du es?«

Die Stimme verklang, und Carinne drehte sich auf die Seite. Irgend etwas berührte sie an den Schultern und hielt ihr den Kopf fest. Hände? Sie waren weich, seltsam weich.

Irgendwo knirschte und knackte es, und sie vernahm das Ächzen von Holz.

»Hörst du nicht, Carinne?« Etwas strich über ihren Körper. Sie spürte die Berührung sonderbar stark und intensiv. »Komm wieder zu dir. Bei allen Unheilsgeistern dieses verdammten Planeten: Wenn man dich so sieht, sind wir geliefert!«

Carinne winkelte die Arme an und stemmte den Oberkörper ein wenig in die Höhe. Dicht vor sich sah sie ein pelziges Katzengesicht. Oleanders Arme vollführten fahrige Gesten, und in seinen ellipsoiden Pupillen glänzte es besorgt. Sie sah an sich herab. Ein Teil ihres Ganzkörpersymbionten lag noch immer neben ihr — ein unförmiges Gebilde aus amorphem Kunstfleisch, ein grauer Fladen, in dem es ab und zu zuckte. Ausstülpungen bildeten sich, krochen auf sie zu und tasteten über ihren Körper. Auf dem Gang kratzten Fußklauen über einen steinernen Boden, und dann und wann wurden die heiseren Stimmen zweier Siren laut.

»Du mußt sie ausschalten, Carinne«, sagte Oleander aufgeregt. »Hast du mich verstanden?«

Carinne starrte ihn groß an und nickte. Der Schmerz hatte etwas nachgelassen, brannte jedoch noch immer in ihr, tief in ihrem Innern, dort, wo sie am empfindlichsten war. Oleander half ihr mit Hilfe seiner eigenen Maske, aber es ging nicht schnell genug. Der Fladenteppich bewegte sich nur langsam, und die Verbindungen mit dem Nervensystem ihres echten Körpers waren noch unvollkommen.

Sie tastete nach der Telquel-Träne ihres Amuletts, legte den Kopf auf die Seite und lauschte. Für eine Weile herrschte völlige Stille.

Dann knisterte etwas an der Tür, und einer der Sturmleute sagte in einem rauhen Tras-Dialekt:

»Der Riegel. Er liegt nicht in den Haltescharnieren. Jemand war hier und hat ihn gelöst.«

Oleander knurrte, duckte sich und spannte die Muskeln. Seine Krallen waren nun ganz ausgefahren. Carinne rutschte auf die Wand zu, stützte sich an der Mauer ab und zog sich in die Höhe. Die in dem Tralicc gespeicherte Kraft glich einer leise flüsternden Stimme, die ihre Gedanken zu fesseln begann und mit Bildern der Vergangenheit lockte. Carinne widerstand der großen Versuchung, sich dem Raunen und Zischen einfach hinzugeben und Vergessen zu suchen.

»Sie kommen, Carinne«, schnurrte Oleander.

Es fiel ihr schwer, sich auf die Telquel-Träne zu konzentrieren. Schattenbilder wehten ihrem inneren Auge entgegen, und sie sah Wünsche und Hoffnungen, Entschlossenheit und Erstaunen. Eine Routineüberprüfung war es, weiter nichts. Noch suchte niemand nach ihr. Aber Oleander hatte recht: Wenn man sie hier fand, in *diesem* Zustand, dann war sie endgültig erledigt.

Langsam drehte sich der Knauf, und unmittelbar darauf sprang die Tür mit einem Ruck auf. Zwei hochgewachsene Gestalten traten mit einigen raschen Schritten ein. Die beiden Sturmleute starrten Oleander an, dann Carinne.

Noch immer lag der größte Teil des Ganzkörpersymbionten neben dem nackten Leib der Kwai.

»Eine Tiru«, krächzte einer der Soldaten. »Die Frau ist eine verdammte Tiru …!« Er hob das Schwert und holte zum Schlag aus.

Carinne umfaßte die Telquel-Träne mit der ganzen Hand und schrie auf, als eine neue Schmerzwoge durch ihre Eingeweide toste. Das Bild vor ihren Augen verschleierte sich ein weiteres Mal. Die in dem Kristall gespeicherte Kraft entzog sich ihrer Kontrolle. Eine heftige Sturmbö fauchte durch die Kerkerzelle und drängte die beiden Siren an die Wand zurück. Carinne schrie und wälzte sich umher. Die Telquel-Träne ihres Amuletts glühte wie eine kleine Sonne. Funken stoben davon, wuchsen zu Irrlichtern zusammen und trieben umher. Wo sie auf einen festen Gegenstand stießen, flammte und gleißte es auf. Carinne fand irgendwo neuen Halt, fühlte eine klebrige Masse in ihren Händen und zog sich in die Höhe. Die Lichterflut blendete sie. Sie

150

torkelte umher und versuchte, die rechte Hand von dem Tralicc zu lösen. Die Haut schien daran festzukleben. Der eine der beiden Soldaten hatte sein Schwert fallengelassen und schwankte auf den Korridor zurück. Sein ledriges und knochiges Gesicht war nur mehr eine entstellte Grimasse. Der andere Sire sank langsam auf die Knie und kippte vornüber. Es knirschte dumpf, als der Oberkörper auf den steinernen Boden prallte.

Irgendwie gelang es Carinne schließlich, den Kristall loszulassen. Von einem Augenblick zum anderen verblaßten die Funken, und der Sturm innerhalb der engen Wände der Kerkerzelle war plötzlich nur noch eine Erinnerung, deren Sterbeflüstern rasch verklang.

Stille herrschte.

Und in dieser Stille ertönten das Kratzen von Fußklauen und ein durchdringender, weithin hallender Schrei.

»Sie ist eine Tiru!« gellte der zweite Sire auf dem Gang, breitete die Schwingen aus und segelte davon. »Die Trantelac-Kwai ist eine Tiru!«

Carinne Ramelia –
Die Prophezeiung: Das Väterliche Assassinat

»Er ist tot«, sagte Oleander. Er hockte neben dem Sturmmann im Zugang zur Zelle. Er drehte den Siren auf den Rücken. Das Gesicht mit den stark vorspringenden Jochbeinen war eine Maske des Grauens. Oleander stand wieder auf und trat kurz auf den Gang. Die Schreie des zweiten Soldaten waren längst in der Ferne verklungen.

Carinne gab keine Antwort. Zitternd stand sie an der einen Wand und blickte auf ihre Telquel-Träne. Der Kristall hatte sich verändert. Er war nun trüb, wie ein Oktaeder aus Milchglas.

»Er hätte zerplatzen können«, flüsterte Carinne, und erst jetzt begriff sie, was überhaupt geschehen war. Die letzten Fladenreste ihres Symbionten krochen an den Beinen empor und verbanden sich mit ihrem Nervensystem. Der noch immer tief in ihr bebende Schmerz löste sich endgültig auf.

»Du hättest auch den zweiten Siren töten sollen«, schnurrte Oleander, als er zu ihr zurückkehrte. »Er ist fort. Bald werden alle Sturmleute dieser Bastion wissen, daß du keine Trantelac bist.«

»Cral wird sich freuen.« Carinne verzog das Gesicht. »Wir müssen von hier verschwinden.«

»In der Tat.« Oleander musterte sie eingehend. »Geht es dir wieder gut? Bist du soweit in Ordnung?«

»Ja«, sagte sie. »Aber das Prickeln und Brennen ... ich spüre es noch immer.«

»Ich habe dich vorzeitig geweckt«, erinnerte Oleander sie. »Bei der nächsten günstigen Gelegenheit müssen wir die Maske erneut ablösen und deinem Körper eine wirkliche Erholungspause gönnen.«

»Wieviel Zeit haben wir?«

»Tja, wenige Stunden vielleicht nur. Möglicherweise auch einige Tage. Es kommt ganz darauf an.«

Carinne nickte. »Das sollte genügen. Komm, Oleander.« Sie setzte sich in Bewegung und eilte in die Richtung, aus der sie gekommen war. »Wir müssen zurück in die oberen Bereiche der Bastion. Ich hoffe nur, der Kommunikator befindet sich noch immer in Pashgrens Unterkunft.«

Oleander blieb stehen und sah sie groß an. »Das ist Wahnsinn! Dort oben herrscht in wenigen Minuten das Chaos, und jeder Sturmmann, der etwas auf sich hält, wird sich auf die Suche machen. Laß uns verschwinden. Wir sollten versuchen, die Bastion so schnell wie möglich zu verlassen.«

»Nein.« Sie schüttelte den Kopf. »Unsere Meldung beim Konziliat ist bereits überfällig. Das weißt du doch. Und außerdem brauchen wir den Kommunikator, um Hilfe herbeizurufen.«

In den Katakomben begegneten sie niemandem. Alles war still. Carinne und Mru kletterten Treppen empor, und allmählich wurde es immer wärmer. Jenseits der dicken Mauern tobte nicht mehr nur der ewige Orkan. Jetzt waren es die Stürme der Dürre, und bald mochten die Böen so stark sein, daß nicht einmal mehr die kräftigsten Siren dazu in der Lage waren, auf ihnen zu reiten. Enge Korridore nahmen die beiden Außenweltler auf. Sie bewegten sich so leise und vorsichtig wie möglich. Hinter manchen hölzernen Türen wimmerten und stöhnten Gefangene. Carinne unterdrückte den Impuls, die Riegel aus den Scharnieren zu heben. Selbst die gequältesten Chirian und Garanwi würden sich sofort auf die Seite der Sturmleute schlagen, wenn sie herausfanden, daß ihre Befreier verhaßte Tiru waren. Nach und nach wurde das Prickeln auf Carinnes echter Haut wieder stärker, und sie begriff, daß ihr nicht einmal annähernd soviel Zeit blieb, wie Oleander angedeutet hatte.

Als sie die Katakomben hinter sich gelassen hatten, ertönte von weit oben der schrille Klang eines Alarmhorns.

»Es ist soweit«, krächzte Oleander. »Der Soldat hat seine Nachricht überbracht. Die Jagd beginnt.«

Es ging eine weitere Treppe hinauf, und laut knarrten die Stufen unter ihren Schritten. Carinne schwitzte inzwischen so sehr, daß ihr das blaue Weber-Gewand wie eine zweite Haut am Körper klebte.

Voraus ertönten die heiseren Stimmen von Sturmmännern.

Carinne blieb stehen und sah sich um.

»Wohin jetzt?« fragte Oleander rasch. Um sie herum ragten nur stumme Mauern auf.

»Nach unserer Ankunft«, überlegte Carinne laut, »hat mir Pashgren die Räumlichkeiten dieser Bastion gezeigt.« Sie wischte sich den Schweiß von der Stirn und versuchte sich zu erinnern. Das Prickeln auf ihrer echten Haut begann schon wieder ihre Konzentration zu beeinträchtigen, und die bewußten Gedanken verfolgten wirre Bahnen und Wege. »Ja, ja ich glaube, jetzt entsinne ich mich wieder ...«

Sie drehte sich um und lief zurück. Als sie fast die Treppe erreicht hatte, deren Stufen in die Gewölbe der Toten hinabführten, wandte sie sich nach links. In der Mauernische lag ein großer Mahnstein mit eingemeißelten Hieroglyphen. Sie kletterte keuchend darüber hinweg und stieß auf eine massiv aussehende Wand. Oleander folgte ihr, und seine Bewegungen waren weitaus geschmeidiger und flinker.

»Und jetzt?« schnurrte er skeptisch.

Mit blutverkrusteten Fingerkuppen strich Carinne über den Fels. Sie hatte die Augen halb geschlossen und horchte in sich hinein.

»Der Zugang zum Fluchtlabyrinth«, murmelte sie. »Pashgren hat mir einen Teil davon gezeigt, und den Rest habe ich in seinen Gedanken gesehen. Es handelt sich um ein weitverzweigtes Tunnelsystem, das ...«

Sie verstummte. Die Stimmen der Sturmleute waren näher gekommen. Kurz darauf sausten die ersten Siren an ihnen vorbei. Sie waren mit Schwertern, Dolchen und anderen Kampfinstrumenten bewaffnet. Carinne duckte sich hinter den Mahnstein, und Oleander wagte es nicht, auch nur einen Muskel zu rühren.

»Ich habe es gewußt!« kreischte Vrilas Stimme. »Ich habe es sofort gewußt. Es war nicht die Trantelac-Kwai, die das Orakel von Dorlean Pashgren prophezeite. Nein, eine Tiru ist sie, und ihr Begleiter, die *Katze*, wahrscheinlich ebenfalls. Findet sie. Tötet sie!«

Als der letzte Sturmmann im Zugang zu den Katakomben verschwunden war, atmete Carinne tief durch und fuhr damit fort, über den Fels hinter dem Mahnstein zu tasten. Irgendwo mußte er sich befinden: ein kleiner Vorsprung, so winzig, daß er mit dem bloßen Auge nicht zu sehen war. Die aus den Grabgewölben heranwehenden Stimmen der Siren glichen einer ständigen Bedrohung am Rande ihres Wahrnehmungsfeldes. Es dauerte nicht lange, und aus den Rufen wurde enttäuschtes Geheul.

»Sie haben den toten Sturmmann gefunden«, schnurrte Oleander. »Carinne?«

Sie antwortete nicht. Nach einer Weile fanden ihre Fingerkuppen die kleine Vorstülpung im Granit, die sie die ganze Zeit über gesucht hatte.

Sie legte beide Hände auf den Stein und preßte sich mit dem ganzen Körpergewicht gegen die Wand. Irgendwo knirschte etwas, und links von ihr entstand eine Öffnung, die groß genug war, um einen ausgewachsenen Siren durchzulassen. Oleander schob sich als erster in den dunklen Zugang hinein, und Carinne folgte ihm dichtauf. Die Luft im Fluchtunnel war stickig und verbraucht. Carinne hatte gerade Platz genug, um sich umzudrehen und den Zugang hinter ihnen wieder zu schließen. Es war so dunkel wie in der finstersten Nacht.

»Jetzt dürften wir vorerst sicher sein«, brachte Carinne hervor und krümmte sich zusammen. Das Prickeln auf ihrer Haut ... Sie spürte, wie der Ganzkörpersymbiont zitterte. »Oleander?«

»Ja?«

Sie stöhnte. »Ich glaube, es ist bald wieder soweit. Ich halte es nicht mehr lange aus.«

»Ich könnte dir helfen. Jetzt. Hier.«

Sie schüttelte den Kopf, aber in der lichtlosen Schwärze konnte er das natürlich nicht sehen. »Nein. Erst müssen wir uns den Kommunikator holen. Und die Sturmbastion verlassen. Vielleicht haben wir dann Zeit ... ein wenig Zeit.«

Sie hörte Oleander weiterkriechen und setzte sich ebenfalls in Bewegung. Dann und wann berührten ihre nach Hindernissen tastenden Hände etwas Weiches und Zartes — die Webungen von Muspinnen.

Ein dumpfer Laut erönte, gefolgt von einem leisen Fluch. »Hier ist eine Verzweigung«, krächzte er. »Wohin jetzt?«

Carinne überlegte. »Nach links. Ja ... nach links.« Diese Schmerzen ... sie zersetzten ihr Ich. Sie waren wie Säure, die sich in die Einheit ihres Bewußtseins hineinfraß.

»Du hast von einem Fluchtlabyrinth gesprochen.«

»Ja. Es ist uralt, so alt wie die Grundmauern dieser Bastion. Normalerweise, so hat Pashgren mir erzählt, wissen nur die jeweiligen Re davon. Aber er hat diese Anlage vor einigen Jahren durch einen Zufall entdeckt. Jeder Sturmherr verändert die Struktur des Fluchtlabyrinths, und manche von ihnen haben es auch erweitert. Ich ...« Ihre Arme zitterten, und sie senkte den Kopf.

»Carinne?« flüsterte es aus der Dunkelheit vor ihr. »Alles in Ordnung, Carinne?«

»Ja.« Sie holte tief Luft. »Ja, ich ... ich halte es noch eine Weile aus.«

Endlos zogen sich die Tunnel durch den riesenhaften Gebäudekomplex der Sturmbastion Argan-al-Mrei. Bis auf das Schaben und Kratzen, das sie mit Knien und Händen verursachten, blieb es völlig still um sie herum. Sie kamen an weiteren Verzweigungen vorbei, und manchmal neigte sich der Boden unter ihnen. Die Hitze glich einem bleiernen Gewicht, das auf ihren Schultern lastete. Sie schien die letzten Reste von Sauerstoff in der stickigen Luft zu verbrennen und ihnen nichts mehr zum Atmen übrigzulassen. Es dauerte eine ganze Ewigkeit, bis Carinne schließlich innehielt und sagte: »Warte, Oleander.«

»Ja?«

»Gibt es ... gibt es hier irgendwo eine Nische in der Tunnelwand? Taste umher, Oleander. Ich glaube, wir befinden uns jetzt auf gleicher Höhe mit den Unterkünften hochrangiger Siren dieser Bastion. Vielleicht sind wir der Kammer Pashgrens sogar ganz nahe.«

Sie drehte sich auf die Seite, und ihre Finger strichen über den Fels. Sie zerriß dünne und klebrige Netzfäden, und manchmal berührte sie einen sich bewegenden Chitinpanzer. Nein, keine Nische. Alles war fest und massiv.

»Hier«, flüsterte Oleander. »Eine Vertiefung.«

Carinne kroch an seiner Seite und streckte den Arm in das Loch. Sie stieß auf keinen Widerstand. Daraufhin zog sie die Beine an und schob sich mit dem Kopf voran in die

Wandöffnung hinein. Nach einigen Metern ertasteten ihre Hände nackten Fels. Sie suchte nach der charakteristischen Vorwölbung, aber zunächst konnte sie nichts entdecken. Es dauerte einige lange Minuten, bis sie die Ausstülpung gefunden hatte. Eine Weile blieb sie still liegen und schöpfte Atem. Erste Einzelbereiche des Symbionten begannen sich bereits wieder zu lösen. Sie preßte ihre Hände gegen den Stein, und es knirschte leise.

Das Licht von Talgfackeln fiel in den Tunnel, und Carinne kniff die Augen zusammen, schob den Kopf ein wenig vor und sah sich rasch um. Der Korridor lag still und leer vor ihr. Nirgends war ein Sturmmann zu sehen. Sie stützte sich mit den Händen ab, kroch vor und ließ sich auf den Steinboden des Ganges fallen. Oleander folgte ihr. Der Zugang zum Fluchtlabyrinth war ein kleines dunkles Loch über ihnen.

Sie eilte an den Türen vorbei und stellte dabei fest, daß sie sich tatsächlich in der richtigen Etage der Sturmbastion befanden. Es dauerte nicht lange, und sie hatte die gesuchte Tür gefunden. Kurz tastete sie nach der Telquel-Träne ihres Amuletts. Die Kammer war leer. Pashgren hielt sich an einem anderen Ort auf; vielleicht nahm er an der Jagd auf die beiden Tiru teil.

Sie drehte den Knauf und trat rasch ein. Oleander folgte ihr wie ein Schatten. Hinter ihnen schloß sich die Tür knarrend.

An der einen Wand brannte Duftöl in einigen Schalen. Auf dem niedrigen Tisch waren mehrere Pergamentrollen ausgebreitet, und eine kleine Flamme züngelte an dem Docht einer Wachskerze. Hinter dem trüben Fenster leuchteten die Blitze der Feuerstraße. Oleander wanderte an den Regalen mit den Büchern und Aufzeichnungen entlang und schnurrte leise: »Erstaunlich. Pashgren scheint ein für die kulturellen Verhältnisse der Siren recht gebildeter Mann zu sein.«

Carinne hastete umher. »Der Kommunikator ... er muß hier irgendwo sein.«

»Vielleicht«, sagte Oleander dumpf, »hat er ihn zerstört.«

Carinne schüttelte heftig den Kopf. »Nein, das glaube ich nicht. In seinem Haß auf alle Außenweltler gleicht Pashgren den anderen Siren. Aber er ist neugierig.«

Sie trat ebenfalls an die Regale heran. Und in einem entlegenen Winkel entdeckte sie den Kommunikator.

Oleander sprang an ihre Seite. »Funktioniert er noch?«

Hinter der milchigen Fensterscheibe flackerte ein weiterer greller Blitz auf, und in seinem hellen Licht sah Carinne trübe Dioden und blasse Sensorpunkte. Das kleine Display des Gerätes war blind. Sie drehte den Kommunikator in ihren schmutzigen Fingern hin und her und betätigte schließlich die Einschalttaste. Eine der Dioden glühte auf.

»Offenbar ist das Gerät noch in Ordnung«, sagte sie. Sie hatte noch etwas hinzufügen wollen, hielt aber unwillkürlich den Atem an, als sie auf dem Korridor ein Geräusch vernahm. Oleander packte ihren Arm und zog sie mit sich auf einen dicken Vorhang zu. Dahinter verbarg sich ein nischenartiges Zimmer, das bis auf eine große Truhe vollkommen leer war. Dicht hinter dem Stoffschleier hockten sie sich zu Boden und warteten.

Die Tür öffnete sich knarrend, und ein Schatten huschte herein. Carinne spähte durch den schmalen Spalt zwischen Mauer und Vorhang, und ihr Blick fiel auf faltige und fleckige Rückenschwingen.

»Es ist der Re«, raunte sie ihm zu. »Pashgrens Vater.«

Der alte Sire sah sich um und holte einen kleinen tönernen Behälter unten den langen Falten seines Hüfttuchs hervor. Mit zwei langen Schritten war er an dem Tisch mit den ausgebreiteten und beschwerten Pergamentrollen. Er öffnete den Behälter, tauchte einen kleinen Pinsel hinein und strich eine ölige Flüssigkeit auf den Stuhl. Der Vorgang nahm nur wenige Sekunden in Anspruch. Anschließend breitete der Re die fleckigen Schwingen aus, stieß sich ab und flog zur Ruhestange an der Decke empor. Dort wiederholte er die Prozedur. Als die ganze Stange mit einem dünnen Film der Flüssigkeit bedeckt war, landete er wieder.

Der alte Sire blickte sich noch einmal prüfend um, verzog dann das Gesicht zu dem grimassenhaften Lächeln eines Sturmmannes und trat auf die Tür zu, um die Kammer seines Sohnes wieder zu verlassen. Genau in diesem Augenblick knackte es in dem kleinen Lautsprecher des Kommunikators, und eine von statischen Störungen überlagerte Stimme sagte:

»Automatische Codemeldung ... empfangen worden. Mel ... Sie sich, Carinne Ramelia. Kön ... Sie ... verstehen?«

Der Re blieb wie angewurzelt stehen und drehte sich langsam um. Ein drittes Mal glitt der Blick seiner dunklen Augen durchs Zimmer und blieb schließlich an dem dicken Vorhang kleben. Carinne preßte aus einem Reflex heraus die eine Hand auf den Lautsprecher des Kommunikators, aber es war natürlich schon zu spät.

Der alte Sire schlug einmal mit den Schwingen, landete unmittelbar vor dem Zugang zur Nebenkammer und riß den Vorhang beiseite. Er starrte Carinne groß an, und in seinen schwarzen Pupillen glomm Haß auf.

Oleander sprang.

Carinne hatte gar nicht bemerkt, daß ihr Begleiter die Muskeln angespannt hatte. Seine ausgefahrenen Krallen bohrten sich in die ledrige Haut des Sturmmannes. Der Sire taumelte überrascht zurück, und Oleander setzte sofort nach.

»Hab ... Sie verstan ...?« knatterte es aus dem kleinen Lautsprecher des Kommunikators, und auf dem Display zeigten sich wirre Streifenmuster. »Ihre Codemel ... ist von ... empfangen wor ... Erbitten regulären Be ... Melden Sie sich, Carin ...«

Sie achtete nicht auf die Worte. Sie vernahm das zornige Fauchen Oleanders. Der Sturmmann hatte seine Rückenschwingen ausgebreitet und stieg hoch. Der Mru krallte sich an ihm fest und grub die Fangzähne – die Fangzähne des Symbionten in die Hüften des Siren.

Es ging alles ungeheuer schnell.

159

Carinne stemmte sich in die Höhe und wollte Oleander zur Hilfe eilen. Sie griff nach der Telquel-Träne, aber eine neue Schmerzwoge durchflutete sie. Sie krümmte sich zusammen und taumelte einige Schritte zurück, bis sie gegen die Wand der Nebenkammer stieß. Für einige Sekunden senkte sich Dunkelheit vor ihre Augen.

»Oleander?«

Keine Antwort.

Sie stieß sich von der Wand ab und trat ins andere Zimmer. Der Tisch war umgestürzt, und Dutzende von Büchern lagen zum Teil zerrissen und zerfetzt auf dem Boden. Der Sturmmann hing mit ausgebreiteten Schwingen halb über dem Stuhl und rührte sich nicht mehr. Unter ihm aber bewegte sich etwas.

»Carinne, ich ...« Oleander spuckte Blut, als er unter dem Leichnahm des Siren hervorkroch. »Er ist mit dem Gift in Berührung gekommen, das er für seinen Sohn gedacht hatte. Sonst hätte ich es ... nicht geschafft.«

Er fiel in ihre Arme und atmete schwer. An mehreren Stellen war sein gescheckter Katzenpelz naß von Blut.

»Wir müssen fort von hier, Oleander«, sagte sie leise. Sie stützte ihn, während sie auf die Tür zusteuerte. Der Mru gab nur ein unartikuliertes Gurgeln von sich. Der Symbiont war dazu in der Lage, in einem bestimmten Rahmen Verletzungen des jeweiligen Wirtskörpers zu heilen, aber Carinne fragte sich, ob das für Oleanders Wunden ausreichte.

Auf dem Gang war nach wie vor alles still.

»Hast du ... den Kommunikator?« krächzte es.

Carinne nickte rasch. »Ja. Und jetzt verschwinden wir aus der Sturmbastion. Im Tempel der Kel wartet das Muaezyn auf uns, Oleander.«

Carinne Ramelia — Das Muaezyn

Carinne wußte nicht, ob es Tag war oder Nacht. In den schiefergrauen, vom Dürreorkan über den Himmel getriebenen Wolken flackerten unablässig die Blitze der Feuerstraße, und jenseits der Sturminsel wüteten die Lufstrudel. Carinne stützte Oleander und wankte mit ihm in einen der Einschnitte im harten Fels hinein. Dicht über ihnen fauchten und heulten die Böen hinweg. Sie kreischten an den dicken Mauern der Sturmbastion entlang und sangen mit schrillen und weithin hallenden Stimmen an Zinnen und Minaretten. Carinne lehnte sich an den Granit und drehte sich um. Der Zugang ins Fluchtlabyrinth war ein dunkler Fleck.

Die Blitze tauchten den ganzen Gebäudekomplex in ein grelles Licht, und manchmal schienen sich die Steine und Wehranlagen zu fratzenhaften Gesichtern zu formen.

Oleander stöhnte. Zwei dünne Blutfäden rannen aus seinen Mundwinkeln; rote Tropfen benetzten das aufgeheizte Gestein. Carinne umfaßte sein Gesicht mit beiden Händen, versuchte sich auf die Telquel-Träne zu konzentrieren und murmelte einige Kwai-Formeln. Die erhoffte Wirkung stellte sich nicht ein. Sie sah die Schattenbilder von Oleanders diffusen und zunehmend verwirrten Gedanken, aber der Zugang zu seinem Nervensystem blieb ihr verwehrt. Sie war nicht dazu an der Lage, sich in die innere Struktur seines Körpers hineinzutasten. Sie konnte seine Verletzungen nicht heilen. Er wimmerte leise vor sich hin. Das tosende Heulen des Orkans übertönte diese Geräusche, und einige Böen, die selbst bis zum Boden der Sturmgänge im Fels der Insel Karebi vordrangen, fuhren durch den Pelz seiner Ganzkörpermaske und ließen ihn zittern und schaudern. Carinne blickte sich noch einmal um. Nirgends waren Siren zu sehen. Der Sturm war inzwischen so stark geworden, daß nicht einmal mehr die Mutigsten und Tollkühnsten es wagen, sich den in Steigkaminen zischenden

Winden anzuvertrauen und zu versuchen, auf den Böen zu reiten.

Sie stieß sich von dem Fels in ihrem Rücken ab, schlang einen Arm fester um die schmalen Schultern Oleanders und wankte weiter. Manchmal kam sie an verlassenen Wehranlagen und Katapulten vorbei. Die Siren, die noch vor einigen Tagen an diesen Einrichtungen ihrem Re gedient hatten, waren inzwischen längst in die Bastion zurückgekehrt und bereiteten sich in den weiten Hallen und Sälen auf den Aufbruch vor. Sie kletterte über die Reste einstiger Nebengebäude. Hier und dort stieß sie auf die Leiche eines ehemaligen Sklaven der Siren, der von den Sturmleuten seinem Schicksal überlassen worden waren. Einige der Toten waren von mannsgroßen Felsbrocken erschlagen worden. Andere hingen noch in den Seilen und Tauen, mit denen sie an Qualpfählen festgebunden worden waren. Andere Njeih wiederum hatten sich noch in die Sturmgänge retten können, waren jedoch schon so geschwächt gewesen, daß sie der Hitze erlegen waren. Der auf den Terrassenplantagen wachsende Mumais war längst verdorrt, und die Ölpflanzen versuchten mit blattlosen Zweigen und Ästen, dem Wüten standzuhalten. Carinne taumelte immer weiter. Das Brennen und Prickeln auf ihrer Haut war inzwischen zu einem ständigen Begleiter geworden.

»Sieh nur!« rief sie Oleander zu, um das Heulen und Fauchen zu übertönen. »Der Himmel brennt. Der Planet muß sich jetzt direkt in der Zone der Feuerstraße befinden. Hast du gehört, Oleander?«

Der Djindjac sah sie aus geschlitzten Katzenaugen an. Schatten hatten sich vor seine ellipsoiden Pupillen geschoben, und selbst die unablässig flackernden Blitze vermochten diese Schemen nicht zu erhellen.

»Du darfst nicht sterben, Oleander. Ich brauche dich. Ohne dich ertrage ich es nicht. Ohne dich verliere ich mich selbst.«

Oleander krächzte etwas, das sie nicht verstand. Er

hustete, und die aus seinen Mundwinkeln hervorsickernden Rinnsale wurden dicker.

Carinne zog ihn weiter mit sich, vorbei an Trümmern und den Leichen von Njeih-Sklaven. Die in dem grellen Licht deutlich sichtbaren Mauern des Sturmtempels kamen immer näher, und sie verhießen einen Hauch von Kühle und Ruhe. Carinne hatte das Gefühl, von der Hitze ausgedörrt zu werden. Wenn sie sich noch lange im Freien aufhielt, lief sie Gefahr, an den Folgen eines Kreislaufzusammenbruchs zu sterben. Sie kletterte über ein umgestürztes Katapult hinweg, zog Oleander zu sich herauf und ließ ihn auf der anderen Seite behutsam wieder zu Boden sinken. Sie sprang, verlor das Gleichgewicht und stürzte. Der Aufprall preßte ihr die Luft aus den Lungen, und für einige Augenblicke wurde ihr schwarz vor den Augen.

Sie widerstand der Versuchung, ihr Ich einfach auseinanderdriften zu lassen, zog Oleander hoch und stolperte weiter. Irgendwann berührten ihre Hände die Außenmauer des Sturmtempels. Dort hielt sie für einige Sekunden inne, schöpfte Atem und sah sich um.

Einige Meter weiter links führten die Stufen einer breiten Marmortreppe in die Tiefe.

»Komm, Oleander«, stieß sie hervor. »Wir sind da. Wir haben den Tempel erreicht.«

Die Sturmböen führten Tonnen von Staub und Sand mit sich. Die winzigen Partikel schmirgelten über die Facettenhaut der Körpermaske, und das unaufhörliche Schaben und Kratzen verstärkte die Abstoßungsreaktion, die den Symbionten dazu veranlaßte, sich von seinem Wirtskörper zu lösen. Unter Carinnes blauem Weber-Gewand hatten sich mehrere Ausbuchtungen und Vorstülpungen gebildet.

Sie half Oleander die Treppe hinunter und wankte mit ihm in den dunklen Zugang eines Torbogens hinein. In dem daran anschließenden Gang erwartete sie nicht die barmherzige Kühle, die Carinne sich erhofft hatte. Die Temperatur war nur unwesentlich geringer, und die stickige Luft erschwerte das Atmen. Sand und kleinere Steine knirschten unter ihren Stiefeln.

Dumpfe Stimmen hallten von den warmen Mauern wider, und Carinne blieb kurz stehen, um ihnen zu lauschen. Der draußen heulende Orkan übertönte die meisten Silben, so daß sie kaum etwas verstehen konnte. Oleander stöhnte.

»Wir sind fast da«, flüsterte Carinne ihm zu. »Hast du mich verstanden?«

Aber Oleander rollte nur mit den Augen und zitterte.

Der nackte Fels der Wände verbarg sich bald hinter dikken Vorhängen aus Leinen und Seide. Der Boden bestand nun aus glattem Marmor. Bilder überzogen die gewölbte Decke des Ganges: Szenen eines aufgepeitschten Meeres und aufbrechender Heereszüge, mosaikene Darstellungen von Telquel, die mit langen, fangarmähnlichen Körperausstülpungen ganze Schiffe zerschmetterten. Hier und dort fiel Carinnes Blick auch auf einige komplizierte Unendlichkeitsmodelle.

Nach einigen weiteren Metern verbreiterte sich der Korridor. Rechts zog sich die Mauer mit kunstvollen und kostbaren Wandteppichen fort. Links aber ragten nun verzierte Säulen auf. Carinne ließ Oleander langsam und vorsichtig zu Boden sinken. »Ich bin gleich wieder zurück«, hauchte sie ihm zu, und als sie in die trüben Augen des Mru blickte, krampfte sich tief in ihrem Innern etwas zusammen. Sie tastete kurz nach ihrer Telquel-Träne, aber als sie den Kristall berührte, flammte mitten in ihren Gedanken unerträgliche Hitze auf. Sie konnte ihm nicht helfen. Ebensowenig wie dem kranken Kind an Bord der *Wellenbrecher*. »Ruh dich ein wenig aus, Oleander.«

Im Anschluß an diese Worte wandte sie sich von ihm ab und war mit einigen raschen Schritten an der ersten Säule. Sie kauerte sich dahinter nieder und blickte auf die einige Meter tiefer liegende Halle.

In dem Saal war ein Reichtum konzentriert, der jedem Re zur Ehre gereicht hätte. Fackeln brannten in silbernen Halterungen, und von der Decke hingen Kerzenleuchter aus Gold und Platin herab. Das wertvolle Metall war mit Edelsteinen besetzt, und die Diamanten, Rubine und Smaragde funkelten und glitzerten im hellen Licht. Am anderen Ende der Halle führten breite Stufen aus rosarotem Marmor zu einem Podium empor. Mehrere Skulpturen wuchsen aus dem Podest in die Höhe. Breite Schwingen aus grüner Jade streckten sich meterweit nach rechts und links, und die Augen der Figuren bestanden aus von innen heraus leuchtenden Telquel-Tränen. Auf der einen Seite des Podiums erhob sich ein muschelförmiges Gebilde, aber Carinne konnte von ihrem Standpunkt aus nicht sehen, was sich darin befand.

Vor dem Kel-Altar hatten die verschiedenen Sturmfürsten Aufstellung bezogen. Wenn sich einer der Siren bewegte, so spiegelte sich das Licht der Kerzen und Fakkeln auf dem metallenen Kettenpanzer. Sie hatten sich rituelle Schärpen um die Schultern geschlungen, und auf jedem Tuch war neben der stilisierten Darstellung eines Drachen auch das jeweilige Familiensymbol zu erkennen. Einer der Sturmleute stand einen knappen Meter vor den anderen. Es war Pashgren.

Die goldenen Facetten ihres Ganzkörpersymbionten knisterten leise, als sich weitere Teile der Maske von ihrer Haut ablösten. Aber die Siren in der Halle konnten dieses Geräusch nicht hören. Ein junger und sehr zart gebauter Kel-Novize spielte auf einem flötenartigen Instrument, und die Klänge durchwehten den Saal, verwoben sich miteinander und bildeten eine harmonische Melodie, die bald auch Carinne in ihren Bann zu schlagen begann. Die Köpfe der versammelten Sturmfürsten neigten sich im Takt der Musik von einer Seite zur anderen.

An der Muschel stand ein großer und stämmiger Kel. Der Sire war alt, viel älter als alle anderen Sturmleute, die Carinne bisher zu Gesicht bekommen hatte. Seine ledrige Haut wirkte wie faltiges Pergament, und die dunklen Augen lagen tief in den Höhlen. Der Schädel war völlig haarlos, und die Jochbeine ähnelten zwei hervorstehenden stoßbereiten Lanzen. Auf der Brust des Kel glänzten farbige Sonnensymbole, und an den stark ausgebildeten Brustwarzen hingen schwere Ketten aus Gold. Um die Hüften des Siren schlang sich ein purpurnes Tuch, und die Flußklauen steckten in Umhüllungen aus Seide und Horn.

Der Novize beendete sein Flötenspiel, und es schloß sich eine kurze Stille an. Nach einigen Sekunden des Schweigens hob der alte Kel die Arme und breitete die fleckigen Rückenschwingen aus.

»Ehre sei euch, ihr Sturmfürsten«, sagte er mit einer Stimme, die angesichts seines hohen Alters erstaunlich voll klang. »Unsere Väter erzählten uns Geschichten, die sie wiederum von ihren Vätern hörten: Geschichten von einem in Flammen stehenden Himmel, von einem Ozean, dessen Fluten verkochen und verdampfen, von langen Heereszügen und reicher Beute. In einer glücklichen Zeit lebt ihr, Fürsten der Orkane, denn jetzt habt auch ihr die Möglichkeit, zu großem Ruhm zu gelangen und später euren Söhnen und Töchtern davon zu erzählen.

Eure Aufgabe ist es, die Heere Karebis nach Norden zu führen, über den ausgetrockneten Meeresboden hin nach Arantalen, ins Land der Njeih, der Unwürdigen und Ungläubigen. Ich verkünde hiermit den heiligen Krieg gegen alle unsere Feinde.«

Die Stimme des Kel hatte eine fast hypnotische Wirkung auf die versammelten Sturmfürsten, und selbst Carinne fiel es schwer, sich dem Bann der Worte zu entziehen. Weitere Fladen des Symbionten lösten sich von ihrer echten Haut, und der an ihren Nervenbahnen entlangwütende Schmerz war inzwischen fast unerträglich geworden. Die Pein kam in kurzen und immer schneller aufeinanderfolgenden Schüben. Manchmal krümmte sich Carinne zusammen und preßte beide Hände auf den Mund, um einen lauten Aufschrei zu unterdrücken.

»Es ist die Bestimmung des Sturmvolkes, über alle Njeih zu herrschen. Es ist die Bestimmung der Siren, einen ehrenvollen Platz im Eikla zu erringen. An den Küsten Arantalens, so erzählen unsere Väter – und so wissen wir von gefangenen Händlern und Kaufleuten –, erwarten euch unvorstellbare Schätze.«

»Beute und Reichtum«, murmelten die Siren. »Ehre und Ruhm.«

»Die Ungläubigen und Unwürdigen hassen den Gnädigen Orkan, ihr Fürsten. Sie hassen uns. Tötet sie. Verbrennt ihre Städte. Verwüstet ihre Felder und Äcker. Das ist euer Auftrag.«

»Im Zeichen des Sturms«, flüsterten die Fürsten. »Im Zeichen des Drachen. Im Zeichen der Schwingen und des Feuers.«

Der Kel faltete die Flügel wieder zusammen, beugte sich und griff ins Innere der Muschel. Er holte eine kristallene Schale hervor, in der eine ölige Flüssigkeit schwamm.

»Dies ist der Trank, der eure Kraft noch weiter steigern wird: ein Elixier, das euch zusätzliches Leben schenkt. Die Novizen des Sturmtempels haben es unter meiner Anleitung zubereitet und Essenzen der Seelenwurzel hinzugemischt.« Er trat die rosaroten Stufen hinunter, tauchte die dünnen Finger in die Schale und malte jedem Sturmfürsten ein bestimmtes Stärkungssymbol auf die Brust. Der junge Novize setzte wieder die Flöte an die Lippen, und die Töne versponnen sich zu einem Netz, das sich über die Siren legte. Vor Pashgren blieb der Kel stehen und sah ihn ernst an.

»Du bist ebenso ein Sturmfürst wie die anderen«, donnerte der Baß des Priesters. »Aber du bist auch der Sohn des Re dieser Sturmbastion. Wenn das Väterliche Assassinat, das von dir bereits angekündigt wurde, vollzogen ist, wirst du der Sturmherr sein, und dann obliegt dir die Verantwortung über das Heer, das heute abend nach Arantalen zieht.«

Einer der anderen Siren trat vor, neigte den Kopf und sagte: »Der Zeitpunkt für das Assassinat erscheint mir ungünstig, Kel.«

Carinne hatte gerade einen weiteren Schmerzanfall überstanden und schob sich einige Zentimeter vor. Der Sire, der die Zeremonie mit seinem Einwand unterbrochen hatte, war kleiner als Pashgren. Er drehte sich zur Seite, und sie sah die charakteristischen Wangentätowierungen. Es war Cral.

Pashgren knurrte etwas Unverständliches und griff nach dem Dolch hinter der Hüftschlaufe. Der Kel hob die Arme und warf beiden Kontrahenten einen finsteren Blick zu. »Die heilige Halle des Sturmtempels ist nicht der richtige Ort, um brüderliche Streitigkeiten auszutragen.« Er blickte Cral an. »Pashgren hat dem Re das Väterliche Assassinat angekündigt, und es liegt ganz allein bei ihm, den Zeitpunkt dafür zu wählen. Du bist jünger als er und entstammst einer ... Nebenlinie. Es steht dir nicht zu, deinen Halbbruder zu tadeln.«

In der Ferne ertönte das Kratzen von Fußklauen, und kurz darauf eilte ein in ein schweißnasses Gewand gekleideter Sturmmann in den Saal. Er sah sich kurz um und trat dann keuchend auf das altarartige Podium zu. Vor Pashgren kniete er sich nieder. »Herr«, stieß er hervor. »Dein Vater, der Re ... er ist tot. Wir fanden ihn in deiner Unterkunft, und er starb an einem Gift, das er für dich gedacht hatte.«

Einige Augenblicke lang herrschte völlige Stille. Dann riß Pashgren mit einem Ruck sein Zeremonienschwert hervor und rief: »Dann ist das Väterliche Assassinat bereits vollzogen. Dann bin ich der rechtmäßige Re der Sturmbastion Argan-al-Mrei.« Er holte weit aus und trieb die Klinge tief Crals Schädel hinein. Die Gestalt des kleineren Sturmmannes erbebte und stürzte zu Boden. Carinne wandte sich ab, preßte sich an die marmorne Säule in ihrem Rücken und würgte. Wie aus weiter Ferne vernahm sie die hallenden Schreie der Siren.

»Ho, Pashgren, Sturmherr von Argan-al-Mrei!«

Als Carinne den Anfall überwunden hatte, war es still geworden in der heiligen Halle des Tempels. Vorsichtig spähte sie an der Säule vorbei. Die Sturmfürsten und der Novize waren verschwunden. Vor der Muschel stand der alte Kel und setzte die Schale mit der öligen Flüssigkeit nieder. Er verneigte sich kurz, murmelte einige Worte, die

Carinne nicht verstand und verschwand kurz darauf in einem Nebengang. Carinne wartete noch einige Minuten, und erst, als sie davon überzeugt war, nunmehr allein zu sein, stand sie auf und kehrte zu dem reglos am Boden liegenden Oleander zurück.

Sie griff nach seinen Armen und wollte ihn behutsam in die Höhe ziehen. »Ich bin wieder da, Oleander«, flüsterte sie. »Hörst du? Wir holen uns jetzt das Muaezyn, und dann ...« Sie verstummte, als sie in Oleanders Augen sah. Er war tot. Der Symbiont verfärbte sich bereits und fiel von dem Leichnam ab. Carinne schüttelte den Kopf und preßte Oleander fest an sich. Eine ganze Weile verharrte sie so, dann ließ sie den Toten wieder zu Boden sinken und stand auf. Sie eilte die Stufen hinunter, die zur Halle führten.

Die Energie der Telquel-Tränen, die die Augen der Sirenskulpturen bildeten, war wie ein Magnet, der Carinnes Denken anzog. Sie wandte den Blick von den Tralicc ab und trat mit einigen Schritten an das muschelartige Gebilde heran. Der Schmerz in ihren Eingeweiden ähnelte einem Vulkan, der kurz vor seinem nächsten Ausbruch stand. Sie baute eine psychische Barriere, ging in die Knie und blickte in die Muschel hinein.

Ihr Atemrhythmus beschleunigte sich, als sie das sah, wonach sie seit nun schon zwei Jahren suchte. Sie schob die Schale mit dem Seelenwurzelextrakt beseite, schloß beide Hände um die Kanten der heiligen Platte und hob die Tafel hoch. Carinne legte die Platte zu Boden und zog ihren Ring vom Finger. Der Stein paßte genau in eine Aussparung der Tafel. Mit blutverkrusteten Fingerkuppen fuhr sie über die Zeichen in dem Obsidian. Und sie spürte etwas: einen Hauch von Ewigkeit, den stickigen Atem vergangener Jahrhunderte und Jahrtausende, das Aroma von Staub und Tod.

Bilder zogen plötzlich mit detailreicher Klarheit an ihrem inneren Auge vorbei. Sie sah in Oleanders Augen, in Pupillen, deren Blick gebrochen war; sie fühlte den Odem eines lauen, über einen Turmgipfel hinwegziehenden Windes, und vor sich sah sie einen blutigen Haufen, eine zerfetzte Fleischmasse, die einst ein Mensch gewesen war, ein Mädchen, das so gern gelacht hatte. Unmittelbar darauf starrte Carinne in das Gesicht eines Mannes: schwarzes Haar, das an den Schläfen grau zu werden begann, dunkle Augen, fast so dunkel wie die eines Siren, ein schmales, ernst blickendes Gesicht. Runen Scenegatos Lippen bewegten sich und formulierten eine Anklage. Nach einigen Sekunden zerfaserten auch diese Konturen. Carinne hatte plötzlich das Gefühl, in warmen Fluten zu schwimmen. Sie spürte einen sonderbar aufgeblähten und ungeheuer massigen Leib, und tief in diesem Körper, der nicht der ihre war, flüsterten Dutzende von Stimmen. Sie konzentrierte sich darauf, und einige der Stimmen wurden lauter, andere leiser. Sie erzählten ihr Geschichten — Geschichten von den Tiefen der Meere, Geschichten von Strömungen und Gebirgen, Geschichten von weiten Reisen, Erkundungen und ... ja, und Kämpfen. Sie fühlte Holzplanken unter ihren Armen bersten — nein, es waren keine Arme, sondern lange, kräftige und tonnenschwere Fühler. Sie fühlte, wie das Wasser um sie herum wärmer und wärmer wurde, und manchmal, wenn ihr Rücken aus den Fluten aufragte, fühlte sie die Hitze des Sturms auf ihrer purpurnen Schuppenhaut. Der Wasserstand sank zusehends, und bald wurde es auch in den tiefsten Schluchten des Meeresbodens so heiß, daß ihre äußersten Hautschichten abstarben. Eine andere Stimme ertönte nun — Worte aus der Vergangenheit, eingespeichert in Genen und Chromosomen, in Proteinen und Nukleinsäuren. Sie hatte keine andere Wahl, als dieser Stimme zu gehorchen, und als sie sich auf den Weg machte, wurde ihr vieles klar. Einzelne Erkenntnisfaktoren fügten sich zu einem einheitlichen Bild. Und während sie auf einen ganz bestimmten Ort zustrebte, begriff sie, was geschah. Es war die Stimme des Todes, die sie rief, die Stimme des Großen Sterbens und der darauffolgenden Wiedergeburt, eine Stimme, deren Befehlen sie sich nicht widersetzen konnte.

Und sie schwamm und schwamm, und bald war nicht mehr genug Wasser da, um ihren ganzen Körper zu bedekken. Ihr Rücken verbrannte im grellen Schein eines in Flammen stehenden Himmels. Bevor sie aber dahindämmerte, verstand sie auch die allerletzten Zusammenhänge, und Kummer und Verzweiflung stiegen in ihr empor. Sie wußte, daß wieder einmal eine Chance nicht wahrgenommen worden war, und angesichts dieser Tatsache weinte sie. Sie weinte eine Träne, wie alle anderen Körper in ihrer Nähe auch, und als die Träne sich verfestigte, starb Carinne.

»Hier hast du dich also versteckt«, krächzte es in ihrer unmittelbaren Nähe. »Ausgerechnet im Sturmtempel ...« Ein Schatten kroch heran. Carinne drehte sich auf die Seite und versuchte aufzustehen, aber sie war noch viel zu schwach. Aus den Augenwinkeln sah sie den alten Kel mit dem purpurnen Hüfttuch. Er hatte einen Dolch in der Hand, und die Spitze zielte auf ihre Brust. Carinne griff nach der Telquel-Träne ihres Amuletts und schrie auf. Ihr war, als ergösse sich siedendes Öl in ihre Seele, und das Bild vor ihren Augen verzerrte sich und wurde von einem Flammenvorhang verschleiert. Das Feuer breitete sich in ihrem ganzen Körper aus, und es gab nichts, um es zu löschen. Als sie aus dem Schlund herausschwebte, wurde es hell über ihr, und sie sah ein kalkweißes und erstarrtes Gesicht.

Sie zitterte am ganzen Leib, als sie aufstand und von dem Kel forttrat. Die Telquel-Träne ihres Amuletts war zersprungen, und überall lagen kleinere und größere Splitter verstreut. Die Tralicc in den Augen der Sirenskulpturen hatten ihren Glanz eingebüßt. Kronleuchter waren von der Decke gestürzt und auf den marmornen Boden geprallt.

Der Kel rührte sich noch immer nicht. Carinne trat vorsichtig an ihn heran, und erst als sie ganz dicht vor ihm stand, sah sie, daß sich der alte Sturmmann in Stein verwandelt hatte. Die letzte und endgültige Entladung der in dem Kristall gespeicherten Energie hatte die organische

Struktur des Kel verhärtet. Sie wandte sich von dem Toten ab, hob das Muaezyn auf und stolperte die rosaroten Mamorstufen hinunter. Am Fuße der breiten Treppe fand sie einen besonders großen Splitter. Sie nahm ihn zur Hand und wankte weiter. Hinter ihr schleifte ein Teil des Ganzkörpersymbionten über den Boden. Die Schmerzen waren nun permanent da: kleine Sägen, die an ihrer Seele schnitten und frästen und einzelne Bereiche ihres Geistes durchtrennten. Trotz der brennenden Fackeln senkte sich Nacht vor ihre Augen. Das heiße Prickeln … es erinnerte sie an die Pein, die sie gespürt hatte, als ihr Körper noch riesengroß und mit purpurnen Schuppen bedeckt gewesen war.

Carinne blieb stehen, als ihre Hand etwas Ledriges und Warmes ertastete. Direkt vor ihr erhob sich der große Hornpanzer einer Wanderkröte; eine kleine Zunge schob sich aus dem breiten Maul des Tiers und tastete über ihren Oberkörper.

»Bring mich … fort von hier«, flüsterte Carinne. »Ja, bring mich weit weg, ganz weit weg …« Sie lehnte an dem Panzer, schöpfte Atem und löste die Kette, mit der das Tier gefangen war. Anschließend kletterte sie mühsam auf den Rücken der Kröte und rutschte in die dort befindliche Vertiefung. Der Kel, dem das Tier gehörte, hatte hier eine Decke untergebracht. Carinne benutzte sie als Kopfkissen und preßte das Muaezyn an ihren Leib. Trotz der Hitze hatte sie den Eindruck, als ginge von der heiligen Tafel ein Hauch von Kühle aus. Die Wanderkröte grunzte und hob den Kopf.

Das Tier setzte sich in Bewegung. Und Carinne versank in mentaler Nacht, als sich auch die letzten Reste des Ganzkörpersymbionten von ihr lösten und die auf diese Weise erzwungene Erholungspause begann.

Das Konziliat:
Eine Entdeckung — und Sorge

»Und das hier«, sagte der Hirte mit seiner synthetischen Stimme, »ist unser botanischer Garten.«

Sie betraten die Halle, und hinter ihnen schloß sich leise zischend das Segmentschott. Es war heiß wie in einem Treibhaus, und die elektronischen Geruchsmembranen des Hirten nahmen ein breites Spektrum von Düften und Aromen wahr. Er drehte den Kopf kurz zur Seite, und seine Augenlinsen ruhten für einige Sekunden auf der Gestalt, die er schon durch weite Bereiche der Konziliatsstation geführt hatte. Der Liss war in eine silbrige Kombination gekleidet, und kleine Ausbuchtungen an der Hüfte und den Stelzenbeinen des Vogelwesens deuteten auf verschiedene in das Kleidungsstück integrierte Gerätschaften hin. Die Knopfaugen blinzelten einige Male.

»Beeindruckend«, zirpte Ceox. »Und welchen Sinn hat diese Anlage? Wenn ich die in Ihrer Brustplatte eingelassenen Sensoranzeigen richtig deute«, zischte Ceox, »dann sind Sie ganz in Gedanken versunken — ich bin fast geneigt zu sagen: in Trance. Äh, die reziproken Rückkopplungsfunktionen von Hirnmasse und Darmtätigkeit sind bei Ihnen besonder stark ausgeprägt.« Der Blick der Knopfaugen richtete sich auf den Hirten. »Was denken Sie?«

»Nichts Besonderes«, erwiderte der Hirte. Eine Lüge, so lauteten seine Gedanken, widerspricht den Prinzipien innerer Harmonie. Bei allen unerforschten Welten des Mikrokosmos ... wenn dies vorbei ist, muß ich besondere Besinnung suchen und wieder zu mir finden.

»Ihre Frage beschäftigte mich«, fügte er hinzu, und er war wirklich dankbar für seinen künstlichen Sprechapparat: Die synthetische Stimme zitterte nicht; sie klang immer gleich. »Kommen Sie, Ceox.« Er führte den Liss durch einige breite Gänge. Rechts und links von ihnen wuchsen Sumpflilien aus dem Tiefland Arantalens, Höllenkirschen

173

aus dem Tal der Stille, Munarzissen aus den Gletscherregionen des Hochlandes und Wandercarnivoren, die mit bestimmten Fesselfeldern an Ort und Stelle gehalten wurden. Ihre Wurzeln tasteten unablässig umher, und die Blütenkelche wären weit geöffnet.

»Draußen hat das klimatische Chaos begonnen«, erklärte der Hirte. Er erwiderte den Gruß junger Novizen — kaum jemand von ihnen hatte sich zu dem Versöhnungsweg entschlossen, den der Hirte verfolgte; nur ganz wenige unterzogen sich den komplizierten Operationen —, die sich um die Pflanzen kümmerten und Apparaturen kontrollierten. »In der Äquatorialregion Tschurats wird es nun heiß, schrecklich heiß. Die Meere verdampfen, und die Telquel …«

»Ich weiß«, unterbrach ihn Ceox zirpend, und der lange Schnabel des Liss klapperte kurz.

»Nun, derzeit regnet sich ein Teil des verkochten und verdampften Meerwassers hier in diesem Bereich Arantalens ab. Aber das ist nur ein Zwischenstadium, Ceox. Bald wird es auch hier wärmer werden. Die Pflanzen der hiesigen Region sind an recht niedrige Temperaturen und relativ hohe Niederschläge gewöhnt. Sie werden binnen kurzer Zeit eingehen. Die auf die Dürre folgende Flut dürfte alle Keime im Boden fortspülen, und was dann noch übrigbleibt, wird vom Frost der Zeit des Eises und des Schnees abgetötet. Einige unserer Konzilianten versuchen, Einklang mit sich selbst und ihrer Umwelt zu finden, indem sie sich alle Mühe geben, die Vielfalt der Pflanzenwelt während des klimatischen Kataklysmus zu erhalten. Sie haben die Absicht, während der nächsten Langflut die hier wachsenden Pflanzen in ihren angestammten Lebensbereich zurückzubringen.«

Der Liss blieb vor einer großen Sumpflilie stehen und zirpte: »Haben Sie eigentlich gewußt, daß Vögel Samen über weite Strecken verteilen? Warum, glauben Sie, entsteht nach jedem klimatischen Umbruch die Vegetation Arantalens immer wieder von neuem?«

»Äh, das ist ein Aspekt, der offenbar ... nun, übersehen wurde.«

»Sie sind ein Idiot, Hirte.«

»Das können Sie so nicht sagen«, lautete die empörte Antwort. »Jeder macht einmal einen Fehler. Wir sind schließlich nicht perfekt. Aus diesem Grund haben wir uns ja gerade zum Konziliat zusamengeschlossen: um zu einem besseren Verständnis zu gelangen.«

Ceox lachte schnatternd und klapperte vergnügt mit dem Schnabel. »Ist das wirklich der Grund für Ihren Zusammenschluß? Ihre Erklärung mag vielleicht für einen Großteil der Novizen und der anderen Konzilianten zutreffen, aber für Sie selbst bestimmt nicht.«

Der Hirte sah sich rasch um. Sie hatten inzwischen das Ende des botanischen Gartens erreicht, und vor ihnen öffnete sich ein Schott. Die Novizen hinter ihnen setzten ihre Arbeit fort und achteten nicht auf das Gespräch zwischen einem Liss und dem Oberhaupt ihrer Vereinigung.

In der kleinen Schleusenkammer fügte Ceox spöttisch hinzu: »Ihr Kontostand hat in den letzten Jahren eine durchaus beachtliche Qualität erreicht. Tja, ich bin mir natürlich nicht ganz sicher, aber ich habe fast den Eindruck, Sie wählen die Novizen für Ihr Konziliat nicht nur allein nach entsprechenden Begabungen aus. Den jeweiligen Vermögensverhältnissen scheint eine nicht unbeträchtliche Bedeutung zuzukommen, aber bestimmt ist es nur ein Zufall, daß Sie eine Überschreibung aller Vermögenswerte verlangen.«

»Selbstverständlich«, erwiderte die synthetische Stimme des Hirten. Hinter der transparenten Bauchplatte des nackten Offenbarungsleibs waren deutliche Darm- und Magenkontraktionen zu sehen. »Solchermaßen weltliche Dinge lenken einen nach Harmonie und Versöhnung mit sich und der Welt suchenden Geist nur ab. Ein Konziliant muß sich allein auf sein Bestreben konzentrieren, eine makrokosmische Harmonie zu erlangen.«

Warum stattet der Liss mir ausgerechnet jetzt einen Besuch ab? fragte sich der Hirte.

Und Ceox zirpte: »Sicher überlegen Sie, was der Grund für meine Anwesenheit ist.«

Er macht aus mir einen Novizen, ging es dem Hirten durch den Kopf. *Der verdammte Vogel zerstört all das, was ich in den letzten Jahren erreicht habe. Lügen sind Ausflüchte; Ausflüchte bedeuten Rückzug und Hilflosigkeit, und Hilflosigkeit wiederum läßt auf ein gestörtes psychisches Gleichgewicht schließen.*

»Ich irre mich nie«, schnatterte der Liss. »Und wenn Sie jetzt die Güte hätten, das Schott vor uns zu öffnen und mir den Rest Ihrer Station zu zeigen ...«

Der Hirte trat einen Schritt vor und berührte einen matt leuchtenden Sensorpunkt. Die einzelnen Teile des Segmentschotts schoben sich auf, und sie betraten den Privatbereich der Station.

»Warum sind Sie hier?« fragte der Hirte, nachdem er sich eine ganze Weile ergebnislos mit dieser Frage beschäftigt hatte.

Der Liss lachte zirpend, klapperte mit dem langen Schnabel und antwortete:

»Also doch. Nun, Sie werden es bald erfahren, Hirte. Sehr bald.«

Ich kann den Kerl nicht ausstehen, dachte der Hirte. *Und außerdem riecht der Vogel. Und für stinkendes Geflügel hatte ich noch nie etwas übrig.*

Was ihn anging, wäre eine allseitige Harmonie ohne die Liss weitaus einfacher zu erreichen gewesen. Aber der große Schöpfergeist, der alles durchdrang, Atome, Moleküle, Dreck und Staub und Schmutz, richtete sich nicht nach einem Konzilianten, nicht einmal nach einem Hirten, der vor einigen Monaten die letzte Stufe der körperlichen Offenbarung erreicht hatte.

»Sie führen hier ein recht angenehmes Leben«, zirpte das Vogelwesen, als sie die Gemächer des Hirten erreicht hatten. Ceox deutete auf seidene Wandbespannungen, auf Gemälde, die ganz offensichtlich aus Pyrywanga stammten, auf Vasen aus Jade und Skulpturen aus Gold und Silber. In der einen Ecke des Hauptzimmers sprudelte ein künstlich angelegter Springbrunnen, und der Wasserspeier flüsterte immer wieder: »Ehre sei dir, Hirte des Konziliats. Ehre sei deinem Leib und deiner Seele.«

»Auch das sind alles Dinge, die einen Teil der Einheit des Universums bilden«, versicherte der Hirte rasch. Seine Darmkontraktionen nahmen zu. »Das läßt sich nicht leugnen. Wir Konzilianten müssen Harmonie mit allen Aspekten des Seins suchen.«

»Natürlich.« Ceox zirpte spöttisch. »Selbstverständlich.«

»Lassen Sie mich Ihnen noch etwas anderes zeigen«, sagte die Stimme des Hirten. Er öffnete eine kleine Tür und trat in ein Nebenzimmer. An einer Wand der Kammer ragte ein monströses technisches Gebilde auf.

»Manchmal ziehe ich mich in dieses Sanktuarium zurück und versuche, meinen Körper noch besser kennenzulernen.« Er trat an die Apparatur heran. »Diese Maschine«, sagte der Hirte stolz, »kann einfach alle innerorganischen Vorgänge und Funktionen simulieren.«

»Sie ist sicher sehr teuer«, schnatterte der Liss.

Der Hirte überhörte diese sarkastische Bemerkung und fuhr fort: »Wissen Sie, was geschieht, wenn Sie einen Herzinfarkt erleiden? Wissen Sie, was dann *wirklich* in Ihrem Körper vorgeht? Nun, diese Maschine kann es Ihnen zeigen. Und noch viel mehr. Oh, wenn ich mich anschließe, wähle ich natürlich immer ein Programm, das vom Zufallsgenerator gesteuert wird. Das Problem bei strukturellen Störungen liegt ja gerade darin, daß man *nicht* weiß, wann und wo sie auftreten. Ich habe mich oft an diesen Apparat angeschlossen und so ziemlich alles erlebt, was einem organischen Körper nur zustoßen kann: Kreislaufzusammenbrüche, Magen- und Darmkoliken, Knochenbrüche, Muskelschwund, Lungenentzündungen, Infarkte, Blutstürze, Nierensteine, Leberversagen, bösartige Wucherungen, Gehirnschläge mit nachfolgender seelisch-peripherer Umnachtung ... Das ist nur ein kleiner Auszug aus einer langen Liste. Ja, ich habe all das erlebt und meine Erfahrungen gemacht. Jetzt verstehe ich meinen Körper viel besser.«

Ein leises und rhythmisches Piepen ertönte. Ceox holte ein kleines Gerät aus einer Tasche seiner Kombination.

»Wir haben die Untersuchungen abgeschlossen und sind zu einigen recht interessanten Ergebnissen gekommen«, tönte es aus einem kleinen Lautsprecher.

»Gut«, zirpte Ceox. »Kommen Sie unverzüglich in den privaten Bereich der Station. Sie finden mich in der Zimmerflucht des Hirten.«

Ceox verstaute das Gerät wieder in der Tasche und sah den Hirten an. »Gibt es in all dem Unsinn hier einen Ort, wo wir uns vernünftig unterhalten können?«

»Natürlich«, sagte die synthetische Stimme des Hirten rasch. »Bitte kommen Sie mit.«

Kurz darauf betraten sie ein vergleichsweise schlicht eingerichtetes Zimmer. An der Decke flackerten in unregelmäßigen Abständen holografische Projektionen auf. Der Hirte trat rasch an ein holzvertäfeltes Kontrollpult heran und schaltete den Projektor aus.

Der Liss knickte seine mehrgelenkigen Beine ein und nahm in einem der Polsterelemente Platz. Sie waren natürlich nicht echt. Es handelte sich dabei nur um stabile Ergfelder, die jederzeit anders gestaltet werden konnten.

Eine Weile warteten sie schweigend, und der Hirte hing verschiedenen Überlegungen nach. Er bemühte sich vergeblich, von dem Gesichtsausdruck des Vogelwesens auf das zu schließen, was in dem Liss vor sich ging.

Nach einigen Minuten summte es an der Tür, und unmittelbar darauf traten Ceox' zwei Begleiter ein. Der eine war ein Mensch, gekleidet in einen ledernen Coverall. Der andere war ein Djindjac, der dem Terri kaum bis zur Hüfte reichte. Zwei listige Augen funkelten in einem runzligen und zerknittert wirkenden Gesicht. Sie nahmen Platz, und der Mensch holte eins seiner Geräte hervor, blickte auf die schillernde Anzeige und nickte.

»Wissen Sie eigentlich«, sagte er mit dumpfer Stimme und sah den Hirten an, »daß die Datenbänke Ihres Stationscomputers angezapft wurden?«

»Äh, nein, ich …«

Ceox beugte sich interessiert vor. »Wann und von wem und wie?«

»Nun«, erwiderte der Mann, »ich hielt die ganze Sache zunächst für eine Fehlfunktion. Ich habe daraufhin einige Tracer eingesetzt. Und aufgrund der Löschungen konnte ich die Speicherbereiche lokalisieren, zu denen Zugriff genommen wurde. Es sind dies in erster Linie Dateien, die sich auf eine Person namens Carinne Ramelia beziehen.«

Der Liss klapperte mit seinem Schnabel. »Das habe ich befürchtet. Lassen Sie die Einzelheiten weg und berichten Sie mir das Wichtigste.«

Der Mann nickte.

»Die Anzapfung des Stationscomputers wurde auf eine überaus geschickte Art und Weise bewerkstelligt. Und sie erfolgte nicht von hier aus, sondern drahtlos, von außen.«

»Behörden des Missionats?« fragte Ceox, und der Hirte sah, wie sich der Körper des Liss anspannte.

»Nein. Für den unautorisierten Zugriff auf die Dateien ist ein illegaler privater Satellit im Orbit Tschurats verantwortlich. Ich kann nicht mit Sicherheit sagen, ob die gewonnenen Informationen weitergegeben wurden, aber das ist zu vermuten.« Der Mann brummte etwas Unverständliches, sah kurz den Djindjac an und richtete den Blick dann wieder auf Ceox. »Es waren auch Hinweise auf die Bombe darunter.«

»Das«, sagte der Liss, »behagt mir überhaupt nicht.« Er wandte sich an den Hirten. »Ich hatte Sie doch aufgefordert, die entsprechenden Daten zu löschen.«

»Ich kann mich nicht um alles selbst kümmern«, sagte der. »Meine Aufgaben und Pflichten sind breit gefächert, und ...«

»Diese Station«, zirpte Ceox, »und alle Ihre Unternehmungen sind von uns finanziert worden. Das sollten Sie niemals vergessen. Ich rate Ihnen, sich immer daran zu erinnern, in wessen Schuld Sie stehen.«

»Das Schiff, in dem Runen Scenegato hierher unterwegs war«, knurrte der Djindjac, »ist nicht explodiert, sondern nur abgestürzt.«

»Das Potential der Bombe war völlig ausreichend«, versicherte der Hirte rasch. »Die Explosion muß die Triebwerke zerstört haben.«

»Aber das war eben nicht genug. Die Detonation sollte das ganze Schiff zerfetzen.«

»Aber das hätte doch nur die Aufmerksamkeit der Missionatsbehörden erweckt«, verteidigte sich der Hirte. Seine Besorgnis nahm zu. »Ein Absturz aber ... sicher hat man daraufhin in der Missionatsstation angenommen, es habe sich um ein illegales Schiff gehandelt, dessen Besatzung die Absicht hatte, während der Dürre Telquel-Tränen zu suchen. Nun, leider kam es infolge der von der Feuerstraße induzierten Strahlungsphänomene zu einer Fehlfunktion an Bord, infolge der das Schiff manövrierunfähig wurde und im Hochland Arantalens zerschellte. Und selbst wenn die Mannschaft den Absturz überlebt hat − sie verfügte nicht über die nötigen Ausrüstungsmaterialien, um während des klimatischen Kataklysmus auf Tschurat längere Zeit zu überleben.«

»Die Elektronik des Privatsatelliten könnte nach einem vorgegebenen Programm gehandelt haben.«

Der Hirte dachte an die Konziliantin Carinne Ramelia. Sie tat ihm leid. Sie hatte wie er die Absicht, eine Versöhnung mit der Einheit der Welt anzustreben. Und er hatte mitgeholfen, sie zu einem Werkzeug zu machen. Er hatte mithelfen *müssen*.

Ceox sah den Hirten an und sagte: »Wir haben Carinne Ramelia damals auf Ihren Vorschlag hin ausgewählt. Nach den hier durchgeführten Untersuchungen wies sie genau die Begabungen und Fähigkeiten auf, die wir brauchten. Sie behaupteten, Sie hätten den persönlichen Hintergrund der Frau gründlich erhellt. Sie haben uns mitgeteilt, sie stände allein und sei an niemanden gebunden.

Ihre Nachforschungen waren nur oberflächlich und bei weitem nicht gründlich genug. Darum sind wir jetzt in Schwierigkeiten. Sie tragen die Verantwortung dafür, Hirte, niemand anders. Vielleicht hätten wir uns nie für

Carinne Ramelia entschieden, wäre uns von Anfang an klar gewesen, auf was wir uns dadurch einließen. Dieser Runen Scenegato begann plötzlich nach ihr zu suchen, und damit fing alles an. Sie haben versagt, Hirte. Vermutlich hat er den Absturz überlebt und setzt seine Suche nach Carinne Ramelia fort. Und wenn er sie findet ... Der Mann ist viel zu einflußreich. Er wird sie von hier fortbringen, noch bevor sie ihre Aufgabe erfüllt hat.

Runen Scenegato ist kein einfacher Außenweltler. Der private Satellit ist von ihm in den Orbit Tschurats gelenkt worden. Und bestimmt findet er trotz der Verheerungen Mittel und Wege, Carinne von diesem Planeten fortzubringen. Schließlich ist er deswegen hierher gekommen.«

»Wir wissen doch nicht einmal, ob er überhaupt noch lebt«, wandte der Hirte schwach ein. Er sehnte ein Ende dieser peinlichen Unterredung herbei. Er mochte Ceox nicht, und seine beiden Begleiter gefielen ihm ebensowenig. Sie waren weit davon entfernt, eine Harmonie mit sich und der Umwelt anzustreben.

Ich verliere mich, dachte er in zunehmendem Entsetzen. *Wenn ich mich weiterhin in ihrer Nähe aufhalte, setze ich alles bisher Erreichte aufs Spiel. Und anschließend bin ich weiter als jemals zuvor von der Heiligen Erkenntnis entfernt. Ich darf es nicht zulassen.*

»Wir müssen davon ausgehen«, sagte Ceox, »daß Runen Scenegato den Absturz lebend überstanden hat. Und ganz gewiß ist er weiterhin auf der Suche nach Carinne Ramelia. Er darf sie nicht finden. Sie muß weiterhin auf Tschurat bleiben und ihre Aufgabe erfüllen.«

Wie konnte ich nur? dachte der Hirte und seufzte innerlich. *Wie konnte ich mich nur jemals mit ihnen einlassen?*

Es war keine rhetorische Frage. Ganz tief in seinem Innern kannte er den Grund.

»Das ist noch nicht alles«, krächzte der Djindjac und rutschte unruhig auf dem Ergpolster hin und her. »Während Elroi das Computersystem überprüft hat, habe ich mich mit der allgemeinen Kommunikation beschäftigt. Eine

Meldung von Carinne war lange Zeit überfällig. Als sie schließlich eintraf, bestand sie nur aus einer nichtssagenden Codemeldung.«

»Das hat nichts zu bedeuten«, versicherte der Hirte. »Vielleicht hatte sie keine Gelegenheit, einen ausführlichen Zwischenbericht zu erstatten.«

»Vielleicht«, sagte Ceox. »Vielleicht auch nicht.« Er gab seinen beiden Begleitern ein Zeichen, und der Mensch und der Djindjac standen auf und verließen das Zimmer.

»Ich werde dem Missionat eine Nachricht zukommen lassen«, sagte Ceox kalt. »Ich werde dafür sorgen, daß Ihre Station geschlossen wird. Und Sie kennen sicher die Strafe, die ein Bruch der Bescherungsvorschriften nach sich zieht.«

»Wir haben uns immer an die Bestimmungen gehalten.« Die Darmkontraktionen wurden unerträglich. Der Hirte sehnte sich nach dem Simulator im anderen Zimmer. Jetzt das Erlebnis eines Herzinfarkts, die damit einhergehenden Erkenntnisse über die innere Struktur des Kreislaufs, den Aufbau von Muskeln, die Sensibilität des Gehirns ...

»Ihre Konzilianten vielleicht, aber Sie bestimmt nicht. Ich weiß, warum Sie ausgerechnet auf Tschurat eine Station errichten wollten. Es hat keinen Sinn, wenn Sie versuchen wollen, mir etwas vorzumachen. Sie sind auf Telquel-Tränen aus, wie die meisten anderen Außenweltler auch.«

»Nur einige davon, vielleicht ein Dutzend, oder auch zwei. Der durch einen Verkauf erzielte Erlös wird ausreichen, um mich in die Lage zu versetzen, auf vielen anderen Welten ebenfalls Konziliatsniederlassungen zu gründen. Sehen Sie sich doch nur um, Ceox. Das All ist ein Pfuhl aus stinkendem Schmutz. Wie nötig haben es Milliarden von Seelen, endlich aufgeklärt zu werden über den richtigen Weg zur Einheit mit sich selbst.«

Der Liss starrte ihn nachdenklich an und sagte nach einer Weile: »Man könnte wirklich meinen, das sei Ihre tatsächliche Überzeugung. Vielleicht sind Sie wirklich nur ein übergeschnappter Idiot.« Ceox seufzte zirpend. »Sie können so viele Tralicc haben, wir Sie wollen. Aber die sieben

Tränen der Macht, die Carinne Ramelia suchen und finden soll … die gehören allein mir.«

»Sie … Sie wollen damit den Eisgral finden und öffnen.«

Ceox lachte schnatternd. »Der Eisgral, bei allen Nestern! Wahrscheinlich gibt es ihn nicht einmal. Vermutlich handelt es sich nur um eine Legende.«

»Aber was dann?« fragte der Hirte verwirrt. »Um was geht es Ihnen dann?«

»Oh, das braucht Sie nicht zu interessieren, mein Lieber. Sie sollten nur daran denken, daß sie tief in unserer Schuld stehen. Von mir aus können Sie auch damit fortfahren, das Geld Ihrer Novizen auf Ihre Konten umbuchen zu lassen.«

»Es dient doch alles einem guten Zweck …«

»Wie gesagt: Es interessiert mich nicht. Mir geht es allein um die Tränen der sieben Telquel-Ri. Wir hätten auch jemand anders nehmen können. Wir waren nicht unbedingt auf Carinne Ramelia angewiesen. Wir haben uns für Ramelia entschieden, weil sie von Ihnen empfohlen wurde. Sie haben uns enttäuscht, Hirte. Sie haben versagt. Von jetzt an werden Sie sich mehr Mühe geben. Ich fordere Sie auf, Ihre Fehler wiedergutzumachen.«

Der Hirte stand auf und wanderte nervös umher. »Aber wie denn? Es ist zu spät. Und wahrscheinlich auch vollkommen überflüssig, weil dieser Scenegato längst tot ist.«

»Wir müssen davon ausgehen, daß er lebt. Wenn das zutrifft, dürfte inzwischen sein Mißtrauen geweckt sein. Wir wissen nicht, über welche Hilfsmittel Scenegato verfügt. Vielleicht hat er sich sehr gründlich vorbereitet. Eins aber steht fest: Wir müssen diesen … diesen Risikofaktor so rasch wie möglich ausmerzen.

Der Absturz erfolgte im Hochland«, überlegte Ceox. »Und durch den Satellitencomputer dürfte er erfahren haben, daß seine Frau sich einige Zeit in Pyrywanga aufhielt und dort an Bord eines Schiffes ging. Diese Informationen waren jedenfalls in Ramelias letztem Bericht enthalten. Wir können also davon ausgehen, daß er nach Pyrywanga unterwegs ist und die Stadt vielleicht schon erreicht hat.«

Der Liss stand auf, und unter dem silbrigen Material seiner Kombination knackten die Beingelenke.

»Setzen Sie Ihre Schläfer ein«, sagte Ceox. »Und geben Sie ihnen die Anweisung, nach Runen Scenegato zu suchen und ihn zu ... nun, zu eliminieren.«

»Meine Schläfer«, sagte der Hirte leise und wandte sich ab, »sind bereits im Einsatz.«

»Ach.«

»Sie suchen Telquel-Tränen. Nicht viele. Nur ein oder zwei Dutzend ...

»Dann schicken Sie einen Atmosphärenspringer«, sagte Ceox unbewegt. »Ich habe mich in Ihrem Hangar umgesehen. Es gibt dort ein wirklich wunderbar getarntes Exemplar. Kein Tschuraner wird auf den Gedanken kommen, daß er es dabei mit einem technischen Artefakt von Außenwelt zu tun hat.«

»Und wenn Scenegato getarnt ist? Wenn er eine Ganzkörpermaske trägt wie Carinne?«

»Körpersymbionten weisen eine charakteristische Ausstrahlung auf, die sich auf kurze Distanz mit einem Tracer feststellen läßt. Ich bin aber davon überzeugt, daß er über keine derartige Tarnung verfügt. Es dürfte Ihnen nicht schwerfallen, einen Ihrer Konzilianten davon zu *überzeugen*, wie sinnvoll Runen Scenegatos Tod für die Erlangung göttlicher Harmonie ist.«

Ceox klapperte mit seinem langen Schnabel und ging. Als der Hirte allein war, ließ er die Schultern hängen. Es blieb ihm keine andere Wahl, als die Anordnung des Liss auszuführen. Ceox hatte recht: Er war von ihm abhängig.

Und noch mehr als das: Er war ihm auf Gedeih und Verderb ausgeliefert.

Runen Scenegato – Pyrywanga

Runen Scenegato erwachte schweißgebadet, als der Fels unter ihm erbebte. Er riß die Verschlüsse seiner durchschwitzten Lederjacke auf, aber auch danach fiel ihm das Atmen nicht leichter. Sein Rücken schmerzte, und seine Beine kamen ihm vor, als seien sie von starken Bleigewichten beschwert. Er stand auf. Einige Meter entfernt schliefen Vangrest und Gina. Sie waren so erschöpft, daß sie auch angesichts des immer wieder erzitternden Bodens nicht aufwachten. Runen lehnte sich an einen der Felsen und betrachtete die Schlafenden eine Weile. Der Kristallstaub auf Ginas Stirn und Wangen war längst hinter einer Schicht aus verklebtem Schmutz verschwunden. Unter dem Gewand hoben sich in kurzen Abständen kleine Brüste. Vangrest stöhnte leise im Schlaf. Runens Blick fiel auf die geöffnete Packtasche des Piloten, und er sah einige Wurzeln und Kräuter, die offenbar aus Tschirivahs Traumhöhle stammten. Runens Gesicht verzerrte sich kurz, und er spielte mit dem Gedanken, die Tasche zu greifen und sie fortzuwerfen. Dann aber wandte er sich nur um und ging einige Schritte von den Felsen fort.

Das Land glich einer Ruine. Nach einigen Dutzend Metern gelangte Runen an die Quaderblöcke einer auseinandergebrochenen Pyramide. Die Marmorfresken hatten sich mit einer Schicht Ruß überzogen, und aus dem dunklen Innern des Bauwerks sickerte ein penetranter Gestank hervor.

Von weit oben konnte man deutlich die Stadt Pyrywanga erkennen. Die Spitzen ihrer zahllosen großen und kleinen Pyramiden zeigten auf die niedrig hängenden Wolken, die nun von Osten nach Westen und von Süden nach Norden mit einem gleißenden Gitterwerk aus Feuer durchsetzt waren. Auf den Terrassen des weiten Hanges erhoben sich Villen und Paläste, Herrenhäuser und Kontore. Weiter unten, direkt an der Küste, standen die einfacheren Bauten: die Unterkünfte der Hafenarbeiter und Knechte, der Straßenhuren und Rufjungen, der erfolglosen Handwerker und der Philosophen, die glaubten, nur ein entbehrungsreiches Leben sei Garant für höhere Erkenntnisstufen. Runen sah Lagerhäuser, in die Länge gezogene Rechtecke, wie die Panzer von exotischen Kröten. Dort stapelten sich die Kostbarkeiten der Kaufleute, die Pyrywanga berühmt gemacht hatten. Die Häuser des unteren Teils der Stadt waren vorwiegend aus Holz errichtet worden und standen auf dicken Pfählen. Jetzt ragten sie aus einem vollkommen ausgedörrten Boden. Runen blickte nach Süden, dorthin, wo sich die Segel großer Handelsschiffe im Wind gebläht hatten. Nirgends konnte er auch nur einen winzigen Tümpel ausmachen. Das Wasser des Meeres war nun in gewaltigen Wolkenbergen gespeichert. Wenn er den Kopf in den Nacken legte und emporblickte, schauderte er trotz der brütenden und schwülen Hitze, die sich über das ganze Land gestülpt hatte. Irgendwo dort draußen, in der neu entstandenen Wüste, befand sich Carinne. Nach kosmischen Maßstäben trennte ihn nur noch ein Katzensprung von ihr, doch tief in ihm flüsterte eine spöttische Stimme: *Du schaffst es nie. Es ist vollkommen aussichtslos. Auf diesem Planeten sind hundert Kilometer wie tausend Lichtjahre, hast du das denn noch immer nicht begriffen? Und wahrscheinlich ... wahrscheinlich ist sie längst tot, umgebracht von irgendeinem Barbaren, wie damals Rebecca.* Er schüttelte den Kopf. Seit mehr als drei Jahren hatte er nicht mehr an Rebecca gedacht. Aber Gina ... ihre Augen, ihr schmales Gesicht, ihre Haltung ... es war, als sei seine Tochter von den Toten wiederauferstanden. Ihr Blick weckte längst vergessen geglaubte Erinnerungen, und jetzt wurde er erneut von den Bildern der Vergangenheit verfolgt.

Runen blickte nach Osten und beobachtete den langen Treck. Chirian, Garanwi, Tschaleen, Ktalit, Ziripoth — sie alle verließen die dem Untergang geweihte Stadt Pyrywanga und zogen nach Norden. Sie flohen vor der Asche der Vulkane, der Hitze der Feuerstraße, dem Unheilsodem der Dürre, der brodelnden Lava. Ihre Wagen und Karren waren voll beladen mit ihrer Habe. Tote, Kranke und Verletzte blieben zu beiden Seiten des Weges zurück.

Aber es fand auch ein Aufbruch in die entgegengesetzte Richtung statt. Neben den auf dem ausgedörrten Meeresboden liegenden Schiffen erkannte Runen riesige Gerüste, von denen Waren in große Sandsegler geladen wurden. Die Rümpfe einige Kampffregatten waren einfach mit großen Rollen versehen worden. Und ungeduldig warteten die Abenteuerlustigen auf die Beendigung aller Vorbereitungen. Hunderte und Tausende zogen in die Wüste hinein. Und sie alle waren nur von einem Gedanken beseelt: Sie wollten Telquel-Tränen finden und reich und mächtig werden. Die meisten von ihnen würden bei diesem Unterfangen den Tod finden. Es gab kaum noch Wasser, und die Dürre entzog dem Körper eines Lebewesens binnen kürzester Zeit die Feuchtigkeit. Streit mochte ausbrechen, wenn die ersten toten Meeresriesen gefunden waren. Und von Süden her kamen die Sturmleute ...

Aus einer Tasche holte Runen Kommunikator und Tracer hervor und schaltete beide Geräte zusammen. Noch einmal sah er sich um und vergewisserte sich, daß er allein war. Dann berührte er einen Sensorpunkt, und das kleine Display des Kommunikators leuchtete auf. Er starrte in Richtung der Wolken. Wenn er mit seinen Berechnungen richtig lag, befand sich der Satellit auf seiner Umlaufbahn nun auf dieser Seite des Planeten.

Runen strahlte das Kennungssymbol ab und wartete. Auf dem Display zeigten sich nur farbige Schlieren, und in dem kleinen Lautsprecher knackte und knisterte es. Runen befürchtete, daß die Störungen durch die Feuerstraße zu groß waren, um eine zweiseitige Verbindung mit dem Satelliten zu ermöglichen. Er wollte schon aufgeben und zu seinen beiden Begleitern zurückkehren, als plötzlich die Streifenmuster auf dem Display verschwanden und einem bestimmten Symbol wichen.

»Ich empfange Ihre Signale nur se ... schwach«, knarrte

es im Lautsprecher. Runen schaltete einen weiteren Verstärker hinzu und fragte: »Ist es jetzt besser?«

»Ja. Es ist mir in der Zwischenzeit gelungen, Zugang zu weiteren Dateien des Konziliats zu erhalten. Dabei bin ich auf einen sonderbaren Tatbestand gestoßen. Die Bombe an Bord des Aufklärers wurde vom Konziliat dort untergebracht.«

Runen runzelte die Stirn.

»Möchten Sie das Ergebnis einer Motivationserhebung hören?«

Runen bestätigte, und der Satellitencomputer fuhr fort: »Beim Konziliat handelt es sich, wie ich Ihnen schon bei einer anderen Gelegenheit erklärte, um eine sektenähnliche Vereinigung mit sehr obskuren Zielsetzungen. Allgemein wird eine Versöhnung mit dem Kosmos, das heißt der gesamten Einheit des Organischen und Anorganischen, angestrebt. Jedem Konzilianten steht es frei, dieses Ziel auf seine ganz persönliche Art und Weise zu erreichen zu versuchen. Seit einigen Jahren betreibt das Konziliat entsprechende Werbung auf vielen Welten des Missionats. Nun, der Zugang zu einigen Dateien, in denen Einzelheiten gespeichert sind, war mir trotz aller meiner Bemühungen verwehrt. Ich kann Ihnen nur soviel mitteilen: Aufgrund einiger zerebraler Besonderheiten eignete sich Carinne Ramelia für die Aufgabe, während der Zeit der Dürre nach den Tränen der sieben Telquel-Ri zu suchen. Das Konziliat beschäftigt sich schon seit geraumer Zeit mit diesbezüglichen Untersuchungen, aber ich bin auch auf Hinweise gestoßen, die die Vermutung nahelegen, daß der Anstoß zu dieser Aktivität nicht in erster Linie vom Hirten selbst ausging, sondern vielmehr von den Liss.«

Das, dachte Runen, *ist wirklich sonderbar*.

In der Ferne ertönte der schrille Klang einiger Alarmhörner, und er hob den Kopf. Am südlichen Horizont zeigten sich einige dunkle Punkte, und es dauerte eine Weile, bis er die Konturen deutlicher erkennen konnte: Es waren große Kampfwagen, an deren Masten schwarze Banner mit Drachensymbolen wehten. Kleinere Punkte stiegen auf, und als der Wind einmal die Richtung wechselte und landeinwärts wehte, konnte Runen die heiseren Schreie von Siren vernehmen.

»Welches Interesse können die Liss daran anhaben, auf diese Weise auf Tschurat tätig zu werden? Und wenn du recht hast: Warum sollten sie auf meinen Tod aus sein?«

»Diese Fragen«, erwiderte der Satellitencomputer, »kann ich Ihnen leider nicht beantworten. Dazu reichen die vorliegenden Informationen nicht aus. Aber vielleicht ist in diesem Zusammenhang noch ein anderer Punkt von Interesse. Offensichtlich im Auftrage der Liss stellte der Hirte des Konziliats Nachforschungen an. Er ging dabei nur sehr oberflächlich zu Werke. Er hatte von Carinne Ramelia die Auskunft erhalten, sie stehe allein und sei niemandem verpflichtet …«

Bei diesen Worten preßte Runen die Lippen aufeinander.

»Als Sie aber Untersuchungen über den Verbleib Ihrer Frau anzustellen begannen, führte das offenbar zu großer Beunruhigung bei den Liss, und daraufhin erhielt der Hirte den Auftrag, Sie zu eliminieren.«

Runen betrachtete die in der Ferne sichtbaren Kampfwagen der Siren. Die an den Ladegerüsten tätigen Garanwi, Chirian und Ktalit ließen alles stehen und liegen und ergriffen die Flucht.

»Daraus«, sagte Runen langsam, »kann man nur den Schluß ziehen, daß Carinne zu etwas mißbraucht wird, von dem sie keine Ahnung hat. Man hat sie zu einer Art Werkzeug gemacht.«

»Das entspricht genau den Resultaten meiner Motivationserhebung«, bestätigte der Satellitencomputer. Es knackte und knarrte im Lautsprecher. Runen wechselte rasch die Frequenz, und nach einigen Sekunden war die Verbindung wiederhergestellt.

»Hast du etwas über Carinnes Aufenthaltsort herausfinden können?« fragte Runen gespannt.

»Ja. Vor einigen Tagen empfing ich eine kurze codierte

Nachricht, die in der Station des Konziliats einige Aufregung hervorrief. Der Hirte versuchte daraufhin, sich direkt mit der von Ihnen gesuchten Person in Verbindung zu setzen, aber es gelang ihm nicht.«

»Hast du den Ausgangspunkt der Codemeldung lokalisieren können?«

»Ja.« Das Symbol auf dem Display verschwand und wurde durch eine Karte des Planeten ersetzt. Ein kleiner gelber Punkt glänzte auf einer der äquatorialen Inseln.

»Kurz darauf«, fügte der Computer hinzu, »stattete der Leiter der Liss der Konziliatsstation einen Besuch ab. Begleitet wurde er von einem Menschen und einem Djindjac. Die beiden begannen sofort mit einer genauen Untersuchung des Stationsrechners und aller Kommunikationseinrichtungen. Dabei wurden Hinweise auf meine Dateizugriffe gefunden.«

»Und?«

»Der Liss stellte fest, daß der Hirte des Konziliats seinen Auftrag nur zum Teil ausgeführt hat. Angesichts der Anzapfung des Stationscomputers ging er davon aus, daß Sie noch leben.«

»Ich verstehe«, sagte Runen und nickte langsam.

»Der Liss erteilte dem Konziliatshirten daraufhin die Anweisung, Sie endgültig aus dem Weg zu räumen.«

»Wie?« fragte Runen rasch.

»Darüber kann ich Ihnen leider keine genaue Auskunft geben, weil meine Verbindung zum Rechner der Basis unterbrochen wurde. Ich habe in der Zwischenzeit immer wieder versucht, erneut mit dem Stationscomputer in Kontakt zu treten, aber bisher hatte ich keinen Erfolg. Offenbar will man einen getarnten Atmosphärenspringer nach Pyrywanga ausschicken und Sie in der Stadt abfangen.« Es knackte und kratzte.

»Wann trifft er hier ein?« Runen starrte auf das Display. Der kleine blinkende Punkt auf einer der Inseln … er markierte den Ort, wo sich Carinne noch vor einigen Tagen aufgehalten hatte.

190

»... leide ... kein ... Informationen ...«, knarrte es aus dem Lautsprecher. Die statischen Störungen waren wie das Grollen eines heranziehendes Gewitters. Runen wechselte die Frequenz, und für einige Sekunden war die Verbindung wieder stabil. »Seien Sie auf der Hut. Und wenn Sie Carinne Ramelia finden ... die Gehirnoperation, der man sie in der Konziliatsstation unterzog ...«

Runen beugte sich vor. »Was ist damit?«

Aber jetzt überlagerten die Störungen alle anderen Geräusche. Runen drehte noch eine Zeitlang an den Justierungen des Tracers, dann schaltete er das Gerät aus und machte sich auf den Rückweg zu dem provisorischen Lager.

Als Runen um die Felsen herumtrat, die die Bodenmulde umsäumten, erlebte er eine Überraschung.

Patric Vangrest und Gina waren nicht mehr da.

Einige Dutzend Meter südlich der Felsen fand Runen Scenegato Spuren, die auf einen kurzen Kampf hindeuteten. Die Auseinandersetzung mußte vor recht kurzer Zeit stattgefunden haben, denn der Wind, der nun auch in dieser Region immer heftiger und stärker zu wehen begann, hatte die Spuren noch nicht mit Staub und Asche zugedeckt. Runen folgte ihnen. Sie hielten zunächst genau auf den Treck zu.

»Gina?« rief Runen mit gedämpfter Stimme. »Kannst du mich hören, Gina?«

Aber es antwortete ihm nur das Grollen der rauchenden Berge. In dem von den Strahlungsphänomenen der Feuerstraße durchfunkelten Dunst waren breite Magmaströme zu sehen, die sich über die Kegelhänge der Vulkane in die Tiefe wälzten und alles verbrannten und verkochten, was sie berührten.

Tief unter Runen rumorte es, und unmittelbar darauf erzitterte der Boden. Runen wich rasch zur Seite aus, als sich die Quader und Granitblöcke eines Herrenhauses rut-

191

schend in Bewegung setzten. Flugasche wirbelte auf. Runen stülpte sich den ledernen Kragen der Hemdjacke vor den Mund, senkte den Kopf und lief weiter. Unter seinen Füßen hob und senkte sich der Untergrund wie der Rücken eines bockigen Pferdes. Die verkohlten Skelette von Bäumen ächzten und knarrten, und die Chirian des Flüchtlingstrecks hörten auf zu singen. Wagen und Karren stürzten um. Vasen und tönerne Vorratsbehälter zersprangen. Und der ausgedörrte Boden schluckte viele Liter kostbaren Trinkwassers. Bald konnte Runen die Spuren nicht mehr erkennen. Sie verbargen sich nun unter einer dicken Schicht aus Staub, Sand und Ascheflocken. Noch einmal rief er den Namen der Njeih, und wieder antwortete Gina ihm nicht. Runen schrie, aber nur die Böen des aus der Äquatorialregion heranziehenden Orkans vernahmen seine Rufe.

Nach einigen Dutzend Metern stieß Runen auf einen schmalen Pfad, der in langen Schleifen nach Pyrywanga hinunterführte. Der Mann in der völlig durchschwitzten Lederkombination kniff die Augen zusammen. Weit unten erkannte er mehrere Gestalten, die es offenbar sehr eilig hatten, den nördlichen Stadtrand zu erreichen. Der auflebende Wind trieb dicke schwarze Rauchwolken heran, und der Schnee aus Ruß und Asche machte es Runen unmöglich, Einzelheiten zu erkennen. Er glaubte aber, für eine Sekunde den wehenden Schleier schwarzen Haars erkannt zu haben. Er setzte sich wieder in Bewegung, sprang über kleinere Bodenspalten hinweg und folgte dem Verlauf des Pfades.

Die ersten Stoßtruppen der Siren hatten Pyrywanga erreicht. Ihre großen Kampfwagen überrollten die ehemaligen Uferbefestigungen, die nun wie sonderbar geformte Palisaden aus dem freigelegten Meeresboden aufragten. Und wenn sie in Trümmerbergen feststeckten, breiteten die Sturmleute ihre ledrigen Schwingen aus und stiegen auf. Fanfaren gellten schrill, und Alarmglocken läuteten den Tod der Stadt ein.

In den südlicheren Abschnitten des Trecks brach Panik aus, die sich rasch nach Norden hin fortsetzte. Zugtiere grunzten und knurrten, bäumten sich in ihren Geschirren auf und ließen die Wagen und Karren ausscheren. Hölzerne Räder zerbrachen an heißen Felsbrocken. Chirian und Ktalit stürzten und starben in Lavapfützen. Andere ließen die schweren Bündel fallen, die sie bis hierher geschleppt hatten, und Runen glaubte, ihr Keuchen und Schnaufen zu vernehmen, als sie ihren ausgemergelten Leibern alles abverlangten und den Hang hinauf flohen. Er schenkte all dem nur beiläufige Aufmerksamkeit. Seine Blicke versuchten, die Rauchschwaden zu durchdringen und die Gestalten wiederzufinden, die er zuvor weiter unten gesehen hatte. Er atmete schwer, und in seinen Lungen schienen tausend glühende Nadeln zu wachsen. Manchmal mußte er seinen Lauf verlangsamen, wenn sich das Bild vor seinen Augen verschleierte. Die Hitze war schier unerträglich.

Und der aus dem Süden herannahende Sturm trug das Aroma von Feuer und Verderben mit sich.

Chirian-Frauen mit zerrissenen Kleidern und rußgeschwärzten Gesichtern kamen ihm entgegen. Sie hatten die Augen weit aufgerissen, und manch eine von ihnen hielt ein schmutziges Bündel in den Armen, einen Sohn oder eine Tochter, längst tot, verdurstet in dem sich anbahnenden Inferno, ausgedörrt wie der Boden des Ozeans.

Als Runen den Stadtrand erreichte, blieb er keuchend stehen und lehnte sich an die schiefe Wand eines Holzhauses. Vor ihm lag ein Irrgarten aus Hunderten von Straßen, Gassen und Alleen. Und in diesem brennenden Labyrinth herrschte das Chaos. Tausende von Chirian waren den angreifenden Horden hilflos ausgeliefert. Runen sah lange und schwer beladene Zuggespanne. Geißeln und Peitschen wurden geschwungen, und breite Holzräder rumpelten über ein an vielen Stellen aufgebrochenes Steinpflaster. Bettler in rußigen Lumpen krochen durch die vulkanische Flugasche, die die ganze Stadt wie mit einem Leichentuch bedeckte, und ihre Beinstümpfe zogen lange Furchen durch den heißen Staub — Spuren, die binnen kurzer Zeit von weiterem Ruß bedeckt wurden. Kinder riefen nach ihren Müttern. Kontoristen und reiche Handelsherren ließen sich von ihren Sklaven und Lakaien in perlmutternen Sänften tragen, und die in ihren Diensten stehenden Söldner kannten kein Erbarmen: Mit Messern, metallenen Schwertern und dornenbesetzten Geißeln bahnten sie ihren Herren einen Weg, und Dutzende der anderen Flüchtlinge starben und blieben an schwankenden und zitternden Mauern liegen. Garanwi in Facettenuniformen hielten vor den Pyramiden der Stadtfürsten und Kaufleute Wache und sorgten dafür, daß die Mächtigen und Wohlhabenden Pyrywangas nicht nur sich selbst, sondern auch einen großen Teil ihrer Habe in Sicherheit bringen konnten.

Runen stieß sich von der Wand in seinem Rücken ab und eilte weiter. Das Gewühl und Gedränge wurde immer dichter, und selbst durch die schmaleren Gassen und Straßen wälzten sich endlose Flüchtlingsströme. Auf den größeren Plätzen erhoben sich provisorische Gerüste, und in diesen Gestellen warteten primitive Ballone auf ihre Last. Garanwi in Kettenhemden, welche längst ihren funkelnden Glanz eingebüßt hatten, wehrten den Ansturm schreiender Chirian ab. Die Stelzer, auf denen sie hockten, stakten unruhig umher und schufen eine vielbeinige Barriere, die ein Durchkommen unmöglich machte.

Die Flechtwerke der Gondeln ächzten und knarrten unter großen Metallasten. Als die Handelsherren einen entsprechenden Befehl gaben, durchtrennten ihre Bediensteten die Haltetaue, und die heiße Luft verlieh den bizarren Gefährten Auftrieb.

Die Menge stöhnte, als die ersten Ballone aufstiegen. Fäuste wurden geballt, und Steine und Holzlatten flogen empor. Lange Flammen züngelten aus metallenen Brennern und fauchten in den Öffnungen der Luftschiffe. Und weit oben warteten die Sturmleute. Mit ausgebreiteten Schwingen zogen sie ihre Bahnen. Sie stürzten Pyrywanga entgegen, und ihr Krächzen klang wie der Triumph von Aasfressern. Mit ausgefahrenen Fußklauen landeten sie auf Pyrymiden, die noch nicht von den Beben zerstört worden waren. Sie zerschmetterten die Riegel von Dachluken und drangen ins Innere der Herrenhäuser vor.

Andere Siren segelten auf die Tuchhüllen der Ballone zu, und die Seide zerriß unter ihren scharfen Krallen. Die Gondeln mit den Kaufleuten und ihrer ganzen kostbaren Last stürzten in die Tiefe.

Scenegato stolperte weiter und schob sich in irgendeine Nische, wenn das ihm entgegendrängende Gewühl zu stark und zu dicht wurde. Er kam an einer weiten offenen Säulenhalle vorbei; darin stampften und pochten die Hebel und Kolben einiger unförmiger Dampfmaschinen. Jetzt kümmerte sich niemand mehr um sie. Wieder erzitterte der Boden, und nun begannen sich auch in den gepflasterten Straßen und Gassen Pyrywangas die ersten Risse und Spalten zu bilden. Die Röhren der Kanalisation platzten, und heraus quoll stinkende, grauschwarze Jauche. Gase entzündeten sich in der Hitze, und die Flammen leckten nach den Wänden hölzerner Häuser. Es waberte und wogte in den Klärgruben: Bakterienkolonien wuchsen in einem atemberaubenden Tempo und ballten sich zu Pseudokörpern mit Dutzenden von stummelartigen Beinen zusammen. Sie kletterten aus den Spalten und Rissen, und die Chirian wichen vor ihnen zurück.

Einmal sah Runen, wie eine alte Frau von einem der Pseudokörper berührt wurde. Sie blieb reglos stehen, und ihre zittrigen Hände suchten irgendwo nach Halt. Die Haut ihres eingefallenen Gesichts überzog sich binnen weniger Sekunden mit Runzeln und eitrigen Pusteln, und der Pseudokörper der Bakterienkolonie bildete Ausläufer, die über den Körper der Chirian krochen. Runen übergab sich.

Bis zu dem Ort, von wo aus Carinne ihre letzte Meldung an die Konziliatsstation gesendet hatte, war es noch weit, und er wußte nicht genau, was ihn in der weiten Senke des ausgetrockneten Meeres erwartete. Er brauchte den dürren

Piloten und sein im Memorianten gespeichertes Wissen. Und Gina ... sie war wie ein Traum, eine Erinnerung — nein, mehr als nur eine Erinnerung. Sie war *real*, und nur darauf kam es an. In ihren rehbraunen Augen leuchteten Bilder von einem weißen Sandstrand, von den wehenden Haaren eines jungen Mädchens, Bilder eines perlweißen und unbekümmerten Lachens.

Er vernahm ein rhythmisches Rasseln und blieb kurz stehen. Vor ihm lichtete sich der Strom der Flüchtlinge ein wenig, und sein Blick fiel auf eine Gruppe nackter Chirian. Die Männer und Frauen hatten sich die Schädel geschoren, und an ihren Brustwarzen hingen lange Ketten aus Muscheln und Holzsplittern.

»Dies ist das Ende der Welt«, sangen sie mit dumpfen und montonen Stimmen, und einige hoben die Arme.

Runen wich zur Seite, und die Prozession der Häretiker zog an ihm vorbei. Die Chirian schwangen lange Geißeln, und die Dornen auf den Lederschnüren bohrten sich in ihre ungeschützten Körper. Die Männer und Frauen bluteten bereits aus Dutzenden von Wunden. Ein breiter Riß entstand in dem rußgeschwärzten Pflaster, und heraus krochen die Pseudokörper einige Bakterienkolonien. Die Pestilenz stürzte sich sofort auf ihre Opfer.

An die Gasse schloß sich eine breite Allee an. Ein Kommando aus Sturmleuten hatte den Zugang zu einer marmornen Pyramide aufgebrochen und zerrte kostbare Tuchballen und Metallbarren heraus. In der Mitte der Straße hockten einige Garanwi auf kleineren Stelzern, und neben ihnen standen zwei alte Chirian. Sie hatten die Arme erhoben, und in ihren Händen sah Runen die glänzenden Kristalle zweier Telquel-Tränen. Funken tanzten fort von den geschliffenen Kanten der Tralicc und vereinten sich zu einer kalten Flamme. Runen atmete tief durch, als plötzlich Kühle heransickerte, gefolgt von einer Sturmböe, die aus einem imaginären Gletscherland zu stammen schien. Die Kwai-Böen erfaßten die gedrungenden Körper der Siren und wirbelten sie fort. Die Sturmleute breiteten die Schwingen aus, aber dies war nicht der Orkan, den sie kannten. Die in den Kristallen gespeicherte Energie schleuderte die Siren gegen den Marmor der Pyramide. Knochen brachen.

Weit oben, dicht unter den leuchtenden und flammenden Wolken, zogen Dutzende von Sturmleuten ihre Bahn. Es war vollkommen aussichtslos. Die Übermacht der Siren war einfach zu groß. Ihre Kampfwagen wurden von den Böen des Äquatorialorkans durch die weite Senke des ausgetrockneten Meeres gestoßen, zu Hunderten und Tausenden: eine einzige gewaltige Woge des Verderbens, eine Sintflut aus Tod und Unheil, die zuerst an die Küste Arantalens gischtete und sich dann ins Binnenland des Kontinents hinein ergießen würde. Diesem Ansturm konnte nichts standhalten. Stellten sich den Siren Hindernisse in den Weg, dann stiegen sie einfach auf, ließen sich viele Kilometer weit von den Sturmböen tragen und setzten anschließend wieder zur Landung an, im Rücken des Gegners. Runen sah nun auch andere Kwai, die sich hastig durch das Gewühl schoben und offenbar so etwas wie eine gemeinsame Verteidigungslinie aufbauen wollten. Oben am Himmel krächzten die Siren, und weiter im Süden der Stadt ertönte das dumpfe Pochen von Signaltrommeln.

Runen wankte am Rande des Platzes entlang, um so rasch wie möglich aus der Nähe der Kwai zu verschwinden. Einer der Chirian drehte sich zu ihm um, und in seiner Hand leuchtete der Kristall einer Telquel-Träne. Runen sah, wie sich zitternd die Lippen des Chirian bewegten und lautlos ein bestimmtes Wort formulierten.

Er streifte die sonderbare Taubheit von sich ab und eilte weiter. Das Stöhnen und Wimmern der Menge verschluckte ihn, und es dauerte eine halbe Ewigkeit, bis er auf den Zugang einer Seitengasse stieß und darin verschwand. Ein Schleier legte sich vor seine Augen, und er taumelte einige Schritte und zwinkerte mehrmals. Mit dem rechten Fuß stieß er gegen ein weiches Hindernis, und er verlor das Gleichgewicht und fiel.

Er blieb einige Sekunden in der Asche liegen und

atmete schwer. Als sich das Bild vor seinen Augen wieder klärte und er sich in die Höhe stemmte, fiel sein Blick auf eine alte Frau, die zwischen zwei stinkenden Müllhaufen hockte. Ihre blinden Augen starrten ins Leere, und die knochigen Hände der Greisin waren in unablässiger Bewegung. Sie schoben kleine, seltsam geformte Steine und Knochen in dem ätzenden Staub hin und her. Langsam drehte sie den Kopf auf die Seite und sagte mit rauher Stimme: »Suchst du eine Auskunft, Fremder?«

Er kauerte sich neben der alten Frau nieder: »Kannst du mir denn eine Auskunft geben?« fragte er auf Tras.

»Du sprichst einen merkwürdigen Dialekt«, sagte sie, und Runen erwiderte rasch:

»Ich komme von weither.«

»Ja«, murmelte die Frau, und die blinden Augen starrten ihn groß an. »Von weit her. Ja, ich sehe es in dir ... Landschaften, die kaum ein Chirian jemals erblickte, Häuser und andere Dinge ...«

»Begreifst du nicht, was hier geschieht?« fragte Runen. »Pyrywanga brennt.«

»Oh, ich weiß, ja, das ist mir klar.« Die Greisin legte kurz den Kopf in den Nacken.

»Hast du denn ... keine Angst?«

»Angst?« Die Frau kicherte. »Wovor sollte eine Greisin wie ich Angst haben? Etwa vor dem Tod?« Sie schüttelte den Kopf. »Nein, vor dem Sterben fürchte ich mich nicht. Niemand kann vor seinem Tod fliehen, Fremder. Und mir ist es bestimmt, an dem Untergang Pyrywangas teilzuhaben.« Mit der einen Hand griff sie unter den langen Rocksaum, und als sie sie wieder hervorzog, schimmerte zwischen ihren langen und dünnen Fingern der Splitter einer Telquel-Träne. Runen erschrak und tastete unwillkürlich nach der Waffe in seinem Schulterholster.

»Oh, aber in dir sehe ich Furcht, Fremder«, sagte die Greisin und drehte den Traliccsplitter hin und her. »Hast du etwa Angst vor einer alten Frau?«

»Nein«, stieß Runen hervor. Und er fügte hinzu: »Ich suche jemanden.«

198

»Auch das weiß ich. Zwei Gesichter sehe ich ...«

Runen beugte sich vor und vergaß die Gefahr einer Entlarvung. »Kannst du mir sagen, wo ich Vangrest und Gina finden kann?«

»Und sie sind nicht allein. Ein Meuchler und ein Vendicator begleiten sie. Auch noch etwas anderes sehe ich ... Ja ... eine Tätowierung, ein Sklavenzeichen.«

Runen dachte an den Meuchler Takkal, den er in der Traumhöhle Tschirivahs erschossen hatte. Und an Ginas Worte. Sie hatte recht behalten: Ihr Njeihherr fand sich nicht mit dem Verlust einer Sklavin ab. Er hatte sie auch über die Stadt der tausend Spektakel hinaus verfolgen lassen.

»Wo?« fragte Runen. »Wo sind sie jetzt?«

Aber die Greisin schüttelte nur den Kopf und sagte: »Ein Schatten klebt an dir, Fremder, ein Schemen ohne Gesicht und ohne feste Gestalt. Sieh dich vor, Chirian-aus-der-Ferne. Hüte dich vor diesem Schatten. Er ist kein Vendicator und auch kein Meuchler. Und doch hat er die Absicht, zu töten. Er kommt in einem Flieger, der nicht aus Fleisch besteht. Er ...« Die Frau erbebte. »Er ist ein Außenweltler.«

Runen umfaßte die schmalen Schultern der Greisin und zischte: »Die beiden Gesichter ... wo kann ich Gina und Vangrest finden?«

»Oh, sie befinden sich ganz in der Nähe. Der Meuchler und der Vendicator bringen sie zu einem Ballon. Schwarz ist die Seide, schwarz wie die Nacht, die auf das Leben folgt und die eine Ewigkeit lang dauert, bis ans Ende der Zeit selbst.«

Runen wandte sich wortlos um und lief durch die Gasse. Hinter ihm wirbelte flaumige Lavaasche auf, und das dumpfe Dröhnen der Signaltrommeln übertönte das Murmeln der Greisin: »Seltsam bist du, Fremder. Hüte dich vor dir selbst. Denn du bist dein größter Feind.«

Runen Scenegato — Konfrontation

Runen sprang über schwelende Trümmer hinweg und eilte mit langen Schritten an in der Glut knisternden und ächzenden Hausfronten vorbei. Er stieg über viele Leichen hinweg, wich den Pseudokörpern von Bakterienkolonien aus und mied die Nähe der breiten Straßen und Alleen. Hinter ihm brach ein brennendes Lagerhaus krachend in sich zusammen, und einige der Funken brannten sich passelnd in Runens lederne Kombination. Er lief weiter und achtete nicht auf den Schmerz der Brandwunden, die er davontrug. Eine weitere schmale Gasse nahm ihn auf, und sie wurde bald breiter und gewährte ihm Zugang zu einem der Nebenplätze der Stadt. Und in der Mitte dieses Platzes ragte ein Haltegestell auf, an das sich die kleine Gondel eines pechschwarzen Ballons schmiegte.

Hinter sich vernahm Runen plötzlich ein heiseres Krächzen. Er drehte sich um, und aus einem Reflex heraus zog er noch während dieser Bewegung die Waffe aus dem schweißnassen Schulterholster.

Ein paar Meter von ihm entfernt war ein Sire gelandet. Der weiße Knochenpanzer glänzte gespenstisch. Der Sturmmann faltete mit einem Ruck die Schwingen zusammen, riß das Schwert aus geschliffenem Hartholz hinter der Gürtelschlaufe hervor und holte damit zum Schlag aus.

Runen drückte ab.

»Scenegato, hier sind wir! Hier!«

Runen wandte sich von dem Toten ab und lief los. Auf dem Gerüst in der Mitte des Platzes, unter dem aufgeblähten Seidentuch des Ballons, standen mehrere Gestalten. Vangrest winkte. Ein Garanwi versetzte dem Piloten einen Schlag. Sein Schrei verstummte. Runen feuerte seine Waffe ein zweites Mal ab, und der Lichtblitz raste gen Himmel. Die Gestalt neben Gina wandte sich um und legte eine Armbrust an. Runen duckte sich, und der Bolzen aus zugespitztem Hartholz sirrte dicht über ihn hinweg. Gina sprang vor und warf sich mit ihrem ganzen Gewicht gegen den Garanwi. Der hagere Körper verlor das Gleichgewicht und stürzte vom Gerüst herab. Runen stürmte weiter und hielt auf den Ziripoth vor ihm zu. Die kirschfarbenen Sehringe des Meuchlers leuchteten wie zwei farbige Glanzschläuche. Runen feuerte ein drittes Mal, und diesmal sengte der Strahl über das Pflaster des Platzes. Der Ziripoth ließ die Waffe fallen und verschwand mit wehendem Umhang in einer Seitengasse.

Runen erklomm die Treppe mit einigen raschen Sätzen und riß Gina an sich.

»Sie ... sie wollten mich zurückbringen«, stieß sie schrill hervor. »Mein Herr wird nichts unversucht lassen, um mich wiederzubekommen. Und die Meuchler und Vendicatoren werden uns verfolgen, ganz gleich, wohin wir auch fliehen.«

»In meiner Heimat«, sagte Runen, »brauchst du keine Angst mehr von ihnen zu haben.«

»Willst du ... willst du mich mitnehmen?«

»Ja«, sagte er. »Dort, wo ich lebe, bist du in Sicherheit.«

Vangrest kam stöhnend in die Höhe, und als Runen ihm in die wäßrigen Augen sah, stellte er fest, daß der Pilot noch immer unter dem Einfluß von Rauschmitteln stand. Er trat auf ihn zu und schloß die Finger der rechten Hand um den Hals des Mannes.

»Wenn Sie richtig bei sich gewesen wären, hätten Sie die Verschleppung wahrscheinlich verhindern können«, zischte er.

Vangrests Gesicht lief rot an. Runen ließ den Piloten los und stieß ihn von sich.

»Wir müssen so schnell wie möglich fort von hier«, sagte er, starrte auf die Gondel und blickte dann auf den schwarzen Ballon darüber. »Vielleicht können wir damit weg.«

»Nein«, krächzte Vangrest. Er massierte sich den Hals, und in seinen Augen glitzerte es. »Sehen Sie nicht die Sturmleute da oben?«

»Wir besorgen uns einfach ein neues Gespann«, sagte

Vangrest, und er kicherte, als er die Treppe hinabstieg. Runen haßte ihn. Er haßte ihn so sehr wie die vergangenen zehn Jahre seines Lebens, die langen Monate, die wachen Nächte, all das, was er einfach verschenkt hatte. Er verabscheute ihn so sehr wie den Barbarengestank dieses Planeten, wie die Hitze, das Feuer und den Tod.

Er sah eine Bewegung am Rande des Platzes und drehte sich um. Ein in ein langes und angesengtes Leinentuch gekleideter Chirian taumelte aus einer Gasse hervor und wich den Lanzen aus, deren Schäfte Bürger Pyrywangas in den Boden getrieben hatten. Die Spitzen deuteten schräg nach oben und sollten Sturmleute an einer Landung hindern. An einigen Stellen aber hatten die Siren einfach brennendes Pech abgeworfen, und die Flammenglut hatte die meisten Speere verbrannt.

»Komm, Gina«, wandte sich Runen an die Njeih und kletterte ebenfalls die schmalen Stufen in die Tiefe. Vangrest taumelte und dann und wann gab er das Kichern eines Irren von sich.

Der Chirian stolperte auf sie zu. Blutflecken zeigten sich auf dem Leinen, und der Mann preßte die Hand auf eine klaffende Hüftwunde. Runen hielt Gina fest und wich dem Chirian aus. Daraufhin blieb der Mann stehen, stöhnte und brachte schließlich hervor:

»Helft mir ... bei allen Himmeln, ich verblute ...«

Vangrest trat kichernd auf den Verletzten zu, holte eine Kräuterwurzel aus einer Tasche seiner ledernen Kombination hervor und bot sie dem Chirian an. Als sich der Pilot genau zwischen ihm und Runen befand, ging mit dem Mann eine jähe Veränderung vor sich. Die auf die Hüftwunde gepreßte Hand verschwand in einer Falte des Leinentuchs und kam mit einer metallen glänzenden Strahlwaffe wieder zum Vorschein. Vangrest gab ein überraschtes Keuchen von sich und sprang mit einem Satz zur Seite. Runen ließ sich fallen, riß Gina mit sich zu Boden und stieß sie mit den Füßen fort. Anschließend rollte er sich herum und stieß dabei mit der Schulter gegen einen zerbrochenen

Speerschaft. Einer der Splitter bohrte sich durch das Leder seiner Hemdjacke. Runen gab einen dumpfen Schrei von sich, als er in der Schulter einen stechenden Schmerz verspürte.

Der Chirian trat auf ihn zu und zielte auf ihn. Die Hüftwunde war natürlich nicht echt. Der Daumen des Mannes näherte sich dem Auslöser der Waffe.

Von rechts sauste ein Schatten heran. Gina sprang und stieß den Mann mit einem Tritt beiseite. Runen rollte sich erneut zu Seite. Ein zweites Mal holte er seinen eigenen Strahler hervor.

Gina und der Fremde wälzten sich hin und her.

»Laß von ihm ab!« rief Runen der jungen Njeih zu. Aber noch bevor sie seinen Rat beherzigen konnte, fauchte die Ergschleuder des Außenweltlers erneut. Beide Körper erstarrten. Gina schnappte keuchend nach Luft und wälzte sich zur Seite.

Runen trat auf die Leiche zu. Die Miene des Toten war noch immer völlig ausdruckslos. Die Entladung hatte einen Teil der Ganzkörpermaske verbrannt. Der Symbiont löste sich von dem leblosen Wirtskörper.

Vangrest kauerte zwischen einigen verkohlten Lanzenschäften und übergab sich.

Runen Scenegato ging in die Knie und untersuchte die Taschen des Toten. Es dauerte nur einige wenige Sekunden, bis er den Codegeber gefunden hatte. Er berührte den einen Sensorpunkt auf der Frontseite und wartete.

Ein Schatten glitt durch die emporzüngelnden Flammen eines brennenden Hauses und wehte auf sie zu. Runen duckte sich unwillkürlich, und Gina rief: »Ein Urui! Er wird uns alle töten!«

Aber der lange Schwanz des rochenförmigen Fliegers peitschte nicht in ihre Richtung. Der als Urui getarnte Atmosphärenspringer ging leise summend in ihrer unmittelbaren Nähe nieder. Es klickte irgendwo, und ein Schott öffnete sich zischend. Runen sprang auf und war mit einem Satz in der Schleusenkammer. Vangrest half Gina beim Einstieg, und Runen sah eine häßliche Brandwunde auf Schulter und Arm der jungen Njeih. Draußen erklang das laute Krächzen einiger Siren, und wenige Sekunden später hörten sie, wie sich ledrige Schwingen knisternd zusammenfalteten. Runen schloß das Schott und zwängte sich in die enge Pilotenkanzel. Als der Atmosphärenspringer abhob und sich den gleißenden Wolken entgegenwarf, schrillte Vangrest:

»Jetzt haben wir es geschafft, nicht wahr, Scenegato? Wir verlassen Pyrywanga und landen in der Senke des ausgetrockneten Meeres. Und dort suchen wir nach den Tränen der toten Telquel. Ist es nicht so, Scenegato? Sie wissen doch, wo sie zu finden sind.«

»Verdammt, kümmern Sie sich um Gina.« Runen dachte an Carinne und fügte hinzu: »Ja, ich weiß, wo wir sie finden können.«

Carinne Ramelia —
Am Ziel: Die sieben Telquel-Ri

Die Stürme der Dürre waren weitergezogen, nach Norden, in Richtung Arantalen. Eine eigentümliche Stille senkte sich über die weite Wüste des ausgetrockneten Meeres. Überall regte sich Leben, dessen Existenz nur auf einen sehr begrenzten Zeitraum beschränkt war, auf die Periode zwischen Dürre und Flut.

Und die Telquel waren wie Berge, die aus der großen Senke aufragten, purpurne Gipfel mit tentakelartigen Auswüchsen. Hier und dort zuckte es noch in einem der gewaltigen Leiber, aber die meisten Ozeangiganten waren bereits verendet.

Carinne hielt sich an einem knochenharten Hautlappen fest, der einst eine große Flosse gewesen sein mochte. Sie preßte sich eng an die Schuppen unter sich, und ihr ganzes Denken sehnte sich nach einem Hauch von Kühle, nach der Nässe, die nunmehr nur noch eine Erinnerung war, gespeichert in den fünf Tralicc der Telquel-Ri, die sie bisher hatte finden können. Weit unten grunzte die Wanderkröte. In der Einbuchtung in ihrem Hornpanzer lagen der abgestorbene Ganzkörpersymbiont und das Muaezyn – die heilige Tafel, die sie hierher geleitet hatte.

Weiter, flüsterte es hinter Carinnes Stirn, und es war eine Stimme, deren Anordnungen sie sich nicht zu widersetzen vermochte. *Ruh dich nicht aus. Zwei Tränen sind es noch, dann hast du deine Aufgabe erfüllt. Such weiter.*

Carinnes Lippen bewegten sich, aber ihre Zunge war zu sehr angeschwollen, als daß sie noch artikulierte Laute hätte hervorbringen können. Während der zurückliegenden Agonie durch den Verlust des Symbionten hatte sie ihr blaues Weber-Gewand zerrissen, und der Rest klebte in Fetzen an ihrem erschöpften Körper. Die Hitze der Dürre umhüllte sie und entzog ihrem Leib auch die letzte Feuchtigkeit. Es gab kein Wasser mehr. Jedenfalls nicht hier. Vielleicht im Norden, dort, wo es selbst während der Dürre noch kühl war, wo sich an den Flanken hoher Berge Schnee und Eis angesammelt hatten.

Weiter, Carinne. Gib nicht auf. Du schaffst es. Nur noch zwei Tränen fehlen …

Oh, sie spürte die Kraft der Tralicc, die sich in der ledernen Tasche befanden, die sie an einem Riemen am Hals trug. Es war konzentriertes Feuer, das ihre Seele versengte. Sie hatte sich Mühe gegeben, immer wieder, aber es war ihr nicht gelungen, die Hitze auch nur für wenige Sekunden zu vertreiben und durch Kühle zu ersetzen.

Kriech weiter, Carinne, kriech weiter!

Sie ließ den Flossenlappen los, krallte die Finger in Fugen und Spalten innerhalb des Schuppenpanzers und schob sich weiter in die Höhe, auf die große Einbuchtung zu, in der es jadegrün glänzte. Als sie den unteren Rand des Telquel-Auges erreicht hatte, verharrte sie erneut, und ihr von Schmerzwolken verschleierter Blick glitt nach Westen.

Die auf dem Grund des einstigen Ozeans gewachsenen Meerespflanzen waren in der Hitze längst verdorrt. Summende und sirrende Culexschwärme nagten mit winzigen Kiefern an den Resten von Blättern und Zweigen. Die mückenartigen Insekten tanzten einen Hungerreigen, und wenn ihr Appetit gestillt war, stiegen die Culex empor und vereinten sich im Fluge. Myriaden von Keimzellen regneten herab und fielen in den heißen Sand. Überall wuchsen Trockenpflanzen aus dem ausgedörrten Boden. Soweit Carinnes Blick reichte, bot die Wüste des ausgetrockneten Meeres den Anblick eines vielfarbenen Teppichs. Selbst das in einer Entfernung von mehreren hundert Metern sichtbare Wrack eines Seglers war inzwischen halb unter wuchernden und blühenden Flechtenkolonien verschwunden. Es war die Szenerie eines sonderbaren Friedens, aber bereits jetzt war zu spüren, daß dieser Frieden nicht lange anhalten würde, Tage nur noch, vielleicht einige Wochen. Denn dann hatte der Planet das gleißende Band der Feuerstraße durchstoßen und entfernte sich auf seiner Umlaufbahn von den beiden Sonnen des Doppelgestirns. Und im Zuge der allgemeinen Abkühlung würde dann die dichte Wolkendecke aufbrechen und sich all das darin gespeicherte Meereswasser in einem sintflutartigen und wochenlang andauernden Regen auf das heiße Land herabergießen. Dann wurden all die blühenden Pflanzen einfach fortgespült. Noch aber war es heiß. Und in dieser Hitze gedieh auch anderes und gefährlicheres Leben.
Die vielen Aasfresser, die sich an den toten Fischen und anderen verendeten Meerestieren labten, spürten es als erste. Unruhe breitete sich unter ihnen aus, und sie zerrten ihre Beute fort von den Hunderten und Tausenden von weißen Eiern, die teilweise halb im Sand vergraben waren. In diesen Eiern rührte sich etwas. In den Schalen knackte und knisterte es, und winzige Splitter lösten sich mit peitschendem Knallen und sausten gen Himmel. Es waren kleine, mit Wasserstoffgas gefüllte Perlenknollen, die lange klebrige Fäden hinter sich herzogen. Zunächst ragten nur

wenige solcher Gespinste empor, aber es wurden rasch mehr, immer mehr — bis ein grauweißer und gespenstisch anzusehender Wald entstanden war. Der abgeflaute Wind bewegte die Fäden und verwob sie zu einem viele Kilometer breiten Netz. Kleine Arachniden krabbelten hastig daran empor, und sie fingen die Limoniidea und Culex, die nicht rechtzeitig die Flucht ergriffen hatten. Sie fraßen und fraßen und fraßen.

Carinne wich einem kleinen Aasfresser aus, der sich mit seinen scharfen Kiefern schon halb in den Schuppenpanzer des Telquel hineingenagt hatte. Er zischte und fauchte, als sie in seine Nähe kam. Die wie poliert wirkende Oberfläche des großen Auges fühlte sich ein wenig kühler an als das von den Sandstürmen abgeschliffene Horn der Außenhaut. Mit beiden Händen tastete sie nach der charakteristischen Ausbuchtung, die auf einen Tralicc hindeutete.

In der Ferne pochten dumpf Signaltrommeln. Carinne stemmte den Oberkörper ein wenig in die Höhe. Jenseits der Gespinste sah sie die Konturen von Sandseglern. Breite Holzräder rollten über den ausgetrockneten Meeresboden. Der laue Wand blähte pechschwarze Segel mit stilisierten Drachensymbolen auf und trug krächzende Schreie heran. Kurz darauf vernahm Carinne das Knallen abgefeuerter Katapulte. Die davon emporgeschleuderten Siren breiteten ihre ledrigen Schwingen aus und kreisten über den in der Nähe der sieben Telquel-Ri dichter gewobenen Arachnidengespinsten. Sie suchten nach einer Landemöglichkeit. Einige der Sturmleute kamen den klebrigen Fäden zu nahe und hafteten daran fest. Kleinere Arachniden mit haarigen Leibern krochen heran, und ihre Giftstachel bohrten sich in die Körper der gefangenen Siren. Ihre Bewegungen erstarben nach wenigen Sekunden, und Carinne wandte sich von dem Anblick der fressenden und nagenden Arachniden ab.

Kurz darauf fühlte sie unter der Hand eine Ausbuchtung am unteren Rand des jadegrünen Auges. Sie zog sich weiter in die Höhe, schob einige stinkende Hautlappen beiseite und zog den Kristall daraus hervor.

Die sechste Träne der Macht ... ungeschliffen noch und blind und trüb. Aber in diesem einen Tralicc war mehr Energie gespeichert als in vielen anderen Telquel-Tränen zusammen. Carinnes fiebriger Blick betrachtete die Kostbarkeit, und das matte Funkeln zog ihre Gedanken an ...

Carinne schwimmt und schwimmt und schwimmt, und wieder ist ihr Körper aufgebläht, so groß wie ein Berg, so schwer wie ein kleiner Planet und doch getragen von dem Naß und dem Zwielicht. Carinne vernimmt bekannte Stimmen in ihrer Nähe, und Nähe bedeutet eine Entfernung von einigen hundert Kilometern. Und sie schließt sich dem Gesang der anderen an, die genauso sind wie sie selbst, groß und stark, alt und jung zugleich. Sie ist froh, daß die lange Zeit der geistigen Taubheit vorbei ist und sie sich wieder *erinnert*. Sie entsinnt sich an alles, was geschah und was geschehen wird. Sie ist Teil eines größeren Ganzen, ein Mosaikstein in einem uralten Bild, das über einen langen Zeitraum hinweg auseinandergebrochen ist und sich nur für eine kurze Spanne wieder zusammenfügt. Sie schwimmt und schwimmt, und ihre großen, jadegrünen Augen betrachten die Welt. Die Freude weicht Schwermut, denn sie begreift, daß wieder eine Chance vertan wurde, daß *wieder* alles von neuem beginnt. Oh, noch ist es überall kühl und naß. Aber das wird sich bald ändern, sehr bald. Und Carinne bereitet sich darauf vor. Später wächst tief in ihrem Körper eine Frucht. Sie gedeiht rasch, denn es bleibt nicht mehr viel Zeit. Die grünen Augen ihres Kindes ... sie sind neugierig, aber noch unbeseelt. Sie wollen wissen und erfahren, aber der Geist hinter ihnen kann erst in Hunderten von Jahren zu lernen anfangen. Carinne schwimmt tiefer, immer tiefer, in eine der Schluchten des Ozeans, in das Reich völliger Finsternis. Hier nimmt der auf ihrem Körper lastende Druck immer weiter zu, und deshalb fällt es ihr leicht, den Embryo aus sich herauszupressen. Er schwimmt eine Zeitlang neben ihr, eingehüllt in eine Wachstumsblase, und währenddessen treibt sie mit ihren langen Tentakelarmen einen tiefen Stollen in den schlammigen Boden. Und als sie fertig ist, streichelt sie ihre Leibesfrucht ein letztes Mal und lenkt sie anschließend in den Stollen hinein, ganz tief, Dutzende von Metern tief. Ihre Flossen schaufeln die Grube wieder zu, und damit hat sie eine wichtige Pflicht erfüllt. Nun ist trotz der sich ankündigenden Dürre das Weiterleben ihrer Art gesichert.

Sie singt mit den anderen Müttern, und das Lied verstummt erst, als der Ruf aus der Ferne so stark geworden ist, daß ihn niemand mehr ignorieren kann. Sie schwimmt mit den anderen, Seite an Seite, Flosse an Flosse, Schuppenpanzer an Schuppenpanzer. Sechs andere Mütter sind es, und die Artgenossen, die ihren Weg kreuzen, weichen respektvoll zur Seite. Die sieben Mütter suchen einen anderen Ort auf, wie schon die Mütter vor ihnen. Und als sie den Ort erreicht haben, singen sie ein letztes Mal, während über ihnen die Fluten des Meeres verkochen und verdampfen. Die Flammen der Feuerstraße quälen und martern sie. Ihre Weisen durchziehen das austrocknende Meer. Und als nur noch wenige Lachen übriggeblieben sind, weinen sie. Sie spüren alles und wissen alles: Sie sehen das Unheil, das nun die Welt überzieht; sie sehen den Tod, der in den Wolken glüht und lodert. Ein neuer Zyklus beginnt, und vielleicht wird diesmal die Chance wahrgenommen. Vielleicht bleibt diesmal nicht alles umsonst. Vielleicht folgt diesmal nicht Vergessen auf das Große Sterben.

Carinne stöhnte und wälzte sich hin und her. Die knochenharten Schuppen des toten Telquel unter ihr schmerzten in ihrem Rücken. An einigen Stellen schälte sich ihre Haut, verbrannt von der Hitze, die ihren Körper inzwischen fast völlig ausgedörrt hatte. Sie sehnte sich nach Wasser, nach nur einem einzigen Tropfen Wasser. Der Tralicc in ihrer Hand war wie eine glühende Kohle.

Sie richtete sich auf und verstaute die Telquel-Träne im

Brustbeutel. Dabei ertastete sie das Metall des Kommunikators. Sie holte das Gerät hervor und berührte den Sensor, der es einschaltete und die Codemeldung an die Konziliatsstation sendete.

»Kön ...« Sie hustete, und das Brennen und Stechen in ihren Lungen raubte ihr beinah das Bewußtsein. Als der Anfall vorüber war, versuchte sie es erneut. Sie konnte ihre stark angeschwollene Zunge kaum kontrollieren.

»Können ... Sie mich verstehen?« krächzte sie in das integrierte Mikrofon des Kommunikators. »Carinne Ra ... Ramelia ruft die Konziliatsstation. Bitte ... melden Sie sich. Ich ... ich brauche Hilfe. Ich halte es nicht mehr ... aus.« Sie würgte. »Schicken Sie ... mir einen Gleiter. Peilen Sie meine augenblickliche Position ... an.«

Sie hustete wieder und ließ sich einfach zurücksinken. Die scharfen Kanten der Hornplatten zerrissen die letzten Reste ihres Weber-Gewandes. Die Haut ihres fast nackten Körpers schimmerte so purpurn wir der Schuppenpanzer der toten Telquel.

Du darfst dich nicht ausruhen, Carinne. Du mußt dir auch die siebte Träne der Macht holen. Siehst du ihn nicht, den letzten toten Telquel-Ri?

Carinne hob den Kopf wieder. Ja, der letzte Kadaver der sieben toten Meeresriesen ragte nicht weit entfernt aus der blühenden Wüste. Sie erinnerte sich plötzlich an Schlammstollen, die sie mit ihren eigenen Armen gegraben hatte, an Finsternis und Kühle, an melancholische Gesänge und die Qual eines verbrannten Rückens, an die Schmerzen des Todes, an Trauer und Hoffnung.

Carinne setzte sich wieder in Bewegung, kroch weiter und machte sich an den Abstieg. Die Wüstensegler der Siren hatten inzwischen den Rand des ausgedehnten Arachnidengespinstes erreicht und machten sich mit Säbeln und Hartholzschwertern daran, die Fäden zu durchtrennen. Spinnen liefen mit knackenden Kiefern auf sie zu. Die Sturmleute holten aus und warfen tönerne Behälter mit brennendem Öl. Die Krüge zerplatzten auf dem Boden, und der heiße, lodernde Inhalt ergoß sich über die Arachniden. Hunderte von ihnen starben. Einige Schlupffäden fingen Feuer. Carinne kletterte in die Tiefe, und ihre linke Hand umklammerte noch immer den Kommunikator.

Unten grunzte die Wanderkröte. Ihre Säulenbeine bohrten sich in den Sand, und die Seile, mit der Carinne das Tier an einem Telquel-Kadaver festgebunden hatte, spannten sich und knarrten.

Auf einem Flossenvorsprung des Kadavers verharrte sie und schöpfte Atem. Aus Dutzenden von größeren und kleineren Schnittwinden in ihrem zerschundenen Leib sikkerte zähflüssiges Blut hervor, und die Ablösungsmale, die der verendete Symbiont auf ihrer Haut hinterlassen hatte, glühten wie kleine rote Sonnen.

»Carinne?« tönte es undeutlich und von Störungen verzerrt aus dem Lautsprecher. »Wir haben einen Teil deiner Meldung aufgefangen und konnten dich anpeilen. Wir sind unterwegs zu dir.«

Es war eine Stimme aus der Vergangenheit, eine Stimme, die nicht von diesem Planeten stammen konnte. Ein letzter Rest klaren Bewußtseins dachte: Es ist soweit. Die Hitze … die Halluzinationen nehmen zu. Ich verliere den Verstand.

Sie kletterte weiter in die Tiefe, und Arme und Beine bewegten sich mechanisch, ohne Empfinden, ohne Gefühl.

»Hörst du? Hier spricht nicht der Hirte«, knisterte es im Lautsprecher des Kommunikators. »Hier spricht Runen, Runen Scenegato …«

»Runen?« Carinne erbebte am ganzen Körper. Das summende Gerät entglitt ihren Finger und stürzte in die Tiefe. Scheppernd und krachend prallte es an einigen Knochenflossen ab und fiel in den Sand. Carinne gab einen dumpfen Schrei von sich, als sie den Halt verlor. Als sie unter ihren Händen heißen Sand spürte, blieb sie einige Sekunden lang liegen, bevor erneut die sonderbare Stimme hinter ihrer Stirn erklang und sie weitertrieb. Taumelnd wankte sie an einigen Pflanzen vorbei und begann anschließend, den aufragenden Berg des siebten toten Meeresriesen zu erklimmen. Einige Arachniden nahmen Witterung auf und verfolgten Carinne. Sie achtete nicht darauf. Manchmal konnte sie durch die wallenden Schleier vor ihren Augen überhaupt nichts mehr sehen. Aasfresser schnappten nach ihr und verfehlten sie nur knapp. Die Siren waren unterdessen damit beschäftigt, die Bresche in dem Gespinst zu vergrößern, und sie machten gute Fortschritte. An Dutzenden von Stellen brannten die klebrigen Fäden. Die oben kreisenden Sturmleute warfen nun ebenfalls Pechkrüge ab. Viele hundert Spinnen verendeten. Aber noch immer platzten weitere grauweiße Eier. Neue Perlenknollen katapultieren sich in die Höhe und zogen Jungspinnen mit sich, die sich sofort daranmachten, neue Netzbahnen zu weben und miteinander zu verbinden.

Die Wanderkröte grunzte und zerstampfte mehrere kleine Arachniden, die an ihrem Panzer emporklettern wollten. Eins der Seile, mit dem das Tier festgebunden war, riß knallend. Die Kröte warf den breiten Schädel von einer Seite zur anderen und zerrte an den anderen Tauen.

Einige der Spinnen waren nun ganz nahe. Carinne kroch weiter. Sie grub die Fingerspitzen in Spalten und Fugen und zog sich immer höher hinauf. Ihre Muskeln zitterten, und in ihren Lungen brannten tausend Höllenfeuer. Als sie die Augeneinstülpung des toten Meeresriesen beinah erreicht hatte, verlor sie den Halt und rutschte zurück.

Sie prallte gegen eine im Tod erstarrte und in der Hitze ausgedörrte Flosse, krümmte sich zusammen und kämpfte gegen die drohende Bewußtlosigkeit an. Irgendwo weit über ihr rauschte es, und als sich ein Teil des farblosen Nebels vor ihren Pupillen wieder aufgelöst hatte, fiel ihr Blick auf den rochenförmigen Schatten eines großen Urui.

Und unter ihr kletterten die Spinnen. Carinne versuchte sich zu bewegen. Das linke Bein gehorchte ihr nicht und reagierte statt dessen mit einer Schmerzflut, die sich durch ihren ganzen Körper ergoß. Die Giftstachel der Spinnen kamen so nahe heran, daß Carinne sie fast mit den Händen berühren konnte.

Irgendwo zischte etwas, und über ihr kratzte und klackte es auf dem Schuppenpanzer des Telquel. Mit eigentümlicher Faszination beobachtete sie zwei Giftstachel, die aus haarigen Körpern herauswuchsen und nun auf ihren nackten Leib zielten. Eine Lanze aus purem Feuer stach dicht an ihr vorbei und bohrte sich prasselnd und knisternd in den Körper der einen Spinne. Und unmittelbar darauf wurde Carinne von hinten gepackt und in die Höhe gezogen.

Die siebte Träne! kreischte es hinter ihrer Stirn. *Setz dich zur Wehr. Kämpfe! Du mußt die siebte Träne finden und an dich nehmen. Nur mit allen sieben Tralicc der Telquel-Ri läßt sich der Eisgral öffnen. Wehr dich! WEHR DICH!*

Die Wanderkröte tief unten zerriß nun auch die letzten Taue und lief davon.

»Das Muaezyn«, krächzte Carinne, während zwei starke Arme sie umschlangen und auf den Urui zutrugen, in dessen Leib sich ein Loch gebildet hatte. Ein Gesicht blickte daraus hervor, und dicht an ihrem Ohr ertönte eine vertraute Stimme: »Es ist alles in Ordnung, Carinne. Jetzt bist du in Sicherheit.«

»Nein, ich ...« Sie hustete und spuckte Blut. »Ich muß ... die heilige Tafel wieder holen und die letzte Träne finden ...«

Aber als sich hinter ihr das Schott schloß, senkte sich die schwarze und barmherzige Nacht über ihre Seele.

Der erste Abschluß: Wiederbegegnung

»Ich lasse Sie vor ein Schnellgericht stellen und aburteilen!« tobte der Mann in der grauen und schmucklosen Uniform des Missionats. »Es ist nicht zu fassen. Was bilden Sie sich eigentlich ein?«

»Wir sind abgestürzt«, erklärte Runen ruhig und nippte

an seinem Glas. Er saß weit zurückgelehnt in einem beque-
men Kontursessel und musterte den Verwalter. Er kannte
diesen Typ Mensch. Er hatte oft genug damit zu tun
gehabt. »Das sagte ich Ihnen doch.«

Der Verwalter starrte ihn fassungslos an. »Sie spinnen ja.
Sie müssen total übergeschnappt sein. Tschurat ist ein Protektorat, Mann. Und das nicht ohne Grund. Jeder, der sich
ohne Genehmigung auf diesem Planeten aufhält, kann von
den Missionatsbehörden aufgegriffen und abgeurteilt werden. Sie kennen die Strafen. Und *Sie* haben keine Genehmigung.«

Vielleicht, dachte Runen müde, hätten wir uns für eine
andere Basis entscheiden sollen. Er blickte an dem Uniformierten vorbei und sah auf die Bildschirme. Die Basis lag —
natürlich getarnt — an der Südküste Arantalens. Die
Stürme, die noch vor Wochen allein in der Äquatorialregion getobt hatten, entfesselten ihre heulenden Gewalten
nun in dieser Region, und sie konnten von Glück sagen,
daß sie den als Urui getarnten Atmosphärenspringer eini-
germaßen sicher in der Basis hatten unterbringen können.

»Fragen Sie doch bei der zentralen Missionatsstation
zurück«, schlug Runen lapidar vor und nahm einen weiteren Schluck von dem synthetischen Whisky.

»Sie wissen ebensogut wie ich, daß zur Zeit eine Kommunikation über weite Strecken ausgeschlossen ist.« Der
Verwalter schüttelte wütend den Kopf. »Es ist wirklich
unglaublich. Sie kommen einfach hierher, und …«

»Was hätte ich denn sonst tun sollen?« fragte Runen
scharf. »Sollte ich meine Frau einfach sterben lassen? Sie
haben Ihre Verletzungen selbst gesehen.«

Der Mann trat langsam auf ihn zu. »Wie viele Telquel-
Tränen haben Sie denn schon gestohlen? Sie wollen doch
nicht behaupten, ebenfalls zu einer genehmigten Besche-
rungsorganisation zu gehören wie Ihre Frau. Sie sind nichts
weiter als ein verdammter …«

Runen stellte sein Glas ab und erhob sich. »*Was* bin ich?«

Eine Weile blickten sich die beiden Männer schweigend

an, dann wandte sich der Verwalter ab und kehrte ans Instrumentenpult zurück. »Ich hasse Außenwelter wie Sie«, flüsterte er. »Sie kommen hierher und mischen sich in Dinge ein, die Sie nichts angehen. Sie ...«

»Meine einzige Absicht bestand darin, meine Frau zu finden und in Sicherheit zu bringen.«

»Ich kann Sie vor Gericht stellen und verurteilen lassen.«

»Wie denn?« Runen lachte leise. »Ein Protektoratsgericht muß sich aus mindestens drei Personen zusammensetzen. Und Sie sind allein in dieser Station. Wenn Tschurat die Feuerstraße durchquert hat, setzen Sie sich mit der zentralen Missionatsstation in Verbindung, und dann werden Sie feststellen, daß ich nachträglich eine Aufenthaltsgenehmigung bekomme.« Runen zuckte mit den Schultern und setzte sich wieder.

»Meinen Sie das ernst, was Sie eben gesagt haben?« erklang vom Korridorzugang her eine dünne Stimme. Runen drehte sich um. Vangrest kam mit einigen torkelnden Schritten heran, und in seiner linken Hand baumelte ein Injektor. »Ich meine ... das mit dieser Frau?«

Runen starrte ihn nur an. Jetzt brauchte er den Piloten und seinen Memorianten nicht mehr, und er war dankbar dafür.

»Sie haben mir doch erzählt, Sie besäßen eine Karte, auf der alle Fundstellen von Telquel-Tränen verzeichnet sind. Sie haben mir versprochen ...«

»Gar nichts habe ich Ihnen versprochen, Vangrest. Nur fünfzigtausend Yx für die Passage nach Tschurat, und die werden Sie auch bekommen.«

Vangrest ließ den Injektor fallen und schwankte auf Runen zu. Er ballte die Fäuste.

»Ich habe es gewußt«, zischte der Verwalter wütend. »Telquel-Tränen. Sie sind ebenso wie alle anderen Illegalen ein verdammter Aasgeier!«

»Ich habe Ihre Hirngespinste nur bestätigt, um sicher zu sein, daß Sie mich nicht plötzlich im Stich lassen. Ich brauchte das in Ihrem Memorianten gespeicherte Wissen.

Jetzt habe ich alles erreicht, was ich wollte. Wir warten, bis die Strahlung abgeklungen ist, und dann verlassen wir Tschurat.« Er lachte. »Fünfzigtausend Yx. Reicht Ihnen das nicht? Sie können damit Ihre fünfte Regeneration bezahlen.«

Vangrests Gesicht verzerrte sich. »Sie glauben, Sie könnten Menschen wie Werkzeuge benutzen, nicht wahr, Scenegato? Sie glauben, alles müßte nach Ihrem Willen laufen?« Er holte aus, aber Runen duckte sich und stieß Vangrest zurück.

»Sie sind ein Schwächling und Versager. Dafür habe ich Sie von Anfang an gehalten, und ich hatte keinen Anlaß, meine Meinung zu ändern. Sie müßten schon seit mindestens hundert Jahren in irgendeinem Grab vermodern. Ich verabscheue Leute, die sich selbst betrügen und dann glauben, dafür seien andere verantwortlich. Sie sind ein Relikt, Vangrest.«

Er wandte sich um und schritt zur Tür. »Gehen Sie doch hinaus, wenn Sie unbedingt Tralicc erbeuten wollen. Es sollte Ihnen nicht schwerfallen, einige von ihnen zu finden.« Er lachte humorlos. »Und der Sturm, die Siren, die Hitze, das Chaos ... nun, das alles macht Ihnen doch bestimmt nichts aus. Ich halte Sie nicht auf.«

Stille herrschte im Bereich der Behandlungskammern. Das erste Zimmer, das Runen betrat, lag im Halbdunkel, und die Konturen der Instrumente waren aufragende Schatten.

»Carinne?«

»Sie befindet sich nicht hier«, erwiderte der Servomechanismus des Raums. »Sie finden die Patientin in der nächsten Behandlungskammer.«

Runen deutete auf die Liege. Die Decke war zur Seite geschoben. »Erfolgt noch bei anderen Personen eine medizinische Überwachung?«

»Die ist inzwischen nicht mehr erforderlich. Gina ist vollkommen ausgeheilt.«

»Ein sonderbarer Fall«, fuhr die Medoeinheit fort. »Verbrennungen durch die Emissionen einer Strahlwaffe heilen in der Regel nur sehr langsam.«

Runen zuckte mit den Achseln. »Vielleicht sprach sie besonders gut auf die Medikamente an.«

»Das ist es ja gerade«, sagte der Servomechanismus. »Ich habe ihr gar keine Infusionen verabreicht, und eine Hauttransplantation war ebenfalls nicht mehr erforderlich. Die Wunde war schon ausgeheilt, als mir die Patientin zur Untersuchung vorgeführt wurde.«

Das, dachte Runen, war in der Tat seltsam.

Aber er schenkte dieser Eigentümlichkeit keine weitere Beachtung. Er wandte sich ab, verließ das Zimmer und betrat die zweite Behandlungskammer. Die Einrichtung entsprach der im ersten Raum: Geräteblöcke mit flackernden Dioden und trüb leuchtenden Sensorpunkten, Abtaster und Analysierer, verschiedene Servos, die alle auf bestimmte Aufgaben spezialisiert waren. Auf der Liege in der Mitte des Zimmers lag eine Frau. Ihr Körper steckte in einem Schutz- und Nährkokon, und unter der halbtransparenten Schicht konnte man die roten Striemen Dutzender von Verletzungen erkennen.

Runen trat näher heran und fragte: »Wie geht es ihr?«

»Oh«, erwiderte die Medoeinheit, »ich würde sagen: den Umständen entsprechend.«

»Und was bedeutet das?«

»Nun, die Patientin hat am ganzen Körper Verbrennungen zweiten und dritten Grades davongetragen. Hinzu kommt ein Kreislaufzusammenbruch infolge eines erheblichen Verlustes an Feuchtigkeit.

Des weiteren habe ich eine Nervenreizung diagnostiziert, die offenbar auf die metabolische Interaktion mit einer symbiotischen Maske zurückgeht. Wenn ich mich nicht irre, so hat sie den Symbionten viel zu lange getragen.«

»Schafft sie es?« fragte Runen besorgt und musterte das Gesicht der Schlafenden.

»Oh, sie wird gesund, selbstverständlich. Es ist nur eine Frage der Zeit. Sie erholt sich recht gut, nicht zuletzt natürlich aufgrund meiner fachkundigen Bemühungen. Sie können sich ganz auf mich verlassen.« Es rasselte irgendwo, und die synthetische Stimme der Medoeinheit fügte hinzu: »Es gibt da nur einen Punkt, der mir ... nun, ein wenig Sorgen macht.«

Runen versteifte sich unwillkürlich. »Und der wäre?«

»Das Muster ihrer Hirnstromimpulse ... es paßt in keine der Kategorien, mit denen ich programmiert wurde. Sie scheint selbst jetzt einem außerordentlich starken psychischen Streß ausgesetzt zu sein.«

»In der Konziliatsstation wurde sie einer neurochirurgischen Operation unterzogen, die sie auf Telquel-Tränen sensibilisierte.«

»Ich bin mir nicht sicher«, sagte die Medoeinheit, »ob das die Erklärung ist. Ihre mentalen Reaktionen sind ... außergewöhnlich.«

Carinne stöhnte leise und drehte den Kopf von der einen Seite auf die andere.

»Sie erwacht«, vermeldete der Servomechanismus.

Carinne schlug die Augen auf sah Runen an. Eine Zeitlang schien sie ihn nicht bewußt wahrzunehmen und noch immer im Reich der Träume und Halluzinationen gefangen zu sein, dann murmelte sie: »Runen?«

»Ja.« Er ging neben der Liege in die Hocke, und seine Fingerspitzen strichen durch ihr Haar. »Ja, ich bin es.«

»Aber wie ...«

»Es ist eine lange Geschichte«, sagte er leise. »Ich habe zehn Jahre gebraucht, um zu verstehen. Du ... du hast mir gefehlt, Carinne. Und ... es war nicht deine Schuld, daß Rebecca starb.« Er senkte den Kopf. »Ich bin gekommen, um dich zurückzuholen, Carinne.«

»Was ist überhaupt geschehen?« Verwundert kamen ihre geschwungenen Augenbrauen in die Höhe.

Runen erzählte es ihr mit einigen knappen Worten. »Ich bringe dich fort von hier, Carinne«, fügte er hinzu. »Als ich erfuhr, daß du auf Tschurat bist, wußte ich, daß dir große Gefahr droht. Dieser Planet ist nichts für Entwicklungshelfer von Außenwelt, das siehst du jetzt sicher ein.« Er atmete tief durch. »Ja, wir kehren zurück, Carinne, zurück nach Hause. Und dann wird es so wie früher sein.« Er schüttelte den Kopf. »Nein, nicht so wie früher. Besser. Wir sind beide älter geworden, Carinne, älter und klüger. Du hast deine Erfahrungen gemacht. Du hast versucht, den Primitivkulturen von Protektoraten und Entwicklungsplaneten zu helfen. Sicher siehst du jetzt ein, wie sinnlos solche Bemühungen sind. Auf dieser Welt herrscht nun das Chaos. In den vergangenen fünfhundert Jahren ist es Tausenden von Bescherern nicht gelungen, die Bewohner Tschurats darauf vorzubereiten. Es herrscht Krieg, Carinne, ein Krieg, der alles vernichtet, was hier in Arantalen während der Langflut aufgebaut wurde. Und in fünfhundert Jahren wird es wieder so sein. Niemand kann daran etwas ändern. Die Einwohner Tschurats müssen ihr Leben leben — und wir unseres.«

Seine Stimme war bei den letzten Worten immer eindringlicher geworden.

»Der mentale Streß nimmt zu«, vermeldete die Medoeinheit.

»Wenn du willst, unterstütze ich einige Entwicklungshilfeorganisationen mit großen Geldsummen. Aber du selbst ... bleib jetzt bei mir, Carinne.«

»Dieses Flüstern«, raunte sie. Schweißtropfen glänzten auf ihrer Stirn, und ihr Körper erbebte. »Ich halte es nicht aus. Die Stimme ... sie spricht zu mir. Sie zwingt mich ...« Ruckartig bäumte sie sich auf. Aus der zentralen Gerätekonsole wuchsen einige Tentakel und drückten sie behutsam auf die Liege zurück. Zwei graugrüne Augen sahen Runen an.

»Nichts verstehst du«, murmelte sie. »Ich kann nicht fort. Ich muß beenden, was ich angefangen habe.« Sie versteifte sich. »Die Tasche! Wo ist meine Tasche?«

»Sei ganz ruhig. Hier geht nichts verloren. Die Tasche ist sicher verstaut.«

Carinne seufzte. »Sechs Tränen habe ich, eine fehlt. Und das Muaezyn … Du hast mich daran gehindert, auch die siebte an mich zu nehmen. Sie bäumte sich erneut auf und rief mit sich überschlagender Stimme: »Ich habe das Muaezyn verloren!«

»Sie muß schlafen«, knisterte die Stimme der Medoeinheit.

Runen hob die Hand. »Warte noch.« Er sah Carinne an. »Carinne, man hat dich mißbraucht. Kannst du mich verstehen, Carinne? Das Konziliat, der Hirte — es sind keine Bescherer, denen es nur um das Wohl der Bewohner Tschurats geht. Hinter der ganzen Sache stecken die Liss. Der Hirte hat zweimal versucht, mich aus dem Weg zu räumen.«

»Ich … kann … nicht … fort«, stöhnte Carinne und verzog das Gesicht. »Das Flüstern hinter meiner Stirn, das Brennen inmitten meiner Gedanken … es zwingt mich hierzubleiben. Es zwingt mich …«

»Wir werden eine Möglichkeit finden, dir zu helfen und diese Stimme aus dir zu vertreiben. Ruh dich jetzt aus, Carinne. Wir warten, bis Tschurat die Feuerstraße ganz durchstoßen hat. Dann nehmen wir Verbindung mit der zentralen Missionatsstation auf und verlassen diesen Planeten.«

Carinne keuchte und warf den Kopf von einer Seite zur anderen. »Nein, ich *kann* nicht. Du verstehst nichts, nichtsnichtsnichts! Ich habe mit den Augen eines Telquel gesehen und mit seinem Körper gefühlt. Du weißt nicht, was das bedeutet, Runen. Es gibt tatsächlich … eine Möglichkeit, Tschurat den Frieden zu bringen. Die Klimakatastrophe läßt sich nicht verhindern, wohl aber der regelmäßige Untergang der Zivilisationen an der Küste und im Binnenland Arantalens.«

»Zivilisationen«, stieß Runen verächtlich hervor. »Ich habe selbst erlebt, was das für Zivilisationen sind: Die Starken herrschen über die Schwachen, die Reichen über die Armen. Kinder sterben in Gossen neben stinkenden Müllhaufen. Sklaven müssen Frondienste leisten. Menschen verhungern. Sind das die Kulturen, die du unbedingt retten willst?«

»Sie hatten nur ... fünfhundert Jahre Zeit, um sich zu entwickeln, mehr nicht. Ich habe es *gesehen*, Runen. Ich spürte die Hoffnung und Trauer der Telquel — die Hoffnung, diesmal könne die Chance wahrgenommen werden, die Trauer angesichts der Erkenntnis, daß wieder ein Zyklus zu Ende geht, ohne daß der Eisgral geöffnet wurde.

Ich weiß, daß es ihn gibt. Und ich werde ihn suchen und finden. Das ist meine Aufgabe, Runen. Kehr dorthin zurück, woher du gekommen bist. Und laß mich hier.« Sie bäumte sich erneut auf, und die Tentakel der Medoeinheit ringelten sich wie dünne Schlangenleiber um den Oberkörper der Frau.

»Ich kann nicht länger warten«, sagte die Medoeinheit. Ein weiterer von einem summenden Servomotor gesteuerter Arm wuchs aus der zentralen Konsole. Ein Hochdruckinjektor zischte. Carinnes Körper erschlaffte.

Runen erhob sich und blickte auf das nun entspannte Gesicht herab.

»Ich finde ihn«, murmelte sie, und ihre Lider zitterten und schlossen sich. »Ja ... nur eine Träne fehlt noch ... ich finde den Gral, und wenn sich die nächste Dürre ankündigt, können die Telquel einen Freudengesang anstimmen. Dann hat die Zeit des Chaos ein Ende.« Sie schlug die Augen noch einmal auf.

»Runen, sie hofften so sehr. Sie sehnen sich danach, auch während der Langflut ein wirkliches Bewußtsein zu haben ... Ich kann sie nicht enttäuschen. Ich *war* einer von ihnen ...«

Und damit schlief sie ein.

Runen sah sie noch lange Zeit an und verließ dann die Behandlungskammer. Draußen auf dem Korridor blieb er stehen und hieb mit beiden Fäusten mehrmals gegen das Stahlplastik der Gangwand. »Ich helfe dir, Carinne«, flüsterte er. »Ich bringe dich von hier fort. Du wirst mir dankbar sein dafür.«

Aber plötzlich hatte er Zweifel, ob es jemals wieder so werden würde, wie es einmal war.

ENDE
DES ERSTEN BANDES

Band 24 101
Jack Dann/
Georg Zebrowski (Hg.)

**Zwölfmal schneller
als das Licht**
Deutsche
Erstveröffentlichung

Schneller als der Schall zu fliegen hielten unsere Großväter
noch für unmöglich. Heute düst die Concorde mit mehr als
zweifacher Schallgeschwindigkeit in wenigen Stunden von
Paris nach New York.
Schneller als das Licht zu reisen stößt nach den Gesetzen
der Physik an eine unüberwindliche Grenze. Doch in der
Phantasie der Science Fiction-Autoren ist diese Grenze
längst überwunden.
Zwölfmal schneller als das Licht, von der wissenschaftlichen
Spekulation bis hin zur phantastischen Fiktion, stürmen die
Autoren dieses Bandes zu den Grenzen des Vorstellbaren.

Sie erhalten diesen Band
im Buchhandel, bei Ihrem
Zeitschriftenhändler sowie
im Bahnhofsbuchhandel.